우리가
함께
만들어가는

구슬만점

우리가 함께 만들어가는 **구술 만점**

찍은날 | 2002년 08월 12일 초판 1쇄
펴낸날 | 2002년 08월 17일 초판 1쇄

지은이 | 박원우
펴낸이 | 이태권
펴낸곳 | 소담출판사
　　　　　서울시 성북구 성북동 178-2 (우)136-020
　　　　　전화 | (02)745-8566　**팩스** | (02)747-3238
　　　　　홈페이지 | www.dreamsodam.co.kr
　　　　　등록번호 | 제2-42호(1979년 11월 14일)

● **책** 가격은 뒤표지에 있습니다.

우리가
함께
만들어가는

구슬
만첩

박원우 지음

sodamQ

머리말

"모모 대학, 모모 학부에 지원했는데 심층 면접 예상 문제 좀 찍어 주세요."

학생들이 제게 하는 요청 중 가장 흔한 유형입니다(참고로, 저는 인터넷에서 심층 면접, 논술 관련 카페 '우만구만'의 쥔(주인)으로 활동하고 있습니다. 이 책의 제목이 바로 저희 카페의 이름이기도 하지요 ^^;;).

이런 종류의 요구는 다음의 두 가지 숨은 전제에 기반하고 있는 듯합니다.

첫째, 면접 관련 카페의 주인을 할 정도라면 예상 문제를 찍어 줄 능력은 있는 사람이다.

둘째, 예상 문제를 알면 면접에서 높은 점수를 받을 수 있다.

그러나 첫 번째 숨은 전제는 완전히 틀렸고(^^;;) 두 번째 것도 거의 틀렸습니다. 저는 물론이고 어떤 전문가라도 예상 문제를 정확하게 찍어내기는 힘들다고 봅니다. '예상 주제' 정도는 찍을 수 있겠지요.

하지만 똑같은 주제를 놓고도 요구하는 논점이나 묻는 방식은 얼마든지 달라질 수 있기 때문에, 예상 문제를 완벽하게 적중시키기란 거의 어렵습니다. 게다가 예상 문제가 실전에서 그대로 출제된다고 해서 좋은 점수를 받을 수 있는 것도 아닙니다. 면접은, 미리 준비한 답안을 그대로 외워서 말하고 나오면 끝나는

게 아니기 때문이지요. 교수님들의 반론, 후속 질문, 관련 질문을 다 받아내야 하고, 그러다 보면 논의의 방향은 애초 예상 답안의 범주를 벗어나 천변만화(?) 하게 됩니다. 이 모든 과정까지 예상해낸다면 그때는 확실히 만점을 받을 수 있 겠지만.

구술 면접이 입시의 주요 변인으로 부상하면서 방대한 양의 관련 서적들이 시중에 쏟아져 나왔습니다. 그리고 그 책들은 대부분 문제와 해설 위주로 구성되어 있습니다. 물론 이런 방식의 참고서도 면접 준비에 꼭 필요하긴 합니다. '예상 주제' 정도는 알아두는 편이 유리할 테니까요. 하지만 '왜, 한결같이 구체적 문제 사례와 그 해설만을 이야기하고 있는가? 일반적 원리를 밝혀주는 책은 왜 없는가?' 하는 아쉬움이 남는 것도 사실입니다.

이 책은 그런 '아쉬움'에서 출발하였습니다. 저는 보다 높은 확률을 취하고 싶었습니다. 그래서 욕은 좀 덜 먹고 칭찬은 좀더 듣고 싶었습니다. 그 자연스러운 귀결은 '<u>이 문제가 나오면 이렇게 대답하라.</u>'가 아닌 '<u>이런 유형의 문제가 나오면 이런 식으로 대답하라.</u>'고 얘기하는 것이었습니다. 물고기를 일일이 잡아 주려는 벅찬 시도가 아닌, 물고기 잡는 방법을 알려 주는 안전한 시도를 하는 것이었습니다.

<u>이 책은 대화체로 구성되어 있습니다.</u> 면접을 준비하는 고3 학생 '우만이'와 그의 과외 선생님, 이 둘이 대화와 토론을 하는 형식입니다. 일단은 부담 없이 읽을 수 있을 겁니다. 그런데 후반부로 갈수록 약간의 부담이 생길 수도 있습니다. ^^;; 부담이 느껴진다면 각 장의 말미에 나와 있는 <u>Point를 참고</u>하시는 것도 좋을 듯합니다.

또, 찬반 양론형의 문제에서 어느 한쪽 입장만을 수록한 것은 지면의 제약 때문이지, 그 입장만이 옳다고 강요하기 위함은 아닙니다. 제가 설파하려는 원리에 잘 들어맞는다거나, 보다 독창적으로 보일 수 있다는 판단 역시 한쪽 견해만을 풀어놓게 된 이유입니다.

서울, 서울에서도 일부 지역을 제외하곤, 학생들이 면접 준비를 할 여건이 참으로 열악하다고 합니다. 학교 차원의 지원도 미비하고, 심층 면접에 관해 의지할 사교육 기관도 거의 없는 실정이라 학생들은 인터넷을 뒤져가며 그야말로

우리가 함께 만들어가는 **구술만점**

악전고투, 고군분투하고 있습니다.

이건 정말 거창한 바람입니다만, 이 책이 많은 학생들에게 도움이 되었으면
합니다. 그 중에서도 특히 의지할 데 없이 혼자 공부하는 학생들에게 더욱 큰 도
움이 되었으면 좋겠습니다. 그리고 이 책에 관련된 모든 문의는 Daum의 카페
'우만구만' 이나 제 웹 사이트 '우만구만' 을 통해서 해주시기 바랍니다.

카페 우만구만 http://cafe.daum.net/urigusul

('유리구술' 이라고 발음해 주세요. 예쁘게~ ^^)

웹 사이트 우만구만 http://www.igusul.net

(당연히 무료입니다. 부담 없이 들어오세요. ^^)

마지막으로 이 구태의연한 'special thanks' 를 저 역시 해야만 하겠네요.
책이 나오기까지 모든 과정에서 충실한 매니저(?) 역할을 해준 최용록 학형 그
리고 보이지 않는 공로자인 '우만구만' 과 '우만구만-서울대' 의 모든 회원 가족
들께 진심으로 감사드립니다.

박원우

우리가 함께 만들어가는 **구술만점**

Contents*

우리가 함께 만들어가는 **구술만점**

우만구만

배　　경	2000년대 초 대한민국, 지방의 어느 소도시
등장인물	우만이와 그의 과외 선생님. 오직 딱 두 명

인물 설정 및 상황

우만이

고3 남학생. 수능 모의고사 점수가 워낙 안 나와서 수능보다는 차라리 심층 면접으로 승부를 보려는 야심에 불타고 있음. 그렇다고 해서 책이나 신문을 많이 읽은 것도 아님. 현재 아는 건 별로 없지만 열심히 하다 보면 곧 잘하게 되리라는 낙천적인 기대를 하고 있음. 산만한 스타일이지만 잔머리와 순발력이 뛰어나고, 비교적 이해가 빠른 편임. 그러나 이해한 내용을 곧 다 잊어 버리는 치명적 약점을 가지고 있어, 부단한 복습이 요구됨(그의 말에 따르면, 네 살 때 천자문을 다 외웠지만 다섯 살 때 다 까먹었다고 함). 과외 선생님을 마음속으로 좋아하긴 하지만, 하도 많이 구박을 당하는 바람에 '언젠간 토론으로 선생님 코를 납작하게 해주고 말겠다.'며 복수의 칼을 갈고 있는 강한 승부욕의 소유자.

선생님

만 25세. 군대 제대 후 현재 휴학중인 S대 학생. 하는 일 없이 빈둥대며 지내는 모습이 학교 선배이자 고향 선배인 우만이네 아버지에게 우연히 목격된 후 거의 강제로 끌려와서 우만이의 면접 공부를 도와주게 됨. 그 대가는 그저 먹여 주고 재워 주는 것뿐!

유치원 때부터 싸움에선 한 번도 져본 적이 없다고 떠벌리고 다녔으나 사실은 '말싸움'이었던 것으로 밝혀짐. 그만큼 달변에 논리력, 분석력, 풍부한 식견까지 갖추고 있어 심층 면접 과외 교사로는 적격이지만, 잘난 척하는 나쁜 버릇이 있음. 처음 보는 사람에게도 자신이 폭행 전과가 있다고 소개한 후 '장동건 빰쳐서'라고 말해 버리는 뻔뻔한 성격의 소유자.

이것만 알고 면접장에 들어가면 빵점 맞는다!

면접장에 들어가면 이렇게 해라

자, 오늘은 첫 시간이니 쉬운 얘기부터 하자. 처음부터 너무 어려운 얘기 하면 질리겠지?

그럼요. 그런데 뒤에 가면 겁나게 어려운 얘기들이 많이 나오나요?

아니, 어렵지는 않을 거야. 아마도 네가 지금까지 생각해 본 적이 없는 것들이 나와서 낯설다는 느낌은 갖겠지. 그러니까 어렵다기보단 차라리 신기하거나 재미있을 거야.

이야~ 신난다! ^^

(단순한 성격의 소유자군. --;) 오늘은 실제 면접에 임해서 유의해야 할 사항들에 대해서 알아보자. 사소하지만 그렇다고 해서 결코 무시할 수 없는 아~주 중요한 것들이지. 지금부터 하는 얘기들은 다 실전 상황에 관한 내용이야. 그러므로 실제 상황에 놓여 있다고 상상하면서 들도록 해야 한다. 그래야 더 실감이 나거든.

01 면접장에 들어가서

가장 먼저 해야 할 일은 일단 웃어라! 좌중을 향해 한번 씨~익 웃어주는 거지, 나훈아같이. 그리고 그 웃음을 머금은 채 교수님들께 공손하게 인사를 드리는 거야.

그런데 왜 웃어야 하나요?

웃어야 긴장이 풀리고, 긴장이 풀려야 네 실력을 제대로 발휘할 수 있단다.

아, 그렇구나. 그러면 인사말은 '반갑습니다'로 할까요?

글쎄, 그건 그리 일반적인 인사말은 아닌 것 같구나. 귀여운 여학생이 환히 웃으면서 발랄하고 깜찍한 자태로 '반갑습니다~ ^^' 하면 좀 어울리겠지만 너처럼 소도둑놈같이 생긴 애가 그러면 교수님들이 아마…….

아마, 뭐요?

아마 상처받으실 거다.

…… --;;

너는 그냥 '안녕하십니까?'로 하는 편이 나을 것 같은데.

안녕하십니까? 몇 번, 아무개입니다. 이렇게 하는 거 아닌가요?

많은 학교들이 수험생이 자기의 신원을 알리지 못하도록 하고 있단다. 부정 행위 방지 차원에서. 그래서 교복도 못 입게 하는 학교도 가끔 있지. 그냥 인사말 정도만 하는 게 보통이란다. 만약 네가 지원한 대학, 학부에서 자기 소개할 때 이름과 소속을 밝히도록 되어 있다면 그런 방침을 조교가 사전에 알려줄 거다.

그럼 이건 어떨까요? '안녕하십니까? 잘 부탁드립니다.'

쪼끔 비굴해 보이지 않겠니?

그럼 이건요. '처음 뵙겠습니다.'

너 선보러 나왔어?

(-_-;;) '만나 뵙게 되어서 영광입니다.'는요?

그건 아까 것보다도 훨씬 비굴해 보인다.

끙…… 그냥 '안녕하십니까?'로 하지요, 그럼.

02 어투와 말의 속도는?

 어쨌어요, 저쨌어요 하면 안 된다! 이랬습니다, 저랬습니다, 그렇습니까, 라고 해라.

왜죠? 그건 군대식 말투잖아요.

군대에서만 쓰는 말투가 아니라 그게 제대로 된 높임말이다. 이랬어요, 저랬어요 하는 건 엄밀히 말하면 높임말이 아니다. 면접은 교수님 앞에서 하는 거니까 당연히 경어를 써야지.

네. 그렇게 하겠습니다. ^^ 갑자기 이렇게 하려니까 되게 어색하네.

그래도 차츰 습관을 들여 나가야 한단다. 함께 공부하는 동안 처음엔 좀 힘들더라도 차차 말투까지 실전이랑 똑같이 하도록 하자.

네. 그런데 말의 속도는 어느 정도로 하는 게 좋을까요?

너무 느려서 교수님들 속 터지게 하면 당연히 안 되고, 너무 빠른 것도 나쁘지.

빨리 하면 유창하게 보이니까 좋지 않을까요?

빨리 하면 심사숙고하지 않는 것처럼 보이기 쉽다. 오히려 보통 말하는 속도보다 약간 느리게 하는 것이 좋지. 또 생각하면서 차분하게 말하다 보면 자연스레 일상적인 대화 속도보다 좀 느려지게 된단다.

03 교수님들의 반응이 냉담할 때 --;;

1. 고개를 끄덕이며 맞장구를 친다.

2. 잘 안 듣는 것처럼 딴청을 부린다.

3. 코웃음을 치며 비웃는다. 피식 하는 소리가 진짜로 들리거나 콧
바람이 느껴질 때도 있다.

4. 짜증난다는 듯 인상을 쓴다.

네 대답에 대한 교수님들의 반응 유형은 대략 위의 네 가지로
요약될 수 있다. 이중 1번은 좋은 거니까 신경 안 써도 되겠고, 문제는 2,
3, 4번이란다.

그런데 교수님들이 왜 그러시는 걸까요?
정확한 건 나도 모르지. 의도적으로 그러시는 것일 수도 있고, 아무 의미
없는 행동인데도 초긴장 상태인 수험생 눈에만 확대되어 보이는 것일 수
도 있고. 어쨌든 중요한 건 교수님들의 태도에 민감하게 반응해서는 안 된

다는 거야. 맞장구 쳐주신다고 좋아할 것도 없고, 무시당하는 것 같다고 기분 나빠할 것도 없다. 그저 대답만 잘하면 되는 거지. 많은 학생들이 별로 우호적이지 않아 보이는 교수님들의 태도에 지레 주눅이 들어 실력 발휘를 제대로 못하고 나오는데, 너는 그러지 말기를 바란다.

그렇게 생각은 하겠지만, 그게 생각대로 잘 될 것 같지 않아요. 제가 보기와는 달리 상처를 잘 받거든요. ^^;;

오호~ 그래? 정말 보기와는 다르구나. 그럼 약간의 적응 훈련이 필요하네.

그게 뭔데요?

네가 그런 상황에 숙달되도록 내가 악역을 맡아서 앞으로 네 대답에 의도적으로 냉담하게 반응하는 거지. 잘못 하면 코웃음치고, 오류가 보이면 가차없이 비판하고, 집요하게 물고 늘어지는 등등……

너무 잔인한 훈련인데요. -_-;;

그래도 할 수 없지. 최악의 상황을 가정해서 훈련을 해둬야 해. 내가 그러는 걸 그냥 '사랑의 면박' 으로 받아들여라.

'사랑의 면박' 이요?

'사랑의 매' 랑 비슷한 거지 뭐.

04 어려운 말 쓰지 마라!

그건 왜죠? 어려운 단어를 사용하면 뭔가 좀 있어 보일 텐데……. 교수님들도 오히려 대견해하시구요.

물론 그럴 수도 있다. 하지만 잘난 체한다, 현학적이다, 라고 생각하실 수도 있지. 중요한 건, 대견해할 경우는 그냥 거기서 끝나지만, 잘난 체한다고 느끼실 경우는 바로 후속 조치가 이어진다는 사실이다.

그게 뭔데요?

확인하는 거지. '얘가 뭘 제대로 알고 이런 말을 하는 걸까? 학원이나 과외를 통해 주워들은 표피적인 개념이나 용어를 단순 인용하고 있는 건 아닐까?'라는 의구심을, 추가 질문을 통해 확인하는 거야. 교수님이 확인하시면 학생들은 낱낱이 확인당하게 마련이지. 사실은 별로 아는 게 없다는 사실을……

아~ 그럴 수도 있겠네요.

이렇게 생각해 보자. 초등학생이 네 앞에서 미분이 어떻고 적분이 어떻고

하면서 떠들면 어떤 생각이 들겠니?

얘가 좀 재수 없는 스타일이구나, 잘 알지도 못하면서 잘난 체하고 싶어 이러는 거겠지, 라는 선입견이 들겠죠.

그럼 아마 넌 제대로 알고서 그러는 건지, 피상적으로 알고 있는 개념을 앵무새처럼 읊조리고 있는 건 아닌지 확인해 보고 싶을 거야. 그래서 여러 가지를 조목조목 물어볼 테고.

그러겠지요.

교수님 입장에서도 마찬가지란다. 만약 문제 풀이를 위해서 어쩔 수 없이 어려운 개념이나 용어를 동원해야 한다면, 그 의미를 풀어서 너만의 쉬운 말로 얘기해라. 알았지?

05 양비론, 양시론 두리뭉실한 짬뽕 답변은 하지 마라!

🙂💬　그런데요, 결정적으로 제가 양비론, 양시론이 뭔지 잘 모르거든요. --;;

😐💬　양비론, 양시론이란, 어떤 사안에 대해 찬반 양론으로 의견이 갈려 팽팽하게 대립할 때 '양쪽 주장에 다 문제가 있다' 혹은 '다 옳다' 라는 식의 논변을 말한다. 물론 그런 식의 주장을 할 수도 있지만, 결코 바람직한 건 아니야. 자기 생각을 분명하게 주장해야 하는 면접 시험장에서는 더더욱 바람직하지 않은 논법이고.

그런 식으로 주장하면 찬반 양측 중 어느 쪽에서도 공격을 받지 않을 것 같은데요.

(이런 얍삽한 녀석 -_-;;) 토론의 목적이 단지 공격을 받지 않는 데 있는 건가? 그리고 양쪽 모두로부터 공격받을 수도 있다는 생각은 왜 못하지? 자, 생각을 한번 해보자. 면접 문제 중 상당수가 찬반 양론형 문제란다. 게다가 수험생끼리 토론하게 하고 그 과정을 교수님이 채점하는 집단토론식 면접

의 문제 유형은 거의 다 찬반 양론형이다. '가난은 개인의 책임인가, 사회의 책임인가?' 이런 문제가 나왔다고 치자. 교수님은 만반의 준비를 하고 너의 답변을 기다리고 계신다.

무슨 준비요?

네가 어느 쪽 주장을 하든지, 너의 반대 입장에서 네 주장을 공박할 준비지. 그런데 네가 가난은 개인의 책임이기도 하고 사회의 책임이기도 하다는 식의 주장을 해버리면, 김이 확 빠져 버리는 거지.

그런데 저는 진짜로 가난의 책임이 사회에게도 있지만 그 당사자인 개인에게도 있다고 보거든요.

아마 너뿐 아니라 다른 사람들도 마찬가지일 게다. 100퍼센트 사회 책임이다, 100퍼센트 개인 책임이다, 라고 생각하는 사람들이 어디 있겠니? 그거야말로 흑백 논리지. 그래도 좀더 기울어지는 쪽이 있게 마련이야. 51퍼센트 사회 책임, 49퍼센트 개인 책임, 이런 식으로라도 일단 너는 51의 입장에 서야 한다는 거지. 처음부터 어느 입장도 아니라면 토론이나 대화가 진행될 수 있겠어?

아, 그렇군요. 100 : 0은 흑백 논리, 50 : 50은 회색 분자, 이런 건 다 피해야 된다는 거죠? 어, 그런데 좀 찜찜한 게 있어요. 국어 시간에 변증법을 배웠는데, 그 50 : 50 논리가 바로 변증법 아닌가요?

그게 바로 변증법에 관해 널리 퍼져 있는 오해란다. 어떤 주장이 있고(정), 그에 대한 반대 주장이 있어서(반), 양쪽이 충돌하여 상호 보완되고 절충된 결론(합)이 도출되는 과정이 바로 변증법인데, 오해의 근원은 바로 이 '합'에 있는 듯하구나. '합'은 누군가가 인위적으로 만들어서 내놓는 의견이 아니라, 찬·반 양측의 치열한 논쟁의 결과물이다. 그러니까 너 스스로

'합'의 의견을 내놓는다는 건 어불성설이지.

게다가 '합'은 영원히 '합'의 지위에 머물러 있는 게 아니라 곧 '정'으로 기능하게 되고, 또 거기에 대한 '반'이 나와서 '합'이 도출되고, 또다시 같은 과정을 되풀이해 나가는 거란다. 그 일련의 과정을 변증법이라고 하는 거다. '합'을 일컬어 변증법이라고 하는 것이 아니라.

이제 알겠어요. ^^

50:50 짬뽕 논리의 극치에 해당하는 황당한 사례를 하나 얘기해 주지. 작년 어느 대학 기출 문제인데, '졸업하면 대기업과 벤처기업 중 어디에 입사하겠나?'라는 질문에 어떤 멍청한 놈이 나름대로 머리를 써서 이렇게 대답했다고 한다. '낮에는 대기업, 밤에는 벤처기업에 다니겠습니다.' 그랬더니 교수님이 이렇게 말씀하셨단다.

뭐라고요? ^^

'자네가 무슨 박쥐인가?' -_-::

06 모르면 솔직하게 모른다고 하라고?

면접에 관한 잘못된 오해 중에 가장 대표적인 예가 바로 이거다!

그럼 몰라도 아는 척하라는 건가요?

아는 척하라는 게 아니라, 대답을 하기 위해 노력은 해야 한다는 얘기다. 그런 노력도 없이 기다렸다는 듯 '모르겠습니다.' 이래 버리면, 성의 없어 보이는 건 물론이고 '포기'의 의사로 간주될 수도 있다. 사실, 그 주제에 관한 배경 지식을 필요로 하는 몇몇 전공 적성 문제(특히 자연계열의 전공 적성 문제)를 제외한 나머지 문제들에 대해서는 '안다'나 '모른다'는 말 자체가 성립하지 않는단다. 그런 생각의 바탕에는, 아는 문제가 나오면 대답할 수 있고 모르는 문제가 나오면 대답할 수 없다, 구술 면접도 하나의 암기 과목이다, 라는 숨은 전제가 깔려 있는 거지. 그런 생각은 거기서 그치는 게 아니라 아주 바람직하지 못한 쪽으로 면접 공부의 방향을 왜곡시킬 수도 있단다.

왜곡이라니요?

면접도 일종의 암기 과목 같은 거라면 일단 잘 외우고 볼 일인데 면접에서 출제되는 그 많은 주제를 전부 외울 수는 없다, 그러니 아무리 많은 돈을 주고라도 예상 문제를 잘 찍어주는 학원에 등록해서 수업을 들어야 한다…… 뭐 이런 풍조를 조장할 수도 있다는 거지.

이야~~ 면접에서 '모르겠습니다.'라고 하는 게 그토록 흉폭한 결과를 가져오는 '악의 축'일 줄이야!

(이게 지금 빈정대는 말이지? --;;) 그만큼 필연적인 인과 관계가 있는 것은 아니지만 충분히 개연성 있는 가설이기는 하지. 어쨌든 지식을 묻는 전공 관련 문제가 아니라면(그렇다고 전공 문제가 전부 지식을 묻는 문제인 것도 아니다) 안다, 모른다는 없는 거라고 생각해라. 논리 정연하게 대답을 잘하거나 아니면 버벅대거나, 둘 중 하나일 뿐이지.

그래도 교수님들의 추가 질문에 답을 못할 경우는 있잖아요?

그 추가 질문이 학생의 '지식'을 평가하는 질문일 때는 그럴 수도 있겠지, 물론. 추가 질문을 받았는데 가물가물 생각이 잘 나지 않을 때는, 시간이 좀 주어지면 생각날 수도 있으므로 요령껏 시간을 벌어라.

어떻게요?

'저, 제가 질문의 요지를 잘 파악하지 못했습니다. 죄송하지만 다시 한번 말씀해 주시겠습니까?'라면서. 이 말도 좀 천천히 해라. 그렇다고 해서 '얘는 말귀를 잘 못 알아듣으므로 마이너스 1점!' 뭐 이러시는 건 아니니까.

아하. ^^ 교수님이 다시 질문하실 동안이라도 생각을 해보라는 거군요.

아니면 모르는 추가 질문을 받았을 때 아예 처음부터 이렇게 말하든가.

'죄송하지만 생각할 시간을 좀 주시겠습니까?' 또 그렇다고 해서 '얘는 생각할 시간을 달라고 했으므로 마이너스 1점!' 이러는 것 역시 아니란다.

그러고도 생각이 나지 않으면요?

그럼 할 수 없지. 모른다고 실토해야지, 뭐. 단, 그때도 좀더 우회적으로 말하는 게 좋다. 그냥 강직하게 '모르겠습니다.' 라고 하는 것보다는, '제가 모르는 바로 그 부분을 배우기 위해 이 학과에 지원했습니다. ^^;;' 라든가 '제가 아는 건 여기까지이고, 그 부분부터는 학교 들어와서 열심히 배우겠습니다.' 아니면 '학교 들어와서 그 부분에 대해 열심히 생각해 본 후에 리포트를 작성해서 교수님께 제출하겠습니다.' 라는 식으로 대처하는 게 그나마 좋겠지. 물론 결국은 모른다는 뜻이지만.

아하, 그런 방법이 있었네요. ^^;;

단, 남용하면 안 된다. 문제마다 생각할 시간 달라고 해서는 한 30초 동안 생각하다가 학교 들어와서 배우겠네 어쩌네 이래 버리면, 아예 학교 못 들어오게 하는 수가 있다. 교수님도 인간인데 짜증나시겠지.

그리고 이건 첫 질문부터 막힐 때가 아니라 추가 질문에 막힐 때 써먹어야 그나마 효과를 볼 수 있는 방법이지. 물론 그렇다고 해서 안 줄 점수를 주는 건 아니겠지만, 재치 있다, 순발력 있다, 뭐 이런 인상쯤은 줄 수 있겠지.

그렇게 해서 교수님 중 몇 분이 웃어 주시고 너도 웃고 그러면 면접실 분위기가 좀 화기애애해질 테고(그래도 끝까지 웃지 않는 교수님이 계시게 마련이다. --), 그러면 또 네 긴장도 좀 풀어질 테니 그 이후 면접 과정에서 실력 발휘를 더 잘할 수 있다는 게 이 방법의 가장 큰 효과란다.

넵! 알겠습니다. ^^ 그런데요, 면접 끝나고 나갈 때쯤 교수님께서 '학교 들어오

면 열심히 해라.' 이런 식의 말씀을 하시면 합격했다는 뜻이라던데요? 그래서
그런 얘기 못 들은 애들은 떨어질까 봐 괴로워한다던데…….

전혀 근거 없는 얘기다. 수능이나 학생부 등 다른 전형 요소들도 있으니 면
접만으로 당락이 결정되는 것도 아니고, 설사 그렇다고 해도 면접 끝나자
마자 즉석에서 당락을 알 수 있는 것도 아니지. 교수님들이 잘했다고 격려
로 그러실 수도 있지만, 못해서 위로 차원으로 그러실 수도 있는 거야. 게
다가 학교 들어오면 열심히 하라는 말이 꼭 올해 들어오라는 뜻일까?

그럼요?

더 공부해서 2년이나 3년 후에 들어오면 열심히 하라는 것일 수도 있고,
심지어 군대 갔다와서 들어오란 뜻일 수도 있지.

-_-;; ……

07 그래도 모르겠으면?

앞에서 말한 요령이 통하지 않는 경우도 있다. 추가 질문은 고사하고 처음 주어진 문제에 대해서조차 아무 대답도 할 수 없을 때지. 이런 문제는 대개 전공 관련 지식을 묻는 문제고, 특히 자연계의 전공 적성 문제에서 그런 경우가 많단다. 자연계 문제는 수학, 과학 교과 내용이니까 모르면 못 풀겠지, 당연히.

그럴 땐 어떡하나요? 대책이 없어 보이는데.

그래, 사실 대책이 없다. 그렇다고 해서 아무 말도 못하고 나가면 그냥 빵점인데, 어떤 시도든 해봐야겠지. 좀 터무니없게 느껴지더라도 빵점 받는 것보단 나을 테니까.

정말 그러면 어떡해요? 생각해 보니 참 막막하네.

약간 귀여운 표정을 지으면서 이렇게 애원이라도 해보는 거다. 좀 뻔뻔스럽지만. '교수님, 너무 어렵습니다. 힌트 좀 주십시오. ^^;;' 그러면 교수님이 기가 막혀 하시면서도 힌트를 주시기도 한단다. 전공 적성 문제는 그에 관한 지식이 없다면 대답할 수가 없으므로, 학생이 답변의 방향을 제대로 잡을 수 있도록 교수님들이 유도를 해주시는 경우가 많지. 그렇기 때문에 힌트 주는 게 가능할 수도 있다. 그런데 그 '유도'라는 것도 학생이 맞든 틀리든 뭔가 대답을 해야 해줄 수 있는 것 아니겠어? 아무 말도 안 하면 유도를 해주고 싶어도 해줄 재료가 없는 셈이니까. 그러니 아무 생각도 나지 않고 막막할 때는 차라리 단도직입적으로 힌트 좀 달라고 애걸하는 수밖에 없겠지.

힌트를 듣고도 모르면요?

그럼 어쩔 수 없지. 원래, 시험엔 운도 많이 작용하게 마련이다. 네가 다 알고 딱 하나 모르는 게 있는데 재수가 없어서 하필 그 질문을 받았다고 하자. 그 정도로 준비를 제대로 했다면 힌트를 듣고 어느 정도는 대답할 수 있게 마련이다. 그런데 힌트를 듣고서도 아무 대답도 할 수가 없다면 네 실력이 부족함을, 네가 그 학교에 들어갈 자격이 없음을 당당히 인정해라.

그럼, 그냥 나오라는 건가요?

네 맘대로 나오면 안 되지. 차라리 이렇게라도 한번 해보렴. '저는 면접을 보면서 실력이 부족함을 절감했고, 이 학교에 입학할 준비가 아직 안 되어 있다는 사실을 깨달았습니다. 하지만 열심히 공부해서 내년에 꼭 이 학교에 다시 지원할 것이고(딴 데 지원해도 일단 이렇게 얘기해라), 그때는 오늘의 제 부족함을 만회하고야 말겠습니다(진지하고도 당당하게, 마치 호연지기에 휩싸인 듯한 표정으로)!'

그런다고 뭐가 달라질까요?

물론 달라지지 않을 확률이 높다. 비록 실력은 달리지만 네가 적극적인 자세를 가진 학생이라는 사실만이라도 좀 알아달라는 몸부림이지. 또, 잘하

고 못하고를 떠나서 아무것도 보여주지 못하고 참담한 심정으로 나오기
엔, 나름대로 준비해 온 시간들이 아깝지 않겠어? 게다가 너는 응시료를
내고 교수님들과 대화할 시간 10분을 다른 학생들과 똑같이 할애받은 거
고, 그 시간에 대해 정당한 권리를 갖고 있잖아. 실력으론 보여 드릴 게 없
으므로 엔터테이너 정신에 입각하여 대신 다른 뭐라도 좀 보여 드리겠다
는 건데 그게 뭐 어떻겠어?

ㅎㅎㅎ 그럼 개인기라도 보여 드릴까요?

글쎄…… 난 개인기보다는 조직력이 우선이라고 생각한다. 우리 축구가 4
강에 진출한 것처럼.

08 답변은 무조건 두괄식으로 해라?

두괄식이든, 미괄식이든, 양괄식이든 논리적으로 조리 있게만 말하면 된다. 두괄식이 권장 사항일 뿐 필수는 아니라는 말이지.

그런데 왜 다들 두괄식으로 하라고 그럴까요? 학교 선생님들도 그러시던데…….

그건 아마 그분들이 두괄식으로 하지 않으면 낭패 볼 확률이 높다고 생각하시기 때문일 거야. 그렇게 생각하는 데는 일반적인 학생들의 '의사 전달 능력'을 불신하기 때문이지.

선생님들께서, 대부분 학생들이 말을 잘 못한다고 생각하신다는 뜻인가요?

그렇지. 그리고 그건 어느 정도 맞는 생각이기도 하고. 두괄식이 아니라면 미괄식이고, 그렇다면 결론이 가장 뒤에서야 나온다는 건데……. 결론이 나오는 후반부까지 교수님들이 집중력과 흥미를 잃지 않게끔 하면서 네 의견을 끝까지 말하려면 일정 수준 이상의 표현 능력이 필요하단다. 답변 내용도 참신해야 하고.

그런데 교수님의 흥미와 긴장을 유발하기는커녕 스스로 논지를 잊어 버리고 말이 막히거나 엉뚱한 방향으로 어긋나 버리는 일이 빈번하지. 벌써 너만 해도 그래. 말하다가 잊어 버리잖아. 무슨 얘기를 하려고 그랬더라 하면서…….

네. -_-;;

그렇지만 교수님 입장에서 한번 생각해 보자. 학생들 절대 다수가 '네, 저는 이러저러하게 생각합니다. 그 이유는 무엇이기 때문입니다.' 라는 똑같은 두괄식 형태의, 내용마저 엇비슷한 대답을 하루종일 듣고 있자면, 교수님도 좀 지루하고 짜증나고, 뭐 그렇지 않겠어?

그렇겠지요.

그리고 면접은 보통 오전 네 시간, 오후 네 시간, 하루에 여덟 시간씩 치러지는데, 오전 면접이나 오후 면접이나 후반부로 갈수록 교수님들이 느끼는 식상함의 정도는 더욱 심해질 거다. 그렇게 한창 지루해지는 시점에, 어느 똑똑한 학생이 등장해서 앞의 학생들과는 전혀 다른 방식으로, 전혀 다른 내용을, 그것도 아주 조리 있게 얘기한다면 교수님께 그 학생은 하나의 청량제 같은 존재가 되는 거지. 높은 점수를 받는 건 물론이고.

그럼 저보고 두괄식이 아닌 미괄식으로 대답하라는 건가요?

지금 네 실력으로는 하고 싶어도 못한다. 그런 식의 차별화 전략을 위해선 세 가지 조건이 꼭 필요하거든.

우선 흥미와 긴장을 유발할 수 있는 인상적인 도입 부분이 있어야 하고, 그 흥미와 긴장을 끝까지 유지해 나갈 수 있는 의사 전달 능력이 있어야 하며, 답변 내용이 참신하고 창의적이어야 한다(면접 순서가 뒤쪽일수록 그 효과가 확실하다).

지금의 저로서는 불가능한 일이군요. -_-;;

그렇게 미리 좌절할 건 없다. 그게 그렇게 어려운 것만도 아니고.

그럴까요?

그럴 거다.

09 자기 주장을 일관되게 밀어붙여라?

그건 당연한 얘기 아닌가요? 교수님이 집요하게 반박한다고 해서 그 꼬임(?)에 넘어가 중간에 자기 입장을 바꾸면 빵점이라던데?

꼭 그런 것만은 아니지. 일관된 입장을 고수해야 할 때가 있고 아닐 때가 있어. 자기 주장을 일관되게 밀어붙이라는 충고가 어떤 경우를 불문하고 목숨 걸고 지켜내야 할 면접의 황금률은 아니란다.

그럼, 자기 주장을 바꿔도 된다는 말인가요? 어떤 경우에 그래도 되는 거죠?

면접 문제에도 '유형'이 있게 마련인데, 여기서는 '찬반 양론형'과 '원인 분석형'에 대해서만 간단히 얘기하자.

찬반 양론형 문제에서는, 학생이 특정 사안에 대한 찬성이나 반대, 어느 쪽 주장을 하든 교수님은 그 반대 입장에서 학생의 주장을 반박하고 질문을 던진다. 이런 유형의 문제에서 교수님의 주된 역할은 '공격'이다. 당연히 학생의 역할은 '방어'겠지. 그러므로 찬반 양론형 문제에서 학생이 도중에 입장을 바꾼다는 건 교수님의 공격을 견디지 못하고 '항복 선언'을 하는 것과 똑같다. 또, 찬성 아니면 반대 두 가지 입장밖에 없는데, 여기서 입장을 바꾼다는 건 교수님 편에 가서 붙는(?) 것을 의미한다. 그러면 더 이상 교수 대 학생의 토론은 이루어질 수 없고 그냥 상황 종료, 즉 면접이 끝나게 되는 거지.

ㅋㅋㅋ '교수님 말씀이 다 맞아요. 저 교수님이랑 같은 편이에요. 그러니까 자꾸 무섭게 뭐라고 그러지 않으셔도 돼요.' 이런 셈이 된다는 거네요. ^^;;

그렇지. 찬반 양론형 문제에서 입장을 바꾸는 건, '우리 이제 그만 면접 끝내요.' 라고 하는 것과 마찬가지다.

그러면 입장을 바꿔도 되는 건 어떤 경우예요?

'원인 분석형' 문제일 때지. 한류의 원인이 뭐냐, 한국 영화가 뜨는 원인이 뭐냐, 학교 붕괴의 원인이 뭐냐, 라는 식의 문제에서 학생이 원인 진단을 제대로 해내기는 상당히 어렵단다. 정해진 답이 딱 하나 있는 게 아니라, 전문가들 사이에서조차 그에 관한 의견이 분분하니까. 이 유형의 문제에서 교수님의 추가 질문은 학생 의견에 대한 '공격' 역할도 하지만, 잘못을 깨우쳐서 올바른 원인 분석으로 나가도록 '유도' 하는 역할도 한다.

그럼, 교수님이 반박하면 바로바로 대답을 바꿔야 하나요?

물론 그건 아니다. 일단 자기 주장을 밀어붙이다가 교수님의 추가 질문을 통해 더 이상 수습 불가능할 정도로 대답의 허점이 드러나면, '그 부분은 제가 미처 생각하지 못했습니다. 죄송하지만 약간 수정을 해도 되겠습니까?' 뭐 이런 식으로 매너라도 좋게 보이도록 하면서, 세련되게 정정하면 되는 거지. 원인 분석이 오류투성이라 교수님이 잘못된 부분을 지적해 주시는데도 '안 돼, 안 돼. 악마의 꼬임에 넘어가면 안 돼.' 라고 다짐하듯이 끝까지 자기가 맞다고 박박 우긴다면, '공부도 못하는' 데다가 '성격마저 나쁜' 학생으로 낙인 찍히게 된단다.

'찬반 양론형' 문제에서는 입장을 끝까지 고수하고, '원인 분석형' 문제에서는
상황을 봐가면서 고수해라, 그거군요? ^^;;

10

Part I 이것만 알고 면접장에 들어가면 빵점 맞는다!

10 시선 처리는 어떻게?

이건 참 사소한 문제지만, 유념해야 할 부분이므로 짚고 넘어가자. 교수님 눈을 정면으로 봐라, 코를 봐라, 입을 봐라, 눈과 눈 사이를 봐라 등등 면접에서 시선 처리에 관한 충고는 너무나 다양하지. 그렇지만 여기에 정답이 있는 건 아니다. 교수님이 '너는 기분 나쁘게 내 머리 빠진 부분을 계속 쳐다봤으므로 마이너스 1점!' 이러시는 건 아니라는 거지. 어느 부위(?)를 보든, 교수님을 보면서 얘기하면 된다. 적절한 시선 처리는 몰라서 못하기보단 오히려 알면서도 습관이 되지 않아 못하는 경우가 많단다. 예를 들어 네가 평소 대화를 할 때 상대의 정면을 바라보지 않는 습관이 있다면 면접 때도 그 습관이 그대로 나온다는 거지. 자기 답변 내용에 치중하다 보면 시선 처리나 말할 때 몸가짐 같은 것들은 평소 습관대로 나오게 되거든. 그렇기 때문에 우린 늘 서로 마주보는 자세로 수업을 할 거다. 그러니 넌 항상 내 얼굴을 정면으로 보면서 얘기하는 습관을 들여라.

어, 그건 너무 광범위하네요? 선생님 얼굴이 이렇게 큰데, 그냥 얼

굴을 보라면 너무 막연한데요? ^^;;

(-_-;;) 내 얼굴이 워낙 조막만해서 어디를 봐도 그게 그거겠지만, 굳이 꼭
짚어서 얘기하라면 눈과 코의 중간 부분을 바라보는 습관을 들이는 게 좋
겠다.

네, ^^ 그렇게 하겠습니다(그게 조막이라고라고라······).

11

Part I 이것만 알고 면접장에 들어가면 빵점 맞는다!

11 면접을 마치고 나갈 때

화장실 들어갈 때 다르고 나올 때 다르듯이, 많은 학생들이 들어가서는 인사를 제대로 하지만 나올 때는 소홀히 하는 경향이 있다. 교수님은 문 닫고 나가는 네 등뒤까지 주목하신다는 걸 잊지 마라. 면접이 끝났다는 해방감에 혹은 면접을 잘 본 것 같다는 착각에 들떠서 문을 '쾅' 닫고 나와서는, 복도에서부터 떠들어대는 애들도 종종 있는데, 매우 위험한 행동이다.

그럼, 교수님이 면접실 문에다 귀를 쫑긋 세워 붙이고 대기실 복도 소리까지 엿들으신다는 건가요? ㅋㅋㅋ

그렇게 귀엽게까지 하지 않아도 웬만한 소음은 다 들린다. 복도에서 떠들다가 감점당한 학생을 내가 알고 있거든.

그럼 끝나고 나올 때 인사말은 어떻게 하는 게 좋을까요? '수고하셨습니다.'가 어떨지…….

그건 뭐 그렇게 중요한 문제는 아니지만, 튀지 않게 일반적인 걸로 해라.

많이 파세요! 이러지만 않으면 상관없다. 그래도 '감사합니다.'가 가장 무난하겠지. 우만구만

Part II

이것만 알고 면접장에
들어가면 10점은 맞는다!

창의성은 논리성에서 나온다

이 문제 유형에서 가장 중요한 것은 답변의 참신함이다. 이 유형의 문제에 대해서는 교수님도 까다로운 추가 질문을 하기 힘들다. 그리고 학생의 창의성을 테스트하겠다는 취지이기 때문에, 눈에 띨 정도로 심각한 논리적 허점만 아니면 지적하지 않고 그냥 넘어가 주신다. 그러므로 오직 하나만 생각하면 된다. '남이 하지 못할 생각을 해내자!' 그 점을 상기하면서 문제를 풀어 보도록 하자.

01 냉장고 없는 집

> 어떤 마을에 냉장고가 있는 집이 있고 없는 집이 있다. 냉장고가 있는
> 집을 쉽게 찾으려면 어떻게 해야 하는가?
>
> – 경북대 기출

 음…… 당황스럽네요. --;;

 상상의 나래를 마음껏 펼쳐 봐라. 네 대답을 들은 교수님이 '옳지!' 하면서 무릎을 탁 치도록.

그렇지! 모든 집의 쓰레기통을 뒤져 보면 될 것 같아요.

???

냉장고가 없는 집은 음식이 잘 상할 테고, 그러면 음식물 쓰레기의 양이 더 많을 테니까요.

너 혼자서만 무릎을 칠 만한 대답이다. -_-;;; 분리 수거도 하지 않고 음식물 쓰레기를 그냥 버리면 안 되잖아. 그건 냉장고 없는 집이 아니라 분리

수거 안 하는, 양심 불량인 집을 찾기에 더 좋은 방법 같은데. 그리고 그게 '쉽게' 찾는 방법이야, 이 녀석아! 세상에서 제일 어렵게 찾는 방법이지. 그러느니 차라리 일일이 가정 방문을 해서 냉장고가 있나 없나 눈으로 직접 확인하는 게 훨씬 편하겠다.

(−_−;;) 추가 질문 별로 없다고 하구선……. 앗, 그거다! 이장님을 통해서 마을 방송을 하는 거예요. 이틀 동안 아이스크림 30개를 맡아 주면 다섯 개를 줄 테니 보관해 줄 집은 지금 마을 회관으로 오라고. 그럼 냉장고 있는 집 사람들만 오겠지요.

유치하지만 그런대로……. 그런데 다섯 개 받아먹느니 그냥 안 하고 만다 하면서 냉장고 있는데도 안 나오면 어떡하지?

그럼 열 개로 올릴까요? 아니, 그냥 만 원 준다고 할까요? 앗! 또 생각났어요. 반대로 냉장고 없는 집을 찾는 거예요.

어떻게?

냉장고가 없다고 해서 그냥 상한 음식을 먹고 살지는 않을 테니, 냉장고 대용품이라도 사용하겠지요. 아이스박스 같은 것, 스티로폼으로 된 것 있잖아요. 겉에 꽃무늬 알록달록하게 있고. 여름에 동네 슈퍼 가면 이걸 가게 앞에다 내다놓고 얼음물 채워서 그 안에 캔 음료수 시원하게 담궈 놓고 팔잖아요. ^^

그런데?

또 마을 방송을 하는 거예요. 큰 얼음이 많이 있으니 빨리들 나와서 공짜로 가져 가라고. 그리고 그 얼음이 냉동실에는 안 들어가지만 아이스박스엔 들어갈 정도로 부피가 크다면, 냉장고 있는 집에선 필요도 없고 처치 곤란이라 안 가져 가겠지요. 하지만 아이스박스를 사용하는 집에선 얼음이 필수품이니까 당연히 가져 갈 테죠. 더구나 무료잖아요.

너 마을 방송 엄청 좋아하는구나. 제법 참신하긴 하다.

또 생각났어요! 이번엔 방송 안 해요. 그런 동네엔 꼭 얼음집이 있겠지요. 얼음집에선 아마 아이스박스를 사용하는 집에 정기적으로 얼음을 배달해 주겠죠? 그러니까 얼음집 장부를 보여달라고 하면 돼요. 그 집들을 제외하고 나면 냉장고 있는 집이 나오겠죠.

그 중 제일 괜찮은 대답이구나. ^^;;;

에헴, 이거 뭐 별거 아니군. 다른 문제 또 없나요?

02 계곡물에 설거지하는 사람을 만나면?

> 계곡물에 설거지하는 사람에게 환경 오염이 될 수 있으니 삼가라고
> 했다. 그러자 그 사람이 '나 혼자라 상관없다.'고 말했다. 이때 해줄
> 수 있는 말은?
>   – 서울대 기출

🧑💬   당신보다 조금 위에서(상류 쪽에서) 열댓 명이 집단으로 설거지하고
있더라, 그러니까 당신은 지금 구정물로 설거지를 하고 있는 거다. 이렇게 거짓
말하면 어떨까요?

🧑💬   논리적이지도 않고, 그렇다고 별로 웃기지도 않은 대답이구나.
논리성에 약간의 위트가 가미된 대답! 이게 바로 창의성 문제에 대한 가장
바람직한 답변이 갖추어야 할 조건이다. 논리성이 없다면 엄청나게 엉뚱하
든가, 극도로 웃기든가 해야지.

그토록 심한 말을……. --;; 하지만 그런 상황에서 발휘할 논리라는 게 뭐가
있을까요?

그 사람이 착각하고 있는 것이 한 가지 있다. 바로 계곡에서 설거지하는 사람은 자기 혼자일 뿐이라는 생각이지. 그 사람에게 이 사실을 일깨워 줄 수 있는 촌철살인의 한마디! 그런 걸 생각해 보라는 거지.

아! 이러면 어떨까요? 나한테 딱 한 대만 맞아라!

???

당신이 그러지 않았느냐. 나 하나쯤이야 어떠냐고. 마찬가지로 두 대도 아니고, 한 대쯤 맞는 거야 뭐 어떻겠냐?

아까 것보단 좀 낫지만 여전히 말장난이나 농담 수준에서 크게 벗어나지 못한 대답이다. 다른 건 없을까?

있어요! 다음과 같이 말하면 어떨까요?

'당신은 계곡물에 설거지할 만큼 싸가지 없는 사람이 왜 당신 하나뿐이라고 생각하는 건가? 무슨 근거로 당신만 못됐고 다른 사람들은 다 착할 거라고 생각하는 건가? 당신 생각이 맞는지 확인해 보려면 길에 서서 지나가는 사람들을 째려보고 있으면 된다. 당신 생각대로 당신 아닌 다른 사람들이 모두 착하다면 다들 그냥 지나가 주겠지만, 현실은 아마 그렇지 않을 거다. 열에 두셋 정도는 '너 나 알아? 왜 째려봐!' 이러면서 당신을 칠지도 모른다. 따라서 당신만 못됐다는 생각은 지나친 자기 비하(?)이며 당신 정도로 못된 나머지, 계곡물에 설거지할 사람은 수두룩하다. 결국 당신 혼자만 설거지하는 것이 아니기 때문에 당신은 설거지를 해서는 안 된다는 것이다.'

그래도 그 사람이 계속 설거지를 한다면?

그 사람보다 한 10m쯤 더 상류 쪽으로 올라가서 바지를 내리고 엉거주춤하게 쪼그려 앉는 거예요.

그리고?

주변을 두리번거리다 그 사람한테 소리를 지르지요.

뭐라고?

야! 휴지 없어?

정말 더럽게 참신한 발상이구나. --;;;

그 사람이 경악에 찬 표정으로 저를 쳐다보면, 또 이렇게 소리를 지르는 거예요. '나 하나쯤인데 뭐 어때! 게다가 난 변비라 양도 아주 적다!'

좀 깨끗한 건 없니?

계곡물에 설거지를 한다는 것 자체가 이미 충분히 더러운걸요. 게다가 수질 오염의 정도로 친다면 설거지가 덩(?)보다 심하면 심했지, 덜하지는 않을걸요? 또 하나가 있는데, 이것도 약간 더러운 얘기인데…….

또 해봐라. 설마 앞의 것만큼이야 더럽겠니?

당신이 분식집에서 라면을 시켰는데 국물 속에 파리 한 마리가 빠져 있길래 주인 아줌마한테 바꿔달라고 했습니다. 그런데 아줌마가 파리만 쏙 건져내고는 한마리 가지고 뭘 그러냐면서 그냥 먹으라고 한다면 당신은 어떻겠습니까? 이 계곡의 물이 결국엔 우리가 먹는 물이 되는 겁니다!

이런 건 어떨까?

'한 명이 설거지를 해도 괜찮다면 거기다 한 명쯤 추가해도 큰 문제가 될 건 없다. 또 둘이 괜찮다면 옆에서 한 명 더 설거지를 해도 역시 별 문제 아니다. 또 셋이 괜찮다면 거기에 하나 더해도 역시 마찬가지일 것이다. 요컨대 열일곱 명까지는 되지만 열여덟 명부터는 안 된다고 볼 이유가 없는 것이다. 이런 식의 무한 급수의 결론은 전 국민이 설거지를 해도 괜찮다는 거다.'

그 사람이 예상을 뒤엎고 좀 논리적인 사람이라 '그런 일은 논리의 세계에서나

가능할 뿐 현실에선 불가능하다.'고 반박하면, 뭐라고 하실 건가요?

계곡물에 설거지하는 사람이 오직 당신뿐이라는 것도 현실에선 불가능한 일이다. 그릇을 휴지로 대충 닦아 가방에 넣는 것보단 계곡물로 닦아내면 깔끔하고 편할 거라는 생각이 뭐 그리 대단한 거라고, 당신만 하고 다른 사람은 못하리라고 단정하는 것인가? 따라서 그런 생각을 실행에 옮기는 사람은 분명 당신 혼자만은 아닐 것이다. 고로 '나 혼자만 설거지한다.'는 것 역시 논리의 세계에서나 가능한 상황이다. 당신이 논리로 말하길래 나도 논리로 말했을 뿐이다.

계곡물로 설거지를 할 정도로 무식한 사람에겐 그런 논리적 반박도 과분해요. 게다가 잘 알아듣지도 못할 거예요. 그냥 이렇게 말하는 게 제일 편하죠.

어떻게?

올라오다 보니까 저 아래서 당신의 여자 친구가 목이 엄청 말랐는지 계곡물을 벌컥벌컥 마시고 있더라. ^^

03 이상하게 우기는 사람을 만나면?

> 면접 번호가 68번인데, 다른 사람이 거꾸로 89번이라고 우긴다면 어떻게 논리적으로 반박하겠는가?
>
> – 서울대 기출

그렇게 우기는 사람한테, 네가 거꾸로 봐서 그렇게 보이는 거라고 점잖게 충고해 주면 되겠죠, 뭐.

보아 하니 겁나게 잘 우기는 놈 같은데, 그 정도로 통할까?

그럼 저도 똑같이 우기면 돼요. 물구나무 서서 그 녀석을 쳐다보면서 너 왜 거꾸로 서 있냐고 되레 막 우겨요!

ㅋㅋㅋ 논리적이기보단 웃기는 대답이네.

그럼 저도 16번 애한테 91번이라고 우기고, 18번 애한테 81번이라고 우기고, 이런 식으로 19번, 61번, 66번, 69번, 86번, 98번을 다 찾아다니면서 우겨요. 그럼 설마 그 중에 한 명 정도는 저한테 논리적으로 반박을 해주겠죠. 그 논리적 대답을 잘 듣고 외웠다가 처음에 우긴 그 녀석에게 그대로 전해줘요.

그렇게 일일이 다 찾아다닌다는 건, 머리가 달리니까 손발이라도 열심히 놀리겠다는 뜻이네. ㅋㅋㅋ 진짜 아무도 생각 못할 만한 대답이긴 한데, 논리성은 전혀 없구나.

그럼…… 106번 수험생을 찾아서 이렇게 말해요.

'네 논리대로라면 이 사람은 901번인데, 수험 번호 900번대는 없다. 봐라, 면접 보러 온 사람들이 대충 200명 정도밖에 안 되잖는가. 따라서 너는 모든 번호를 거꾸로 보는 습관을 가진, 이상한 녀석이다.'

괜찮네. 그런데, 면접 보러 온 사람들이 1000명이 넘으면 어쩌지?

아무리 면접을 대충 한다고 해도 하루에 1000명을 테스트한다는 건 불가능하잖아요. 현실적으로.

그렇지. 그런 반론도 괜찮군. 하지만 다른 대답도 또 생각해 보자.

글쎄요, 더 이상은 생각이 나지 않는데요.

이런 건 어떨까?

'너는 번호를 거꾸로 보고, 나는 제대로 본다. 우리의 두 관점 중 어느 쪽이 옳은지 가려내려면 어느 쪽이 현실을 제대로 반영하고 있는지를 확인해 보면 될 거다. 지금 이 자리에 있는 수험생들이 200명이라고 치고, 나의 관점에 따를 경우 1번부터 200번까지 모든 수험번호를 확인할 수 있다. 반면 너의 관점에 의하면 몇십 명의 번호밖에는 확인할 수 없을 것이다. 01번은 존재한다(실제로는 10번). 그러나 2, 3, 4, 5는 없고 06번(실제로는 90번)은 있고, 09번은 있고(실제로 60번), 11번(실제로도 11번), 16번(실제로 91번), 18번(실제로 81번), 19번(실제로 61번)…… 이렇게 띄엄띄엄 나타나다가 급기야 20번대부터 50번대까지의 수험번호는 아예 찾아볼 수 없게 된다. 이런 식으로 따져 나가면 실제 200개의 번호 중 너의 관점으로 확인할 수 있는 번호는 이, 삼십 개에 불과할 것이다. 따라서 나의 관점은 있는 그대로의 현실을 반영하지만, 너의 관점은 그렇지 못하다. 고로 나는 옳고 너는 그르다.'

우와~ 왠지 엄청 논리적인 것 같아요. ^^;;

왠지가 아니라, 진짜로 논리적이기 때문에 그렇게 느껴지는 거지.

처음엔 선생님이 그냥 웃기게 생긴 줄로만 알았는데…….

이제 보니 실력도 있다, 그런 얘기야? 처음 듣는 얘기군. 실력이 달리는 걸 얼굴로 커버한다는 말은 많이 들었지만……. 그럼 장동건도 웃기게 생긴 건가?

-_-;;;

04 이상한 은행

> 은행에서 평균적으로 30분 간 15명이 들어오고, 평균적으로 30분 간 15명의 일을 처리할 수 있다고 한다. 그런데도 이때 평균적으로 기다리는 사람이 많다. 그렇다면 기다리는 사람이 있는 이유는 무엇이고, 그것에 대한 대처 방안은 무엇인가?
>
> – 서울대 기출

 이것도 창의성 문젠가요?

 딱 보기에 좀 엉뚱해야만 창의성 문제인 건 아니지. 보통 문제라도 네가 창의성과 논리성을 발휘해 버리면, 그게 바로 창의성 문제가 되는 거지, 뭐.

그런데 정말 이상한 은행이네요? 30분에 15명의 고객이 들어오고 은행의 업무 속도가 30분에 15명의 일을 처리할 수 있는 속도라면, 이론적으론 그 둘이 딱 맞아떨어지니까 기다리는 사람이 없어야 정상인 거잖아요.

네 말은 지금 너희 반 40명 애들의 면접 평균점이(100점 만점에) 70점이라면, 1번부터 40번까지 모든 애들이 다 70점을 맞았어야 하는 거라고 우기는 셈이다.

그게 무슨 말이죠?

평균이란 게 뭐지? 어떤 애는 100점, 어떤 애는 10점, 어떤 애는 40점, 또 어떤 애는 90점 등 제각각의 점수를 다 더해서 너희 반 총 인원수로 나누어 얻은 수치일 뿐이다.

그렇지요.

그럼 너희 반 평균이 70점이라고 해서 모든 애들이 다 꼭 70점을 맞아야만 하는 건 아니지? 물론 아주 특이한 경우엔 모두 70점을 받았을 수도 있겠지만.

아, 이제 알겠어요. ^^ 동전을 던져서 앞면이 나올 확률은 평균적으로 1/2이지만, 그렇다고 해서 10번 던져 꼭 다섯 번 앞면이 나오는 건 아니라는 얘기랑 비슷하네요.

그렇지, 바로 그거다. 아들 낳을 확률이나 딸 낳을 확률이나 똑같이 1/2인데, 지금까지 아들 둘, 딸 하나를 낳았으니까 네 번째 아기는 틀림없이 딸일 거라고 철석같이 믿어 버리는 사람은 없잖아. 일상 생활에선 그렇게 '평균'의 개념을 체득하고 있으면서 왜 시험 문제에서는 버벅대냔 말이지, 내 말은.

아~ 이제 완전히 감잡았어요. ^^ 제가 정리해 보겠습니다.

여기선 평균이란 단어의 개념이 중요합니다. 30분 간 15명이란 수치는 그야말로 평균일 뿐인 거지요. 예를 들면, 어떤 사람이 고속도로를 시속 150~170킬로미터 정도로 가다가 휴게실에서 밥 먹고 잠까지 한숨 자고 나서, 다시 같은 속도로 달려서 목적지에 다섯 시간 만에 도착했습니다. 출발지에서 목적지까지의 거리가 400킬로미터였다면, 이 사람은 평균 속력 80킬로미터로 달린 셈이지요. 그러나 실제로 이 사람이 시속 80킬로미터로 달린 것은 출발해서 가속할 때와 휴게소에 멈추기 위해 속도를 줄일 때, 휴게소에서 출발해서 가속할 때, 목적지에서 멈추기 위해 감속할 때, 이렇게 4번밖에는 없습니다. 그래도 이 사람의 평균 속력이 시속 80킬로미터임은 틀림없구요.

이 은행의 업무 처리 속도 역시 마찬가지가 아닐까요? 총 출입 고객수를 총 업무시간으로 나눈 단순한 '평균' 수치일 뿐, 실제로 30분에 15명, 즉 1명당 2분의 시간이 걸린 적은 몇 번 없을 수도 있습니다(물론 시간당 은행 출입 고객수의 평균에 대해서도 같은 생각을 할 수 있지요). 아니 그럴 확률이 더 높지요. 하지만 은행은 고유한 입지를 갖게 마련이고, 그 조건에 따라서 특유한 집중 시간대가 있게 마련입니다.

구체적으로 얘기해 봐라.

예를 들어 아파트 상가에 위치한 은행이라면요, 주 이용 고객은 그 아파트에 거주하는 주부들일 것입니다. 그러므로 보통 아이들 학교 가고 남편 출근하고 난 후 설거지 등 집안일을 끝내고 은행에 가겠지요. 즉 주부들이 거동하기 가장 쉬우면서 은행 점심 시간을 피할 수 있는 시간대, 오전 10시에서 12시까지가 가장 붐비는 시간대가 아닐까요?

뭐 그럴 수도 있겠지. 내가 은행원이 아니라 잘 모르겠지만.

또 은행의 입지에 상관없이 은행 마감 시간 직전에는 꼭 그날 처리해야 하는 일을 보기 위해 은행을 찾는 사람이 많아서, 오후 3시부터 4시 30분까지 역시 집중 시간대가 되겠지요. 이처럼 은행마다 고유한 혹은 공통적인 집중 시간대가 있어서 시간대별 고객수는 그 편차가 심할 것 같습니다.

그럴 듯하군. ^^

게다가 이런 경향은 하루 중 시간대별로만 나타나는 게 아니라, 한 달 중 날짜
대별로(말일이나 직장인들 월급날, 각종 공과금 납입 기한 마감일, 카드 결제일 등)
나타날 수도 있고, 일주일 중 요일대별로(월요일은 붐비고, 금요일도 주말에 놀러
가서 쓸 돈 찾아야 하니까 붐비고) 나타날 수도 있겠지요.

이야~ 네가 어떻게 현실적인 일에 대해서 그렇게 잘 알지? 은행 출입을
자주 하나 보구나.

제가 이래봐도 꼬박꼬박 저축을 하는 습관이 있거든요. ^___^

그래? 그럼 선생님 돈 좀 꿔줘라. 카드 막을 때마다 허덕이는데. 꿔주는 걸
로 믿고 다음 얘기를 하자. 그럼 그에 대한 대책으론 어떤 것들이 있을까?

손님이 집중되는 시간에만 창구나 직원을 갑자기 늘릴 수는 없으므로 손님이
찾는 시간을 분산시키는 거지요. 즉 한가한 시간대에 오면 각종 수수료를 싸게
해준다든가(마찬가지로 한가한 날짜나 요일에 오는 손님도), 또 자동 입출금 기계
를 늘리든가 아니면 기계 사용시 수수료를 창구 이용할 때보다 훨씬 싸게 해준
다든가 등의 방법들이 있겠죠.

그리고 인터넷 뱅킹을 적극 이용하도록 비슷한 방식의 유인을 마련하는 거죠.
또 붐비는 시간대에는(대개 간단한 입출금 업무를 보는 창구가 붐빌 테니) 한가한
창구 직원이나 관리직 사원들도 입출금 업무에 동참하는 거죠.

음, 전체적으로 괜찮은 대답이었다. 그런데 좀더 수학적 관점으로 접근할
수도 있단다. 튀는 접근 방식 자체가 창의적으로 보이게 마련이지.

어떻게요?

들어 봐라.

평균이란 개념은, 특히 표준 편차가 클 때의 평균 개념은 매우 공허합니다.
예를 들어 극소수의 세계적인 부자들과 절대 다수의 극빈자들로 구성되어

있는 어떤 나라의 1인당 국민소득이 2만 달러라고 칩시다. 이때의 평균 소
득은 억만장자와 극빈자, 양자 중 어느 쪽의 현실도 제대로 반영하지 못하
는 공허한 '지수'에 불과합니다.

함수의 그래프에서 A지점과 B지점 사이의 평균변화율(평균기울기)이 1이
라는 사실이 현실에서는 큰 의미를 갖지 못할 수도 있습니다. 최악의(?) 경
우엔 실제 어떤 한 지점에서의 순간변화율(접선의 기울기)이 1이 되는(평균
변화율과 같이) 경우는 단 한 번밖엔 없을 수도 있으니까요. 이걸 알려주는
것이 바로 평균값의 정리지요(이 부분은 수학 실력이 만만치 않음을 은근히
뽐낼 수 있는 대목이다. ^^).

따라서 실생활에서 평균이라는 수치에 의존해서 판단하고 결정하는 데는
위험 부담이 따르게 마련입니다. 특히 표준편차가 클 경우엔 더더욱 그렇
고요. 은행의 시간당 출입 고객이란 비교적 표준편차가 큰 평균의 개념입
니다. 위에서 살펴본 바와 같은 이유에서지요. 우민구민

Part III
이것만 알고 면접장에
들어가면 40점은 맞는다!

유추를 이용하라

이 유형의 문제가 따로 있는 것은 아니다. 즉, 문제를 받아 본 수험생이 유추 유형이라는 것을 대번에 알아볼 수 있는, 이 유형만의 특징이 존재하는 건 아니다. 그러나 어떤 유형의 문제에 대해서도 유추를 이용한 답변은 가능하며 매우 효과적이기도 하다.

Part III에서는 일반화와 구체화, 이 두 가지 상반된 사고의 기술을 익혀라. 그럼 보다 많은 문제에 유추의 방법을 적용할 수 있게 될 것이다. 그 결과 너의 답변은 쉽고, 재미있고, 독창적이게 될 것이다.

01 보험 회사 직원과의 분쟁

 '유추'가 뭔지는 알겠지?

 어떤 대상을 알기 쉽게 설명하기 위해서 다른 것에 비유하는 것 아닌가요?

엉성하긴 하지만 대충 뜻은 맞는구나. 정확한 용어는 '유비추론'이다. 유추는 그것의 줄임말이고. 엄격한 논리학의 잣대로 본다면, 내가 지금 말하려고 하는 방법이 정확한 의미의 '유추'라고 보기는 힘들다. 그렇지만 단순한 '비유'와는 더더욱 거리가 멀고, 또 '유추'가 국어 수업을 통해 학생들에게 친숙해진 용어이기 때문에 지금 설명하려는 이 방식을 '유추'라고 명명하기로 했다. 그럼 이해를 돕기 위해 내가 겪은 사건 하나 얘기해 주지.

^^ 재밌는 얘긴가요?

일단 들어 봐라. 2년 전 어느 일요일 아침, 경기도에 있는 모모랜드라는 곳에 놀러 가는 중이었다. 친구 하나를 태우고 내가 운전을 하고 있었지. 고

속도로는 너무나 한산했다. 톨게이트를 지나게 되었는데, 내 바로 왼쪽 톨게이트로 진입하던 어떤 트럭이 갑자기 진로를 바꾸어 내 차의 좌측 앞문과 뒷문 사이를 들이받았단다!

헉! 사람이 다치진 않았나요?

톨게이트로 진입하려던 참이라 속도를 줄이고 있었기 때문에 사람은 안 다쳤지만, 내 차가 많이 찌그러졌지.

선생님이 양보하면 사고를 피할 수 있지 않았을까요?

앞차가 뒤차한테 양보를 해줄 수 있는 경우는 딱 한 가지다. 두 차가 같은 차로에서 앞뒤로 가고 있을 때 뒤차가 빨리 가고 싶어하면 앞차가 차로를 변경해서 길을 내주는 것, 이거 하나지. 그런데 이건 전혀 그런 상황이 아니었거든. 내 차는 오른쪽, 그 차는 내 바로 왼쪽 톨게이트로 진입하고 있었고, 더구나 그 차가 내 차보다 뒤에서 오고 있었어. 그러다 그 차가 갑자기 오른쪽으로 방향을 바꿔서 추돌한 상황이라 내가 어떻게 손을 쓸 수가 없었던 거지.

그런데 그 차가 왜 그랬을까요?

빨리 가려고 그랬겠지. 내 쪽 톨게이트에 차가 더 적었거든. 어쨌든 그러고 나서 그쪽이 잘못을 인정하고 보험으로 배상을 해주기로 하고, 사건은 마무리됐단다. 그리고 우리는 그냥 놀러갔지.

사고가 나서 차가 찌그러졌는데도 그냥 놀러갔단 말예요? 와, 집요하다!

사고는 사고고, 노는 건 노는 거지. 대신에 내 친구가 좀 불편했지.

왜요?

차문이 찌그러지면서 창문이 안 내려가는 바람에, 톨게이트에서 돈 낼 때마다 그 친구가 내려서 건너가서 돈 내고, 건너와서 다시 차에 타야 했으니까.

선생님 차 뒤에 있던 차에서 볼 때는 웃겼겠네요. ㅋㅋㅋ

그랬겠지. ^^;; 그런데 문제는 며칠 후에 생겼다. 그 가해자측 보험 회사 직원이 전화를 해서는, 내 과실도 10퍼센트 있으니까 내 차 수리비의 10퍼센트는 내가 지불해야 하는 거라고 그러더군.

억울하셨겠네요. 그래서요?

이렇게 말했지. '당신이 어떤 사람에게 일방적으로 얻어맞고 그 사람을 고소했는데, 그 사람, 즉 가해자가 내 과실은 90퍼센트니까 치료비의 90퍼센트만 내겠다, 10퍼센트는 당신이 내라, 이렇게 일방적으로 선언해 버린다면 당신 기분이 어떻겠냐, 황당하지 않겠냐? 가해자 혼자서 책임 소재에 대한 판단을 하는 것이 합당하냐? 피해자 독단으로 판단하는 것도 역시 합당하진 않다. 그렇다면 중립적 위치에 있는, 권위가 인정되는 제 3자가(법원) 그런 판단을 해야 옳지 않겠느냐?'

저는 잘 이해가 안 되거든요. -_-

네가 보험에 대해서 잘 몰라서 그럴 거다. 더 들어 봐라. 이어서 이렇게 얘기했지.

'보험 회사는 제3자 입장에서 사고에 대한 판결을 내리는 기관이 아니라, 단지 운전자의 대리인일 뿐이다. 고로 가해자측 보험회사 = 가해자라고 봐도 무방하다. 따라서 방금 전 당신이 한 말은, 가해자가 제멋대로 피해자에게도 10퍼센트의 책임이 있다고 판결을 내린 것과 같다. 보험 회사가 스스로를 사법 기관으로 착각하고 있는 것 아니냐? 보험 회사는 운전자의 대리인으로서, 운전자가 일일이 하기 어렵거나 귀찮은 여러 가지 일(사고 처리 과정을 포함해서)을 대신해 주고 그에 대한 수고비를 받는 사기업일 뿐이

다.'

그랬더니 뭐라 그러던가요?

내 말의 논리 정연함에 감동해서 막 울더라.

(괜히 물어봤다. –_–;;) 저라도 울었을 것 같아요.

어떠니? 적절한 유추를 이용하면, 상대를 더 잘 설득할 수 있겠지?

네, 그런 일상적인 예가 또 없을까요?

또 있다. 이것도 차로 인한 사건인데, 역시 실화란다.

ㅋㅋㅋ 재미있겠네요.

02 어떤 아줌마와의 분쟁

1년 전 우리 아파트 단지 내에서, 내 차는 멀쩡히 잘 서 있는데 어떤 차가 괜히 내 차 옆을 긁고 지나가는 불상사가 발생했다. 어떤 아주머니였는데 운전 미숙 때문인 것 같더라. 그런데 그 아주머니가 내 차를 유심히 살펴보더니 이렇게 말하는 것이었어. '아휴, 차가 워낙 더러워서 긁힌 부분이 티도 안 나는데 그냥 봐줘요.'

뻔뻔한 아주머니네요. 그래서 뭐라 그러셨나요?

페인트 칠만 벗겨진 정도라면 그냥 봐줄 수도 있었는데, 차 측면이 좀 찌그러지기까지 한 데다가, 미안하단 말 한마디 없는 그 무례한 태도 때문에, 절대로 봐주지 않겠다고 결심했지. 그리고 이렇게 말했다.

'아주머니 아이가, 기왕에 더러운데 티도 안 나겠지 하면서 온갖 쓰레기를 휴지통이 아닌 자기 방에 그냥 버린다면 어떻겠어요? 또, 길거리가 더럽다고 담배꽁초를 버리거나 침을 뱉는다면 경찰이 그냥 봐주나요? 아니면 범칙금을 조금 깎아 주기라도 하나요? 그리고 차가 더러워서 보상을 안 하거

나 덜 해도 된다면, 반대로 제 차가 깨끗했다면 그 실제 피해 이상으로 보상을 더 해주셨을까요?'

우와~ 그건 실생활에서 말싸움할 때 써먹으면 아주 효과적인 방법이겠네요!

너라면 뭐라고 말했을까? 같은 유추의 방법으로 한번 생각해 봐라.

그런 논리대로라면, 너무너무 못생긴 사람을 실수로 밀어서 코뼈를 부러뜨려도 아무 보상 안 해도 되겠네요? 이미 워낙에 코가 낮아서 코뼈가 부러져 봤댔자 별로 티도 안 날 테니까.

괜찮네. 또 다른 거 없을까?

이건 어떨까요? 살 날이 얼마 남지 않은 말기 암환자를 차로 치어 숨지게 해놓고서 아무런 보상을 하지 않아도 되겠네요. 어차피 죽을 사람이었으니까.

그건 별로구나. 그런 유추는 좀 부적절한데.

왜요?

유추를 이용할 때 주의할 점은, 비교되는 두 대상이 같은 속성을 공유해야 한다는 거야. '더러운 차 — 긁혀서 더 더러워진 차'의 관계와 '사망 예정인 사람 — 교통사고로 죽은 사람'의 관계가 같다고 볼 수 있을까? 전자는 더러움과 더 더러움의 양적 차이에 불과하지만, 후자는 아직 안 죽음과 죽음의 엄청난 질적 차이가 나는 관계이므로 양자를 동일선상에 놓는다는 건 무리겠지.

아, 그렇구나!

유추를 이용할 때는 바로 그런 부분에 주의해야 한단다. 양자가 내용적으로나 논리적으로 대등한 관계이고, 공유하는 요소가 많을 때에 유추가 성립된다는 거지.

아무렇게나 써먹는 게 아니군요.

제대로 사용하지 않으면 위와 같이 반박을 받을 수 있겠지.

그럼, 유추를 사용해 대답을 할 경우 좋은 점은 뭐죠?

우선, 참신하고 독창적으로 보인다는 점이다. 다른 학생들은 거의 하지 않는 답변 방식이니까 당연히 그렇겠지. 그 다음, 이게 아주 중요한 건데……교수님들의 서슬 퍼런 '반박' 의 날을 약간은 무디게 할 수 있다는 거야.

어, 그건 왜 그런 거죠?

교수님들도 예상 답안 몇 가지를 뽑아두고, 그에 걸맞는 추가 질문이나 반박을 미리 '준비' 하신단다. 만약 너의 대답이 교수님들의 예상을 빗나간다면 사전에 준비되었던 추가 질문은 피할 수 있을 것이고, 그 경우엔 교수님들이 즉석에서 추가 질문을 하실 텐데, 아무래도 '즉석 질문' 이 '준비된 질문' 보다야 좀 덜 날카롭겠지? 물론 꼭 그런 건 아니지만.

그러니까 유추를 이용한 답변이 어느 정도는 교수님들의 예상을 뒤엎을 수 있다는 거네요?

그럴 확률이 높다고 볼 수 있지.

그럼 빨리 다른 것도 연습해 봐요. ^^

다른 문제를 하기 전에 이쯤에서 지금까지 배운 걸 정리해 보자.

 유추를 이용한 답변

1. 발상법
문제에 주어진 구체적 사례 → 일반화 → 다른 사례로 구체화

2. 예상 가능한 추가 질문 유형
원래 문제의 사례와 논리적으로 완전히 동격인 다른 사례를 유추하기는 힘들다. 따라서 학생이 유추한 사례와 문제의 사례간에 존재하는 차이점을 파고들어 공박하

는 추가 질문이 가능하다.

- 문제 사례 : 이미 더러운 차를 조금 더 더럽게 한 것뿐이므로 보상을 안 해도 된다.
- 유추 사례 : 이미 죽기로 되어 있는 말기 암환자를 차로 치어 죽게 해도 보상을 안 해도 된다.
- 차 이 점 : 문제 사례의 '더러운 차', '더 더러운 차' 사이에는 더러움의 양적 차이만 존재하지만, 유추 사례의 '말기 암환자'와 '차에 치어 죽은 사람' 사이에는 삶과 죽음이라는 질적 차이가 존재한다.

03 표현의 자유와 사회적 책임의 충돌

> 영화가 미칠 수 있는 사회적 파장을 고려하여 표현의 자유를 제한하
> 는 것이 타당한가, 그렇지 않은가?

이 문제에도 유추를 적용할 수 있다구요? 적용할 '거리'가 별로 없어 보이는데요.

유추의 원리를 떠올려 봐라. '구체적 사례 → 일반적 원리 → 원리에 부합하는 다른 사례 제시.' 이런 과정을 거쳐야만 유추를 이용한 대답을 할 수 있는 거란다. 그런데 이 문제 자체가 다소 추상적이라 유추의 1단계라 할 수 있는 '구체적 사례' 조차 문제에 주어져 있지 않다. 그렇다면 너 스스로 구체적 사례를 생각해 봐야겠지?

'표현의 자유 제한' 이란 부분이 가장 추상적인데……. 표현의 자유를 제한한다는 건, 예를 들면 사전 심의 제도 같은 걸 실시한다는 뜻이겠지요? 그럼 그 부

분을 이렇게 바꿔도 되겠네요. '사전 심의를 하는 것이 타당한가?'

'영화가 미칠 수 있는 사회적 파장을 고려'한다는 부분도 좀 구체적으로 표현해 주는 편이 좋겠지?

굉장히 야한 영화나 폭력적인 영화가 청소년들에게 나쁜 영향을 줄 수도 있다는 뜻인가요? 영화 〈친구〉를 보고 같은 반 친구를 살해한 학생의 경우처럼요?

그렇지. 지금까지의 생각을 정리하면, '선정적이고 폭력적인 영화가 사회에 악영향을 줄 수 있다는 이유로 사전 심의 등의 방법으로 창작의 자유를 제한해도 좋은가?' 이렇게 되겠네. 그렇다면 여기서 찾아낼 수 있는 '일반적 원리'는 무얼까?

음…… 너무 어려워요. 힌트 좀 주세요.

얼마 전에 가르쳐 준 위기 탈출 노하우를 바로 써먹는구나. ^^;; 좋다. 힌트를 주지.

사전 심의란 그야말로 '사전에' 하는 것이다. '사후'의 결과를 놓고 심의하는 게 아니란 거지. 그러나 현실에서 우리가 어떤 행위를 심판할 때는 그 행위의 구체적 결과를 놓고 하는 경우가 대부분이다. 실제 행위에 앞선 '의도'나 '가능성'만으로 그 행위를 심판할 수는 없는 노릇이지. 여기까지 말해 줬으면 다 가르쳐준 거나 마찬가진데.

그런데 영화 심의는 객관적으로 검증되지 않은 '의도'나 '가능성'을 심판하려 하는 제도다, 이런 얘기군요?

그래, 이제 거기에 해당하는 다른 사례를 생각해 보자. '가능성' 부분은 잠시 접어 두고, 우선 '의도'만으로 행위를 심판하는 사례를.

A라는 사람이 평소 원한 관계에 있는 B라는 사람을 죽일 의도로 B의 집에 가고 있었습니다. 그런데 우연히 지나가던 경찰이 A의 살기 등등한 기세가 예사

롭지 않다고 판단하여 그를 심문한 끝에 살인 '의도'가 있었음을 알아냈다면, 과연 A를 처벌해도 될까요?

좋구나. 이번엔 '가능성'만으로 어떤 행위를 심판하는 경우에 대한 유추를 해보자.

식칼을 만드는 사람은 애초에 '조리'의 용도로 만들었겠죠. 그렇지만 현실에선 그 식칼이 살인용으로 쓰여질 수도 있습니다. 그럴 가능성을 배제할 수는 없는 거죠. 식칼이 살인용으로 쓰일 수도 있다는 가능성만으로, 식칼 만드는 행위를 나쁜 것으로 간주하거나 아예 식칼을 만들지 못하도록 원천 봉쇄하는 건 타당하지 않겠지요.

그것도 괜찮네. 둘 다 '살인'이 들어가서 좀 살벌하긴 하지만. - _ -;;

그러나 유추의 방법을 쓴다고 해서 추가 질문이나 반박을 완전히 차단할 수는 없다. 네가 생각한 첫 번째 유추에 대해 추가 질문을 하겠다.

긴장되네요. ^ ^;;

긴장해라. 살인 의도만으로 그 사람을 '살인죄'나 '살인 미수죄'로 처벌할 수는 없다. 하지만 그 '의도'를 실행에 옮기는 걸 방지할 수는 있지 않을까? 사전 심의 제도가 거기에 해당한다고 생각하지 않아?

해당한다고 생각하는데요.

그래? 그럼 사전 심의 제도가 문제될 건 없네.

듣고 보니 그렇네요.

쯧쯧…… 그렇게 쉽게 항복해 버리면 어떡하나. 머리를 굴리면서 저항이라도 좀 해야 될 거 아니야?

말문이 콱 막혀 버리는데요.

못난 놈! 이 선생님이 하는 거 잘 봐라. 이렇게 하면 어떻겠니?

물론, 그 경우에 의도대로 실행하는 걸 방지할 수는 있습니다. 또 경찰이라면 그렇게 해야만 됩니다. 그러나 그 사례에는 '우연'이 개입되어 있다는 사실을 간과해선 안 될 것 같습니다. 경찰이 그 사람의 살인 의도를 적발해 낸 것은 순전히 우연 때문이었습니다. 그러나 사전 심의는, 영화가 가지고 있는 나쁜 의도를 '우연히' 알아냈을 때만 그 실행을 방지하겠다는 것이 아니라, 모든 영화의 의도에 대한 심판을 제도화하겠다는 것입니다. 이를 다시 제가 든 사례에 적용해 보면 모든 사람이 어떤 행위에 앞서 그 의도를 심판받아야 한다는 말이고, 이는 현실적으로 가능하지도 않을 뿐더러 바람직하지도 않다고 생각합니다.

와~ 그렇게 대답할 수도 있겠네요! 이제 더 이상의 반박이나 질문은 없겠지요?

네가 어떤 대답을 해도 후속 질문은 있을 수 있다. 그렇다고 해서 가능한 모든 후속 질문의 경로를 전부 예상해 볼 수는 없겠지. 그 이상의 세세한 부분은 너 스스로 생각해 보도록!

교수님이 혹시 이렇게 반박하시는 경우도 있을까요?

'음주 운전을 하면 사고 발생의 가능성이 있다. 그래서 금지하고 이를 위반하면 법으로 처벌하는 것이다. 이런 경우 그 가능성만으로 처벌하는 것이 정당화될 수 있지 않은가?'

음…… 꽤 날카로운 지적이다. 그러나 그건 완벽한 유추는 아닌 것 같구나. 음주 운전을 처벌하는 건 그 행위가 사고를 유발할 가능성이 꽤 높다고 여겨지기 때문이지. 이런 경우에 대해 '가능성만으로 처벌한다'는 표현은 좀 부적절하고……. 그 가능성이 꽤 높을 때는 보통 '개연성이 있다'라는 표현을 쓴다. 그러나 폭력적인 영화를 보고 그 영화 장면을 모방한 범죄가 일어날 확률이, 음주 운전시 사고 발생 확률만큼이나 높다고는 볼 수 없겠지. 그러니까 영화에 대해선 '가능성만으로 처벌한다' 라고 할 수 있지만, 음주 운전에 대해선 '개연성 때문에 처벌한다' 라고 해야 한다. 따라서 그 둘을 유추로 연결하는 것은 부적절하다. 둘 사이엔 질적 차이가 존재하니까.

 Point

1. 문제를 구체화한다.
선정적, 폭력적 영화가 사회에 악영향을 줄 수 있다는 이유로, 사전 심의 등의 방법으로 영화 창작의 자유를 제한해도 좋은가?

2. 이 사례에서 찾을 수 있는 쟁점을 일반화한다.
행위의 결과가 아닌 '의도'나 '가능성'만으로 그 행위를 심판해도 좋은가?

3. 다른 사례로 구체화한다.
① 의도 : 경찰이 살해 의도를 감지하고 A를 체포하는 경우
② 가능성 : 식칼의 예

04 우유 목욕은 과연 나쁜 행동인가?

자본주의 사회에서 정당한 방법으로 돈을 많이 번 사람이 피부 미용을 위해 매일 우유로 목욕을 하는 것에 대해 어떻게 생각하는가? 비난받아 마땅한 행동인가, 그렇지 않은가? 근거를 명확히 하여 자신의 입장을 개진하시오.

 이에 대한 솔직한 네 생각은 어떻지?

 천벌 받을 짓이라고 생각해요.

천벌? 할머니들이 많이 쓰시는 표현이네. ^^;; 왜 천벌 받을 짓이라고 생각하는 거지?

먹을 거 가지고 장난 하면 천벌 받는 거예요, 원래. --

무척 소박한 견해구나. 이 문제에서 요구하는 게 그런 것 같지는 않지? '하늘'과 '나'의 관계보단 사람과 사람의 관계, 더 정확히 말하면 자본주의 체제하에 살아가는 '부자'와 '빈자'의 관계에 관한 것이 아니겠어?

음…… 듣고 보니 그렇군요.

그럼 다시 생각해 봐라. 왜 천벌 받을 짓이지?

가난한 사람들은 없어서 못 먹는 우유를, 부자라고 해서 몸치장하는 데 쓰고 버린다면 그건 너무 불공평하잖아요.

그럼 목욕이 끝난 후 우유를 그냥 버리지 않고 다 먹어 버리면?

좀 더러워서 그렇지, 비난할 여지는 없겠네요, 그럼. ^^;;

오호, 그래? 어쨌든 먹기만 하면 괜찮다?

(뭔가 좀 이상하지만 -_-) 그…… 그렇지요. ^^;;

만약 딸기가 피부 미용에 좋다고 해서 부자들이 딸기로 목욕을 한다면 어떨까? 그것도 우유 목욕만큼 나쁜 짓인가?

그렇겠죠, 뭐.

부자들이 로열 젤리로 전신 마사지를 한다면, 그건 어때?

그것도 나쁘긴 하지만, 왠지 우유 목욕만큼 나쁜 짓은 아닐 거라는 생각이…….

부자들이 몇천만 원짜리 모피 코트를 두르고 다니는 건?

글쎄요. -_-;

좀 이상하네. 과소비의 대상이 점점 더 비싼 품목으로 옮겨감에 따라 비난의 강도가 점점 약해진다는 것, 즉 오히려 더 관대해진다는 건 어딘가 모순이 있는데?

듣고 보니 그러네요. 더 비싼 물건에 대한 과소비일수록 더 강한 거부감이 느껴져야 정상인데, 왜 그런 걸까요?

너 스스로도 어딘가 합리적이지 않은 부분이 있다고 느껴지지? 여기에는 합리성만으론 설명하기 힘든, 감정적 요소가 개입되어 있기 때문일 거다.

불과 몇십 년 전까지만 해도 보릿고개를 걱정할 정도로, 우리의 민중들은 고달픈 삶을 연명해 왔지. 그렇기 때문에 아주 기본적인 의식주의 조건을 갖추는 것, 그 중에서 특히 굶지 않는 것이 제일의 바람이었고, 그 바람은 집단 무의식처럼 대대로 전해져 내려왔을 테고.

그 결과 더 이상 보릿고개를 알지 못하는 우리 세대조차 먹거리, 특히 필수적인 먹거리를 낭비하거나 남기는 것, 또 어른들의 말씀처럼 '먹을 거 갖고 장난 하는 것'에 대해 강도 높은 저항감을 갖게 된 거지.

그래서요?

그 문제로 돌아가서, 우리는 유독 '우유'에 대해서만은 실제 이상으로, 또 필요 이상으로 강한 거부감을 느낀다는 거다. 우유, 딸기, 로열 젤리 중에서 우유가 필수적인 먹거리에 가장 가까우니까. 그렇다고 해서 음식물을 소중히 여기는 태도가 나쁘다는 건 물론 아니다. 하지만 감정적 요소가 지나치게 개입되면 이성적 판단이 어렵게 된다는 것 또한 사실이다.

그렇다면 그 '감정적 요소'를 제거하고 생각해 보죠. 음…… 아무리 그래도 역시 우유 목욕은 비판받아야 한다는 결론이 나오는데요?

그 이유는?

부자들이 우유 목욕 등의 사치스런 용도로 우유를 낭비하기 때문에 서민들은 우유를 그 본래의 용도인 '식용'으로 이용할 수 없게 되는 거잖아요.

가난한 사람들이 우유를 못 먹는 걸 꼭 부자들 탓으로 돌릴 수 있을까? 부자들이 그런 식으로 우유를 낭비하지만 않으면 자연스럽게 서민들이 우유를 먹을 수 있게 될까? 돈이 없다면 그래도 여전히 우유를 못 먹지 않을까?

글쎄요???

너는 이런 전제를 깔고 있는 듯하구나. '우유의 총량은 일정한데 부자들이

과다한 양을 차지하는 바람에 서민들의 몫이 형편없이 줄어들었다.'

이런 생각을 좀더 넓은 범위로 일반화해 보면 결국엔 다음과 같은 결론에 도달하게 된다.

'사회의 부의 총량은 일정한데 부자들이 과다한 양을 차지하는 바람에 서민들의 몫이 형편없이 줄어들었다.'

이 생각에 따르면 서민들이 가난한 이유는 순전히 부자들 때문이고, 그러니 가난을 벗어나는 방법은 분배 구조를 개선하는 것 이외엔 없다는 말이 된다.

좀 극단적이긴 하지만, 실제로 그런 측면이 있지 않나요?

물론이다. 그렇지만 완전히 맞는 생각이라고도 볼 수 없지. 개인이 나태해서 가난한 것일 수도 있으니까. 이 얘기를 계속 하다가는 자본주의와 공산주의, 개인주의와 사회주의 쪽으로 논의 방향이 완전히 틀어지겠다. 문제에서는 분명 '자본주의 체제하에서' 라는 표현으로 논의 범위를 제한하고 있었다는 사실을 잊지 말도록!

네. 그럼 다시 우유 문제로 돌아가죠. ^^;;

네가 아까 우유 목욕을 나쁘다고 한 데는 '부자들의 독점 때문에 서민들이 우유를 먹을 수 없게 된다.' 는 숨은 전제가 깔려 있었고, 그 숨은 전제는 논란의 여지가 있는 것이라고 했었지? 그 생각을 일반화하면 '부자들의 독점 때문에 서민들이 가난하게 된다.' 는 것이고, 또 여기에 따르면 서민들의 우유를 빼앗는 것과 같은 부자들의 행위는 이루 헤아릴 수 없이 많다는 결론이 나온다. 즉, 서민들이 우유를 먹을 수 없는 건 그들이 가난하기 때문이고, 가난한 이유는 부자들이 사회의 부를 독점했기 때문이라는 논리가 되지. 이 논리에 의하면 부자들이 부를 독점하여 고급 차를 굴리고, 고급 옷을 입고, 고급 음식을 먹고, 고급 주택에서 사는 이 모든 행위가 결국엔 서민들의 우유를 빼앗는 행위가 되는 거다.

따라서 우유 목욕이 감정적 요인이 배제된 이성적 근거만으로도 비판받아 마땅하다면 부자들이 고급 차를 타는 것, 고급 옷을 입는 것, 고급 음식을 먹는 것도 비판받아 마땅하다. 너는 실제로 그런 것들을 비판하니? 아니면 부러워하니?

솔직히 말하면 좀 부러운데요. ^^;;

그런 걸 부러워한다면, 논리적으로는 우유 목욕도 부러워해야 한다!

그렇긴 하지만…… 너무 삭막한 답변이 되고 말았다는 느낌은 지울 수가 없네요. 우유 목욕을 정당화해야 한다면……. --;;

그래, 그건 나도 마찬가지다. 하지만 시각을 달리해 보면 '다른 사람들은 고작 먹는 데 이용할 뿐인 우유를, 나는 피부 관리용으로 쓰겠다.'는 생각은, 상대적 우월감을 느끼고자 하는 욕망으로도 볼 수 있다. 그리고 이 욕망은 이윤 추구의 동기이며, 자본주의의 추동력은 바로 그 개개인의 '이윤 추구'임은 부정할 수 없는 사실이다.

나 개인적으로는…… 부자들이 우유로 목욕을 하든, 생수로 세수를 하든, 기부금이나 좀 많이 냈으면 좋겠다. 서민들도 우유를 충분히 먹을 수 있도록.

지금 우유가 남아돌아 난리라던데…… 부자는 우유로 목욕을 할 수도 있지만, 서민들도 우유를 충분히 먹을 수 있는 세상이 좋은 세상이겠죠?

그렇겠지. ^^

Point

1. 먹을 것 가지고 장난 하면 천벌 받는다는 식의 강한 심리적 거부감을 배제하지 않은 채 문제를 대하면 감정적 판단으로 치우치기 쉽다.

2. 뿐만 아니라 '자본주의 체제에서의 빈부 격차에 관한 견해'를 묻는 문제의 본질에서 벗어나, '먹거리를 하찮게 여기는 낭비 풍조에 대한 비판'으로 논점이 벗어날 확률이 높다.

3. 먹을 것 가지고 장난 하면 천벌 받는다는 식의 '터부'의 감정을 제거한 후에도 여전히 우유 목욕이 비판받아야 한다면, 그 근거는 아마도 '부자들의 낭비가 서민들이 먹을 우유를 빼앗기 때문에'가 될 것이다.

4. 그러나 이런 논리를 다른 사례로 유추해 보면, 부자들의 우유 목욕과 마찬가지로 부자들의 고급 차, 고급 옷, 고급 주택 모두 비판받아야 한다는 결론이 나온다.

5. 자본주의 체제를 인정한다면, 이 결론은 받아들일 수 없다.

6. 결국 우리가 부자들의 우유 목욕에 대해 감정적으로 반발할 순 있겠지만, 합리적 근거를 제시하여 논리적 비판을 가하기는 힘들다.

7. 이 문제에서는 '유추'의 방법이 자신의 생각을 비판적으로 검토하고 정리하는 데 이용되었다.

Part III 이것까지 알고 면접장에 들어가면 40점은 맞는다!

05 교통 위반 신고 포상제는 정당한가?

교통 법규를 위반하는 현장을 촬영해서 신고하면, 국가에서 신고자에게 포상금을 지급하는 제도를 시행한 후 교통 법규 위반 건수가 현저히 줄어들었다고 한다. 그러나 이 제도는 전문적인 '고발꾼'을 양산해 내는 등의 부작용도 초래하여 이에 관한 반대 여론도 만만치 않다. 이 제도에 관한 본인의 견해는?

 당연히 잘 못할 것 같으니까, 아예 힌트를 먼저 준다.

 네, 잘 생각하셨어요. ^^;;

'함정 단속'이 뭔지 아니?

경찰이 드러나지 않게 잠복해 있다가 교통 법규 위반하는 사람들을 적발하는 거지요.

그럼 함정 단속은 좋은 건가, 나쁜 건가?

경찰 입장에선 일을 쉽게 할 수 있으니 좋겠지만, 시민들 입장에선 기분 나쁘죠.

혹시 교통 위반 신고 포상제에 함정 단속의 요소가 있다고 생각하니?

물론 있지요.

교통 위반을 단속하는 건 원래 누가 해야 하는 일이지?

원래 국가가 해야 할 일이죠. 정확히는 경찰이.

다 가르쳐 줬다. 그럼 이제, 전문 고발꾼이 신고를 하면 국가가 포상금을 지급하는 행위를 '일반화' 해 보자.

경찰이 자신의 업무를 민간에 분담시키고, 그에 대한 수고비를 지급하는 것과 다름없지 않나요?

약간 누락된 부분이 있는데……. 그 업무의 성격이 어떠니? 카메라로 몰래 찍는 거니까 그 절차가 그리 정당하다고 볼 수는 없을 거야. 그런 내용까지 포함해서 다음과 같이 일반화할 수 있겠지. 국가가 절차적 정당성이 취약한 자신의 업무를 일정 부분 민간에 분담시키고, 그에 대해 수고비를 지급하는 행위! 이번엔 거기에 해당하는 다른 사례로 구체화해 보자. 해보라고 말만 하지 내가 다 하고 있구나.

이건 제가 할 수 있을 것 같아요. ^^;;

시위 진압은 원래 국가가 해야 할 일입니다. 그런데 폭력 시위를 진압하다 보면 종종 과잉 진압으로 흐르게 되고, 그래서 경찰이 욕을 먹는 경우가 있습니다. 만약 시위 진압 전문 용역 회사라는 것이 있어서 경찰이 그 업무를 이 회사에 일정 부분 의뢰하고 사례비를 지급한다면, 업무량은 많은 데 비해 시간과 인력이 부족한 경찰 입장에선 효율적이겠죠. 또 과잉 진압이라는 절차적 정당성에 대한 비난까지 면할 수 있다는 점에서, 교통 위반 신고 포상제에 대응하는 완벽한 유추가 아닐까요? ^^;;

완벽한 유추라고? 왜 그런지 자세히 설명을 해봐라.

시간과 비용의 문제로 경찰이 모든 교통 위반 현장을 적발하기는 불가능합니다. 그런 면에서 교통 위반 신고 포상제는 경찰 입장에선 효율적인 대안이 될 수 있습니다. 비노출 단속도 그렇고, 감시 카메라가 작동중이라는 안내 표지도 없이 불쑥 나타나는 감시 카메라도 그렇고, 함정 단속의 성격이 강해서 운전자들의 반감을 사게 마련입니다. 그런데 신고 포상제를 하면 시민들의 반감과 함께 절차적 정당성에 대한 비난까지, 보이지 않는 전문 고발꾼들에게 전가시킬 수 있습니다. 즉 경찰이 하면 함정 단속이다 뭐다 말들이 많지만, 고발꾼들이 하면 단지 '신고'가 되는 겁니다. 시민들이 그 보이지 않는 고발꾼을 상대로 항의할 수도 없는 노릇이니까요.

좀 과격하긴 하지만, 그런대로 괜찮은 유추다. 자, 이제 추가 질문 들어간다!

국가가 시민에게 포상하는 것을 꼭 그렇게 '수고비 지급'이라고 나쁘게 보아야만 하는 걸까? 간혹 강도나 소매치기를 붙잡은 용감한 시민에게 경찰이 포상하는 경우가 있는데, 그건 어때? 그것도 '수고비 지급' 차원이니까 나쁜 건가?

그건 다른 경우지요. '용감한 시민'은 드물게 등장하는 데다, 포상금을 노린 것이 아니라 순수한 정의감으로 한 행동이니 상을 받아 마땅합니다. 그러나 고발꾼은 돈을 노리고 촬영하는 겁니다. 애초 국가의 의도가 무엇이었건간에 그 제도로 인해 신고하고 포상금 받는 것을 직업으로 하는 사람들이 다수 양산되었다면, 거기엔 더 이상 '포상'이란 표현이 어울리지 않는 것 같습니다. 이런 현실을 감안한다면, '시민의 신고 — 국가의 포상' 체계는 '직업적 고발 — 국가의 대가 지급' 체계와 논리적으로 거의 같은 게 아닐까요?

그렇지만 현실적으로 대안이 없지 않아? 경찰이 모든 현장을 다 단속할 수도 없고 모든 도로에 감시 카메라를 설치하고 관리하는 것도 과다한 비용 문제 때문에 곤란하다는 현실을 고려한다면, 교통 위반 신고 포상제는 매우 효율적인 제도일 것 같은데……. 또 그 제도 실시 이후 교통 법규 위반 횟수가 현저하게 감소했다고 하니, 꽤 성공적인 제도 아닌가?

국가 입장에서, 또 제도의 효율성이라는 잣대만으로 보면 그렇게 생각할 수도 있겠지요. 그러나 민주주의 사회라면, 어떤 제도를 평가하는 데 있어서 '절차적 정당성'도 '효율성' 못지않은 비중으로 고려해야 한다고 봅니다. 공권력은 그 속성상 모든 일을 빨리빨리, 쉽게쉽게 처리하고 싶어하고, 공권력의 그런 성향은 아무 견제 없이 내버려두면 점점 강해지게 마련이죠.

예를 들어 경찰이 피의자를 심문할 때 가장 효율적인 방법은 적당히 얼르고, 때리고, 고문해서 자백을 얻어내는 거겠지요. 그러나 이 와중에서 피의자의 인권은 철저히 유린됩니다. 이처럼 '효율성'만을 추구하다 보면 개인의 권리와 자유가 무시되기 쉽기 때문에, '효율성'의 독주를 견제하여 그와 같은 인권 유린 사태를 방지해야만 합니다. 그러기 위해서 반드시 요구되는 것이 바로 공권력 집행 과정에서의 '절차적 정당성'입니다. 그런데 교통 위반 신고 포상제는 바로 이 중요한 '절차적 정당성'이 결여되어 있다고 생각합니다.

그렇게 생각하는 근거는?

국가의 업무를 민간에 넘기는 듯한 그 제도의 성격이 우선 광명 정대하지 못하다는 느낌을 주고, 시민 상호간에 감시와 고발을 제도화해서 불신 풍조를 조장하는 면이 있습니다. 게다가 몰래 카메라식의 단속 방식이 함정 단속이라는 혐의를 피할 수 없다는 점도 간과할 수 없겠죠.

그렇지만, 이 교통 단속의 문제에서 절차적 정당성을 추구하다 보면 현실적으로 단속 자체가 불가능하지 않을까? 미리 알려주고 단속하면 누가 걸리느냔 말이지.

단속의 일차적인 목적은 법규 위반을 사전에 예방하는 것이고, 궁극적으로는 교통 사고를 미연에 방지하자는 것입니다. 시민들이 법규를 위반할 때까지 기다렸다가 벌금, 벌점을 부과하는 게 목적이 될 순 없죠. 꼭 적발 건수를 올려야 의의가 있는 건 아니잖아요.

너는 시종일관 함정 단속은 안 된다고 주장하고 있는데, 그렇다면 음주 단속은 어때? 네 말대로라면 음주 단속은 전부 함정 단속에 속하는데? 코너를 돌자마자 바리케이트가 설치되어 있고, 언덕길이나 고가도로 정점에 올라가서 보면 저 아래서 단속하고 있고……. 음주 단속은 다 이런 식이거든. 운전자가 미리 알아보고 다른 길로 돌아가거나 유턴해서 도망가기 힘든 위치에서만 음주 단속을 실시하게 마련인데, 그렇다면 음주 단속은 모두 함정 단속이므로 절차적 정당성을 기하기 위해선 음주 단속을 아예 하지 말아야 하나?

내일은 전국적으로 음주 단속이 있는 날이다, 이런 식으로 미리 고지하는 것은 음주 운전을 사전에 막을 수 있다는 점에서 아주 좋은 조치일 테지만, 음주 단속하는 지점 몇백 미터 앞에 '전방 몇 미터 앞에서 음주 단속중'이라는 고지는 할 수 없을 겁니다. 음주를 제외한 다른 모든 교통 단속에서는 그런 식의 사전 고지가 법규 위반을 방지하는, 나아가서는 사고를 방지하는 효과가 있을지 모르지만 음주 단속에서는 효과가 없습니다. 그 사전 고지를 본 운전자가 단속 지점을 피해 우회해서 가더라도 여전히 그는 술에 취한 상태이고, 사고의 위험성을 안고 있기 때문입니다.

그러니 음주 운전에 대해서는 함정 단속이란 비난을 무릅쓰고라도 어떻게든 적발해서 운전을 못하게 하는 것만이 단속의 궁극적 목적(사고 예방)에 부합하는 조치가 아닐까요? 즉, 음주 단속은 그 특성상 운전자 모르게 이루어져야만 단속의 목적(사고 예방)을 실현할 수 있으니까 그건 어쩔 수 없겠죠. 음주 단속에 대해서까지 미리 알려야 한다는 건 범죄 용의자를 체포할 때도 잠복 근무 하면 안 된다고 억지 쓰는 것과 마찬가지라고 생각합니다.

유추를 적절하게 써먹는군. 이상한데…… 왜 이렇게 잘하지? 오늘 좀 되네. ^^

사실은 저도 엄청 놀라고 있답니다. ^^;;

 Point

1. 교통 위반 신고 포상 제도에 개입되어 있는 문제점을 일반화한다.
국가가 절차적 정당성이 취약한 자신의 업무를 일정 부분 민간에 분담시키고, 그에 대해 수고비를 지급하는 행위

2. 다른 사례로 구체화한다.
그렇다면 경찰이 자신의 업무(시위 진압)를 시위 진압 전문 용역 회사에 떠넘겨도 괜찮은가?

06 너 좋으라고 하라는 건데, 왜 안 해!

안전띠를 착용하지 않은 운전자에게 국가가 벌금을 부과하는 것은 타당한가, 부당한가?

🧑💬 당연히 타당하죠. 안전띠가 운전자 본인의 안전을 보장해 주는데 안 하면 자기 손해지요. 안전띠 해서 남 주나요?

🧑💬 너 말 잘했다. 안 하면 자기 손해지?

네, 그런데요?

안전띠를 안 해도 타인에게 직접적인 손해를 끼치는 건 아니라는 거지? 사회적인 피해를 주는 것도 아니고?

네…….

마찬가지로, 안전띠를 해도 본인이 좋은 거지 타인에게 혹은 사회에 직접적인 이익을 가져다 주는 건 아니지?

네!

그렇다면 안전띠 문제는 지극히 개인적인 문제가 아닌가? 어떤 행위의 결과가 사회에 악영향을 줄 때에만 국가가 나서서 규제나 처벌을 할 수 있지 않을까? 이런 개인적인 문제에도 국가가 개입하는 것이 정당화될 수 있을까? 타인에게 해를 끼치지 않고 자신에게만 해로운 행동을 할 권리, 어리석은 행동을 할 권리, 자신에게만 위험한 방식으로 살아갈 권리가 인간에겐 없는가, 이 말이다.

음…… 그런 문제가 있었군요. 하지만 안전띠를 완전히 개인적인 문제로만 볼 수는 없을 것 같은데요. 내가 안전띠를 안 하면 남한테 피해를 줄 수도 있어요.

오호, 그래? 어떤 경우지?

안전띠를 안 하고 있다가 갑자기 사고가 나면 관성 때문에 몸이 튕겨져 나가 지나가던 행인이랑 충돌해서 애꿎은 사람을 죽일 수도 있지요. ^^;;

야구에서 타자가 친 파울 볼에 관중이 맞아 죽는 것만큼이나 가능성이 희박한 얘기네. 그런 이유로 벌금을 물려도 된다면 아예 야구 경기를 금지해야겠네? 파울 볼 한 개당 5만 원씩 타자들한테 벌금을 물리든지. 안전띠 문제에 걸려 있는 쟁점을 찾아서 일반화하는 것까진 내가 해줬다. 그 쟁점은 바로 이것이었지. '개인적인 문제에 국가가 개입하는 것이 정당한가.' 여기에 해당하는 다른 사례 유추는 네가 해봐라.

선생님이 공부 안 하는 학생을 때리는 행위가 거기에 들어맞지 않을까요?

왜지?

공부 역시 개인적인 행위거든요. 공부를 열심히 하면 그 영향이 학생 자신한테로 돌아가고 열심히 하지 않아도 마찬가지지요. 물론 그 결과가 학생 가족이나 담임 선생님 또는 학교에 간접적인 영향을 미칠 수는 있겠지요. 위신이나 체면을 살려준다든지 아니면 그 반대이든지. 그러나 확실한 건 공부는 본질적으로 학생 자신에게 이익이나 피해를 안겨 주는 개인적 행위라는 사실이거든요.

하지만 현실에선 선생님이 공부 안 하는 학생에게 체벌을 가하는 게 정당하게 받아들여지지. 왜 그런 걸까?

글쎄요, 선생님에게는 원래 애들을 공부시켜야 하는 임무가 부여되어 있기 때문인가요?

그렇게도 볼 수 있겠네. 또?

마찬가지로 학생에겐 공부를 해야만 하는 의무가 있다, 이렇게 학생의 본질을 규정하기 때문이겠죠.

응, 그것도 맞는 말이네. 그런데 그런 논리를 안전띠 문제에 적용할 수는 없겠는걸. 적절한 유추가 아니라는 거지. 공부에 관한 선생님과 학생의 관계처럼, 국가에겐 강제로라도 안전띠를 착용하게 할 책무가 있고, 개인은 원래 안전띠를 착용해야 할 의무가 있다고 볼 수는 없지 않나?

그렇군요. --;;

그럼 뭐 좀 다른 걸 찾아봐야지. 공부 안 하는 학생에 대한 선생님의 체벌이 정당화되는 것은 선생님과 학생의 본질을 암암리에 규정하고 있기 때문이 아닐까?

'선생님은 타인에게 악영향을 줄 수 있는 학생의 행위를 규제할 수 있음은 물론이고, 학생 자신에게만 악영향을 주는 지극히 개인적인 행위도 적극적으로 규제할 수 있는 권위를 가진 사람이다.' 이런 것이지! 한편 학생에 대해서는 '학생은 아직 가치 판단이 성숙하지 않은 존재라서 스스로에게 해가 되는 행동을 할 수도 있으므로 학생의 이런 행위를 사전에 제지하는 것은 정당화된다. 학생은 다소 강제적인 방법으로라도 계몽되어야만 하는 존재이다.' 이렇게 정의를 내리고 있다는 거지.

아하, 이제 좀 알 듯 말 듯 하네요. 그러니까, 안전띠를 착용하지 않았다는 이유로 국가가 개인을 처벌하는 것이 정당하다는 생각은 국가를 선생님에 대응하는 존재로, 개인을 학생에 대응하는 존재로 여기는 것과 마찬가지라는 말씀이시죠? 그렇다면 국가에게 너무 많은 권위와 권한을 부여하는 일이 아닌가, 또 개인을 강제로라도 계몽되어야만 하는 무지몽매한 존재로 단정하는 것이 아닌가라는 문제 의식을 그 안전띠 문제에서 발견할 수 있겠군요.

바로 그거다. ^^ 그런데 이렇게 면접이 끝나면 얼마나 좋겠느냐마는, 항상 여기서 끝나지 않는다 게 정말 문제지. 교수님의 반론이나 후속 질문이 없을 수 없겠지? 자, 추가 질문 들어간다!

안전띠 미착용을 지극히 개인적인 문제로 간주했는데, 과연 그 행위의 사회적 영향력은 전혀 없을까? 안전띠를 착용하면 경미한 부상에 그치거나 적어도 목숨은 건질 수 있었을 것을, 안전띠를 착용하지 않는 바람에 중상을 입거나 사망한다면 사회적 손실은 전혀 없을까? 예를 들어 보험금이 더 많이 지출되면 그 부담이 타인에게 전가될 수도 있고, 전체적으로는 사회적 비용이 증가하는 결과를 초래할 텐데?

그런 것까지는 생각해 보지 않았는걸요. -_-;; 전에 이런 경우에 대한 대처 요령을 들은 것도 같은데……. '그 부분까지는 생각하지 못했습니다. 거기부터는 학교에 입학해서 더 고민해 보겠습니다.' 이렇게 하라고 그러셨죠? ^^;;

요령에 관한 건 웬만해서 잊어 버리지 않는구나. 그래도 버틸 수 있을 데까진 좀 버텨 봐야지?

전 더 이상 버틸 수가 없거든요.

그럼 한 가지 알려주지. 이렇게 네 지식의 한계를 넘어선 추가 질문이 나오면, 지식으로는 승부할 수 없으니까 논리로라도 방어해야 되겠지. 내용이 아니라 그 내용을 담고 있는 형식, 즉 논리로라도 물고 늘어지라는 얘기지. '그런 식의 논리는……', '그런 논리대로라면……' 이렇게 말을 시작하면서.

어떻게요?

그 부분은 이제 나올 테니 잘 들어봐. 그리고 이제부턴 나 혼자 질문하고 대답하고 다한다.

우리 나라 교통 사고 사망률과 그 중에서도 안전띠 미착용으로 인한 사망률 등을 감안할 때 불필요한 비용이 지출될 수는 있겠지만, 보험료 부담이 타인에게로 전가되는 폐해를 타인이 직접 느낄 정도로 큰 영향을 줄 것 같지는 않습니다. 보험회사가 손해를 좀 볼 수는 있겠지요. 또 그런 식의 논리는 인과 관계를 극대화해서, 어떤 행동의 사회적 영향력을 실제 이상으로 과장하는 것이 아닌가 하는 의구심이 듭니다. 제가 초등학교 때, 온 나라가 반공 이데올로기에 휩싸여 있던 시절엔 친구들끼리 싸우면 선생님께서 야단을 치시면서 꼭 이런 말씀을 하셨던 기억이 납니다.

'친구들끼리 그렇게 싸우면 누가 좋아해?'

'(묵묵부답) …….'

'저~ 북쪽에 김일성이 좋아해! 알았어?'

공부 안 한다고 야단치실 때도 '너희들이 공부 안 하고 그러면 누가 좋아해? 김일성이 좋아해!' 라고 말씀하셨습니다. 친구끼리 싸우거나 공부를 안 하면 어찌어찌해서 국민 총화 단결을 저해하거나 국력을 약화시키는 결과를 가져올 수도 있으니까 호시탐탐 남침의 기회만을 엿보고 있는 김일성이 좋아한다, 뭐 이런 얘기였겠지요.

물론 어떤 행위에 대해 판단할 때 다른 것들과의 연관성을 배제하고 독립적으로만 파악하려 하면 참된 인식에 도달하기 힘들겠지요. 그러나 그 연관성이 아주 미약한 인과 관계의 영향력을 과장하는 태도 역시 바람직하진 않다고 생각합니다. 원인과 결과의 거리가 너무 멀면, 그것을 인과 관계라고 명명하는 것조차 어색한 일입니다. 안전띠 미착용이 간접적으론 공익을 해치는 결과를 가져올 수는 있겠지만, 그렇다고 해서 그것이 안전띠 단속의 정당성을 보장해 주는 근거라고 인정해 버리면 도대체 개인의 설자리는 없어지고 맙니다. 어떤 사소한 행위도 결국 인과 관계의 연쇄에 의해 사회적 파급 효과를 가진다 보고, 그 파급 효과를 잣대로 지극히 개인적인 행동까지 평가하고야 말겠다는 국가의 태도가 정당화된다면 개인은 질식하지 않을 수 없습니다.

그런 논리대로라면 사회적 비용을 증가시켜 공익을 저해하는 요인은 너무도 많아집니다. 개인의 질병, 유전적 불리함, 장애, 가난, 게으름…… 심지어 공부 열심히 안 하는 것까지. 이런 것들까지 공익에의 기여 여부나 기여정도라는 기준으로, 그것이 바람직하지 않다고 국가가 판단을 내려 버린다면, 또 그 판단에 근거해서 국가가 규제를 가한다면 어떨까요? 그런 사회는 결코 바람직하지 않다고 봅니다. 그것은 거의 전체주의 국가 모델에 가깝지 않을까요?

그렇지만 자네 논리가 일반화되면, 그래서 많은 사람들이 저항의 의미로 혹은 개인의 권리 주장의 차원에서 안전띠를 착용하지 않게 된다면, 그로 인해 치러야 할 사회적 비용도 상당할 텐데……. 이런 사태를 방지하기 위해서라면 규제를 하는 편이 더 좋은 게 아닌가? 그럼에도 불구하고, 안전띠 미착용은 공익을 저해하므로 그것에 대한 처벌은 정당하다는 논리가 여전히 '별것 아닌 미약한 인과 관계를 극대화하는 오류'에 불과한가?

저의 논리가 일반화될 경우에 한해서는 안전띠 규제가 타당할 수도 있습니다. 그러나 현실에선 그 일반화가 일어나기 힘듭니다. '그런 식의 논리가 일반화되면 이러저러한 문제가 생긴다.'는 식의 논변은, 상대 주장을 공박하는 효과적 수단으로 애용되지만, 현실적으로 불가능한 가정을 바탕으로 하고 있기 십상입니다. 현실에선 사회 구성원 대다수가 국가에 대한 저항의 의미로 안전띠를 하지 않는 사태는 일어나기 힘들다고 봅니다. 즉 그런 논리가 일반화되지 않는다는 거지요. 따라서 그런 논변은, 상대에 대한 공격을 쉽게 하기 위해서 적당히 허술한 표적을 세우고는 그 표적을 공격하는 것과 마찬가지라고 생각합니다.

자네가 간과하고 있는 것이 있는데, 법이나 제도는 어떤 제 1의 원칙으로부터 연역되어 나온 논리적 판단의 결과물이라기보단 사회 구성원들간의 합의의 산물이라는 사실이네. 헌법재판소의 판관들조차 판단을 내릴 때 '국민의 법 감정'을 중요하게 고려한다는 걸 생각해 보게. 안전띠 단속의 정당성 여부를 가리는 것과 같은 문제는 몇몇 법학자들의 '논리적 판단의 문제'이기에 앞서 사회 구성원 전체의 '의지의 문제'이기 쉽지.

예, 그 부분은 제가 간과하고 있었습니다. 지적해 주셔서 고맙습니다.

이런 식으로 하면 된다.

(짐짓, 놀란 척해야겠다) 우와~ 선생님, 되게 멋있어요! 짱이에요, 짱!

칠백십오…….

그게 뭐지요?

내 수업을 듣고 감동의 눈물을 흘린 학생들의 숫자지. 난 그걸 꼭 기억하고 있단다.

에이~ 말도 안 돼요. 여태까지 몇 명을 가르치셨는데요?

네가 칠백십오 명째 학생이다.

그럼 선생님한테 배운 애들 전부가 감동의 눈물을 흘렸다는 말이군요. -_- 우만구만

 Point

1. 안전띠에 관한 쟁점을 일반화하면 '개인적인 문제에 국가가 개입하는 것이 정당화 될 수 있는가?'라는 문제 의식을 갖게 된다.

2. '안전띠 미착용 운전자에 대한 국가의 처벌'은 '공부 안 하는 학생에 대한 선생님의 처벌'로 유추할 수 있다.

3. 이는 '국가'를, 학생의 개인적 행위까지 적극적으로 규제할 수 있는 권위를 가진 '선생님'에 대응하는 존재로, 또 '개인'을, 강압적으로라도 계몽되어야 하는 미성숙한 '학생'에 대응하는 존재로 여기는 시각이 아닌가!

4. 지식이 바닥나면 논리로 승부하라.
(연속되는 후속 질문과 답변의 공방 과정을 주목할 것)

여기까지 알고 면접장에 들어가면 60점은 맞는다!

찬반 양론형에선 상대 주장의 숨은 전제를 찾아라

찬반 양론형의 문제에서는 나의 입장을 옹호하는 것도 중요하지만, 반대 입장(상대 입장)을 공박하는 것도 그에 못지않게 중요하다. 그렇다고 해서 수비 위주로만 하라는 건 아니다. 선제 공격을 할 수도 있다. '숨은 전제'가 그 위력을 발휘하는 대목도 바로 여기다. 교수님께 강렬한 인상을 남기고 싶으면 이 '숨은 전제'라는 단어를 언급하라!

01 숨은 전제 찾기의 의의

어떤 주제에 대해 찬성과 반대, 양쪽으로 갈려서 자기 주장을 정당화하고 상대 주장을 공격하는 논쟁을 보통 찬반 양론형이라고 한다. TV 토론 프로그램들의 기본 포맷은 전부 이 찬반 양론형이다. 논쟁이란 다름 아닌 논리로 하는 싸움이므로, 찬반 양론은 모든 토론과 논쟁의 본질에 가장 가깝다고 할 수 있단다. 그래서 대입 구술 면접 문제 중 상당수가 찬반 양론 유형이지. 요즘엔 집단 토론식 면접이 여러 대학에서 실시되고 있는데…….

집단 토론이 뭐죠?

학생들끼리 토론을 붙이고 교수님이 그 과정을 채점하시는 형식의 면접이지. 그런데 지금 너처럼 상대가 말하는 도중에 끼여들면 그건 감점 요인이다. 교수님 말씀하시는데 끼여드는 건 말할 것도 없고, 학생들끼리의 집단 토론에서도 그건 좋지 않은 매너지.

-_-;;;

그건 그렇고, 그 집단 토론식 면접 문제의 유형은 거의 대부분이 찬반 양론 형이다.

 찬반 양론형의 핵심 요령

> 1. 상대 주장의 부당성을 공격하라.
> 2. 자기 주장의 타당성을 입증하라.

찬반 양론형 문제를 푸는 핵심 요령은 바로 이거다. 간단하지?

정말 간단하네요. ^^ 그런데, 제 생각엔 자기 주장의 타당성을 입증하는 게 더 중요할 것 같거든요. 상대 주장을 반박하는 데 더 주력하면 딴지를 건다, 재수 없다, 부정적인 녀석이다 등의 나쁜 인상을 주지 않을까요? 그러니까 1, 2번의 순서가 바뀌어야 될 것 같은데…….

음, 예리한 질문이구나. 그런데 네 주장의 타당성을 입증하는 데에서는 참 신한 논의가 나오기가 상당히 어렵단다. 그러자면 너만의 독특한 논증을 설계하거나 아주 독창적인 논거를 제시해야 하는데, 너만의 논증을 만든 다는 건 사실상 불가능한 일이지. 네 딴에는 혼자만이 생각해낼 수 있는 논 거라고 내심 좋아하고 있었는데, 알고 보면 옛날 사람들이 이미 다 말해 버린 걸 너만 모르고 있었던 경우가 대부분일 테니까. 그래도 그 정도면 성공인 거지. 네가 생각한 논거가 옛날 유명한 어느 학자가 제시한 논거와 일치한다면, 그것만으로도 사실 대단한 거야. 그래도 역시 참신한 대답은 못 된다.

그러면 상대 주장의 부당성을 공격하는 데는 나만의 독창성을 발휘할 수 있다는 말씀인가요?

그렇지. 핵심 요령의 순서가 곧 독창성을 발휘하기 쉬운 순서란다. 이 유형에 관한 공부에서의 우선 순위이기도 하고. 그럼 이제 상대방 논증을 공격하는 방법을 간단하게 알아보자.

 상대 논증을 공격하는 방법

1. 숨은 전제가 참이 아님을 밝힌다.
2. 전제가 참이 아님을 밝힌다.
3. 전제가 참이라도 결론이 거짓일 수 있음을 밝힌다(반례를 든다).

이 순서도 독창성을 발휘하기에 유리한 순서인가요?

물론이지. 그런데 이 중에서 2번은 실전에서 거의 써먹을 일이 없을 거다. 상대가 바보가 아닌 이상 거짓인 전제로 논증할 리가 없으니까. 3번은 쉽게 말하면 반례를 제시한다는 건데, 그 방법은 좀 상투적인 감이 있지. 이에 반해서 1번은 다른 학생들이 거의 쓰지 않을 방법이라서 일단 차별화된단다. 그리고 드러나지 않는 전제를 찾아 그 전제의 진위를 문제 삼는 방법은 논쟁에서 최고의 세련된 테크닉으로 간주된다는 점에서, 아주 매력적인 반박의 기술이란다.

그런데 저는 숨은 전제라는 것, 그 자체를 모르겠는데요. -_-

02 숨은 전제 찾는 방법

숨은 전제란, 그것이 너무도 당연하다고 여겨져서, 명시적으로 표현되지 않고 생략된 전제를 말한다. 너에게 가장 친근한 예를 들면 이런 거지. 주사위를 던져서 짝수의 눈이 나올 확률은 얼마인가? 이런 유치한 수학 문제가 있다고 치자. 답이 얼마지?

당연히 1/2이죠.

그래. 그런데 네가 그렇게 대답했다면, 너는 이미 다음과 같은 전제에 동의하고 있었던 거다. '주사위는 여섯 면으로 되어 있다.' 또 '주사위를 던져 각 면이 나올 확률은 모두 같다.'

그건 너무도 당연한 얘기 아닌가요?

당연해도 이런 전제가 없다면 '주사위를 던지면 짝수의 눈이 1/2 확률로 나온다.' 는 주장이 성립할 수 있겠니? 이로부터 숨은 전제 찾는 방법을 어느 정도 짐작할 수 있을 거다.

전혀 짐작이 안 되는데요. -_-;;

숨은 전제 찾는 방법

1. 주어진 문장의 반례를 생각해 본다.
2. 그 반례가 불가능한 것이 되도록 전제를 보강해 넣는다.
3. 이때 보강된 전제가 바로 숨은 전제다!

무슨 얘긴지 하나도 모르겠어요.

누구나 다 아는 얘기지만 일반적으로 설명하려다 보니 더 어렵게 들리는 것뿐이다. 너무 두려워하지 말고, 주사위 문제를 통해 위의 방법을 익혀 보도록 하자. 우선 1번 방법에 따라, 주사위를 던져도 짝수 눈이 1/2 확률로 나오지 않는 예(반례)를 찾아봐라.

주사위 면이 여섯 개가 아니라 다섯 개나 일곱 개라면 1/2 확률이 아니겠죠.

다음, 2번 방법에 의해서 그 반례가 불가능한 것이 되도록 만들려면 어떤 전제를 보강해야 할까?

'주사위는 다섯 면이나 일곱 면이 아닌 여섯 면으로 되어 있다.' 이건가요?

그렇지! 잘하네. 그럼 그게 바로 숨은 전제가 되는 거란다.

아하, 그렇군요. ^^

반례가 그것뿐일까? 더 찾아보자.

주사위가 여섯 면으로 되어 있더라도 어느 특정한 면이 잘 나오도록 교묘하게 제작되었다면 1/2 확률이 아닐 수 있겠죠.

그럼 이번엔 또 어떤 전제를 보강해야지?

'각 면이 나올 확률은 같도록 제작되었다.' 맞나요?

그래. 그런데 수학은 엄밀성을 요구하는 학문이라 너무 당연해서 굳이 언급하지 않아도 되는 당연한 전제까지 친절하게 말로 해주는 경우가 많단다. 주사위가 나오는 수학 문제의 끝머리엔 괄호 안에 '단, 주사위는 여섯 면으로 되어 있고 각 면이 나올 확률은 모두 같다.' 이런 사족이 달려 있는 걸 종종 볼 수 있었지? 만약 이게 일상 생활에서의 대화였다면 굳이 그런 사실까지 언급해 주지는 않았겠지. 당연한 거니까. 일상 생활에서 귀찮은 일 할 사람을 정할 때 자주 이용하는 것이 가위 바위 보 게임인데, 진 사람이 그 귀찮은 일을 떠맡는 게 보통이라서 '지는 사람이 (심부름이나 설거지 따위를) 하는 거다.' 라는 말을 굳이 덧붙이지는 않잖니. 그건 그렇고, 숨은 전제가 또 없을까? 주사위를 던져서 짝수가 나올 확률이 1/2이 되지 않는 경우, 즉 반례가 또 없냐는 말이지.

이젠 없는 것 같은데…….

이런 게 있잖아. 주사위가 6면으로 되어 있고 각 면이 나올 확률이 모두 같도록 제작되었더라도, 그 여섯 면에 번호가 2, 3, 8, 9, 10, 14, 20, 이렇게 표시되어 있다면 짝수가 나올 확률이 1/2이 아니라 2/3가 되겠지.

별 치사한 반례가 다 있네요. ^^;;

이 반례가 불가능한 것이 되도록 만들기 위해서 보강할 전제는 무엇이지?

'주사위 여섯 면에는 1부터 6까지 숫자가 빠짐없이 중복되지 않게 새겨져 있다.' 이거지요.

맞았다. 또 없을까? 다른 숨은 전제가?

이런 경우는 어떨까요? 제가 아주 신비로운 능력의 소유자라서 3의 눈만 특별히 더 많이 나오도록 주사위를 던지는 기술을 가지고 있다면 1/2 확률이 안 될 수도 있잖아요.

그렇지! 그러니까, 숨은 전제는?

'주사위를 던지는 사람이 특정 면이 더 많이 나오거나 적게 나오도록 하는 기술을 갖고 있지 않다.'는 것이 숨은 전제네요. ^^

그래~ 바로 그렇게 찾는 거란다. 그런데 이 숨은 전제를 찾기가 어려웠던 이유, 즉 반례를 생각해내기가 어려웠던 이유가 뭘까?

너무 당연한 걸 문제 삼는 거니까 그렇지요.

내 생각엔 그것보다도, 존재하는 모든 것을 너무 당연하게 받아들이는 너의 사고 방식 때문인 것 같다. 주사위가 여섯 면으로 되어 있지 않을 수도 있다, 주사위의 각 면에 숫자가 꼭 1부터 6까지 새겨져 있으라는 법은 없다 등의 생각을 가지고 있었다면 반례 찾기가 그리 어렵지 않았을 것이고, 따라서 숨은 전제 찾기도 더 쉬웠을 텐데 말야. 네가 주사위에 관한 상식(여섯 면으로 되어 있고, 각 면엔 1부터 6까지 숫자가 쓰여져 있다)을 너무 당연한 것으로 여기고 있었기 때문이지. 너의 그런 태도, 존재하는 것들은 예전부터 늘 그래 왔고, 앞으로도 그럴 것이며, 타당하고 아무 문제 없다는 식의 고정 관념이 바로 면접에서 창의적 답변을 가로막는 걸림돌이 된다. 그래서 숨은 전제를 찾아보는 습관은 면접과 상관없이 그 자체로도 아주 유용한 것이란다. 고정 관념으로부터 자신을 지켜 줄 수 있는 좋은 수단이라는 점에서.

선생님은 아주 작은 실수 하나에서도 겁나게 많은 비판거리를 찾아내는 신비로운 능력의 소유자시네요. ^^;;(주변에 친한 친구 별로 없지요?)

칭찬으로 받아들이겠다. ^^

☐ 숨은 전제 찾는 연습

　　　하나만 더 해보자. 이런 논증에서 숨은 전제를 찾아봐라. 이것도 고정 관념의 타파와 관련이 있지.

> 우만이네 학교의 등교 시간은 9시까지이다. 우만이는 8시 59분 50초에 집에서 나왔다. 그러므로 우만이는 지각을 했을 것이다.

무엇부터 해야 할까?

　　　반례를 찾아야겠죠. 그러고도 지각 안 하는 경우요.

어떤 것들이 있을까?

음, 이런 건 어떨까요? 우만이네 집이 곧 학교인 거예요. 비현실적이긴 하지만 그렇다고 불가능한 얘기는 아니잖아요?

괜찮다. 그럼 숨은 전제는?

'우만이네 집은 학교가 아니다.' 이거겠지요.

또 없니?

이건 좀더 황당한데, 우만이가 순간 이동하는 능력을 갖고 있다면 지각을 안 할 수도 있겠지요. 그러니까 숨은 전제는 '우만이에겐 순간 이동 능력이 없다.' 가 되겠구요.

그래, 그것도 현실에선 불가능하지만 논리의 세계에선 상상할 수 있는 일이니까 타당한 걸로 볼 수 있다. 또 없니?

(허걱) 또요? 더 이상은 없는 것 같은데…….

이런 건 어떻겠니? 그 날이 만약 일요일이었다면? 우만이가 그 사실을 알

앉든 몰랐든 어쨌든 학교에 가기는 했을 테고, 일요일이면 '지각'이란 게 있을 수 없잖아.

아하, 그럼 '그 날은 일요일이 아니다.'가 숨은 전제겠네요.

또 다른 거 없니?

이젠 진짜 없는데요. -_-

여전히 고정 관념에 빠져 있구나. 전제에는 '8시 59분 50초에 집에서 나왔다.'라고만 되어 있잖아. 만약 집에서 나와서 학교에 안 가고 다른 데로 놀러갔다면, 그냥 땡땡이를 쳐버렸다면 '결석'을 한 거지 '지각'을 한 건 아니잖냐?

ㅋㅋㅋ 이건 거의 넌센스 퀴즈 수준이네요. ^^ 어쨌든 '우만이는 집에서 나와서 다른 곳이 아닌 학교에 갔다.'이게 또 숨은 전제가 되는군요.

Part IV 여기까지 알고 면접장에 들어가면 60점은 맞는다!

03 여성 우선 정리 해고의 숨은 전제

이제는 실전 문제다!

회사 내에서 여직원은, 그 중에서 특히 결혼을 한 여직원은 흔히 **정리 해고** 대상 1순위에 오르는 경우가 많다. 이런 현상이 타당한지 부당한지 본인의 견해를 말하시오.

* 정리 해고란, 경영자가 기업의 생존을 위해서 계속되는 경영의 악화 방지, 생산성 향상 등 긴박한 경영상의 이유가 있을 경우, 종업원을 해고할 수 있는 합법적인 제도이다.

우리 나라 대부분의 기업들은 과다한 인력을 보유하고 있다. 장비의 자동화와 효율성은 빠른 속도로 증대되는 데 비해서 인력은 그만큼 줄어들지 않았다. 따라서 1인당 생산성이 저하되었다.

기업주는 정리 해고에 앞서 기업이 어려움에 처하게 된 원인을 분석하고, 종업원에게 정리 해고를 할 수밖에 없는 상황을 충분히 설명해야 한다. 그리고 근로자 보호를 위해 해고 회피 노력을 다하고, 합리적이고 공정한 기준에 따라 대상자를 선정한다. 또 해고 60일 전에 해당자에게 알리고, 노동부에 신고해야 한다.

너는 물론 여성 우선 정리 해고에 찬성할 수도 있고 반대할 수도 있다. 하지만 이 찬반 양론형 문제에서 우리가 중점적으로 연습할 것은 상대 주장의 숨은 전제를 공격하는 기술이다. 그러므로 공격하기에 더 쉬운 주장을 목표로 삼아야겠지. 이런 사실을 고려한다면 어느 입장을 지지하는 편이 더 유리하겠니?

그야 물론 여성 우선 정리 해고에 반대하는 입장이겠지요. 자신이 그런 상황에 처한 경영주가 아닌 이상, 아마 대부분 여성을 먼저 해고하는 관행에 반대한다고 할걸요? 반대한다고 말하는 편이 좀더 도덕적으로 보일 테니까. 그래? 그렇다면 다른 학생들도 대부분 반대 입장을 지지하겠지? 이처럼 네가 다수 의견에 동참할 때는 창의성에 대한 부담을 더 크게 느끼지 않을 수 없단다. 많은 학생들이 비슷비슷한 논거를 들어 비슷비슷한 논리로 자기 주장을 펼칠 것이므로, 너 역시 그들과 비슷한 얘기를 한다면 썩 좋은 점수를 받기가 힘들기 때문이지. 이때 숨은 전제를 이용한 공격 방법은 아주 유효한 대안이 될 수 있단다. 아직 네가 이 방법에 익숙하지 않을 테니 주로 내가 얘기를 많이 해야겠구나. 대개 다음과 같은 방식으로 시작하는 거란다.

여성 우선 정리 해고에 찬성하는 입장에서는 아마 이렇게 주장할 겁니다. '해고를 당해도 물질적, 정신적 타격이 가장 적을 종업원이 누구인가라는 기준으로 해고 대상자를 선정한다면 여성, 특히 맞벌이 가정의 여성을 지목할 수밖에 없는 것이 현실이다.'라고. 그리고 여성은 해고를 당해도 남성에 비해 타격이 적으리라는 단정은 다음과 같은 생각을 그 배경으로 할 것입니다.

'남성은 직장에서 해고당하면 돌아갈 곳이 없지만, 여성은 갈 곳이 있다. 미혼 여성이라면 시집가면 되고, 기혼 여성이라면 주부 본연의 업무로 복귀하면 된다.'

또 이런 생각은 다음과 같은 수상쩍은 '숨은 전제'를 깔고 있습니다.

'남성은 그 본질상 사회적이고 여성은 가정적이다. 따라서 남성을 해고하는 것은 그를 본질과 동떨어진 불안정한 상태로 몰아넣는 것이지만, 여성을 해고하는 것은 그의 본질에 걸맞는 자연스런 상태로 복귀시키는 것이다. 자연스런 상태로의 회귀라는 성격 때문에, 여성의 해고는 하는 사람이나 당하는 사람 모두에게 부담이 덜하다. 남성의 해고에 비해서.'

이러한 성 역할 분리 이데올로기는 전통적인 가부장제 사회에서만 유효했을 뿐 이제는 더 이상 유효하지 않습니다. 정보화 시대를 맞고 있는 현대와는 어울리지 않는, 폐기 처분되어야 할 구습일 뿐입니다.

네~ 그럼 이번엔 제가 교수님 입장에서 반박해 볼게요. 교수님이니까 당연히 반말로 해도 되겠죠? ^^;;

으, 이제 막나가는구나, 막나가. 그래, 네 맘대로 해!

그런 성 역할 분리 이데올로기까지 거론하지 않더라도, 실제적으로 맞벌이 가정의 여성이 외벌이(이런 말이 있는지 모르겠지만 ──;;;) 가정의 남성에 비해 해고를 당했을 때 경제적 압박을 덜 느낄 수 있지 않나? 대답해 봐! 자신 있으면. ^^

그럼 저는 존대말로 해야 되는 건가요?

당연하지, 임마.

(──;;) 물론 그런 측면이 있습니다. 그렇다고 해도 왜 꼭 여성이어야 하는

지에 대해서는 여전히 의문이 남습니다. 맞벌이 가정의 남성을 해고하면 안 되나요? 그러나 현실에서는 외벌이 가정의 여성에 앞서, 맞벌이 가정의 남성이 우선 해고당하는 경우는 거의 없습니다. 이런 점으로 볼 때 여성을 우선적으로 정리 해고하는 관행은, '최소 피해의 원칙'이 아닌 어떤 다른 원칙 위에 서 있다고 볼 수 있습니다. 그 다른 원칙이 바로 성 역할 분리 이데올로기라는 숨은 전제라고 생각합니다.

그럼 남성, 여성을 불문하고 맞벌이 가정의 누구 하나를 우선적으로 해고하면 되겠나?

그런 실태 파악을 하기는 힘들 겁니다. 맞벌이라는 사실을 숨길 테니까요. 그런 방법은 현실적으로 시행이 어렵다고 봅니다. 게다가 맞벌이냐, 외벌이냐를 따진다는 것은 기업이 종업원들의 '필요'를 일일이 고려해 준다는 것인데, 이 논리대로라면 해고할 때뿐 아니라 뽑을 때에도 입사 지원자들 중 누가 더 절박하게, 누가 더 많이 일자리를 필요로 하는가를 기준으로 해야 할 겁니다. 그럴 경우 맞벌이보다는 외벌이를, 또 가족의 생계를 떠맡아야 하는 위치에 있는 사람을 우선적으로 뽑아 줘야 할 겁니다.

그러나 현실은 오히려 그 반대입니다. 기업이 누구를 더 필요로 하는가에 따라 사원을 뽑습니다. 그렇다면 해고를 할 때도 누가 가장 필요 없는 사원인가를 기준으로 해야 할 겁니다. 또 그런 기준이 정리 해고 본래의 목적에 가장 잘 부합하기도 합니다.

정리 해고의 본래 목적이 뭐지?

정리 해고의 목적은 기업의 군살을 빼는 데 있습니다. 불필요한 인력을 감축하여 인건비를 절감해서 기업의 내실을 기하는 것이 정리 해고의 일차적인 목적입니다. 또 어떤 기준으로 정리 해고를 단행해도 사원들의 반발이 없을 수 없다면 누가 불필요한 인력인가, 누가 임금 대비 업무 효율이 가장 떨어지는가를 기준으로 삼아 해고 대상자를 선정하는 것이 가장 공정하고 합리적이며, 정리 해고 본래의 목적을 구현할 수 있는 방법이라고 생각합니다.

그건 너무 살벌하기만 한 기준이네. 바람직한 노사 관계 정립을 위해서라도 뭔가 좀 인간적인 배려를 해주어야 하지 않을까?

야자 타임 끝!

질문엔 대답을 안 하고, 야자 타임이라니 무슨 소린가? 지금 교수랑 야자 타임이나 하면서 놀자는 건가?

끝났다고! 야자 타임 끝났으니까 이제 정신 차리라고!

어! 아, 네. (이런 비겁한……. -_-) 선생님, 제 날카로운 질문에 말문이 막히니까 그러시는 거죠? ^^;; 타이밍이 딱 그런데요? ㅎㅎㅎ

너무 쉬운 거라서 대답할 가치를 못 느껴서지. 쉬운 거니까 네가 해 봐.

헉! 갑자기 화살이 내게로 돌아오다니.

제가 사장이라면 우선 저를 비롯한 고위 경영진들의 봉급을 제로로 하겠습니다. 위기 상황을 극복할 때까지는. 그리고 모든 사원의 임금을 같은 비율로 삭감하겠습니다. 아까 말씀드린 기준에 의해 정리 해고 대상자로 선정된 사원은 해고 대신 추가적으로 또 임금을 삭감하겠습니다. 아까는, 꼭 해고를 해야만 하는 상황이라는 문제의 전제에 충실했을 뿐이고, 실제 제가 경영자라면 이런 방법으로 해고 인원을 최소화하면서 위기 상황을 극복하고, 노사 화합의 계기로도 만들겠습니다.

뭐 보고 대답하는 거 아냐? 왜 이렇게 잘해, 갑자기?

Point

여성을 우선 해고해도 괜찮다는 생각의 숨은 전제는 '여성의 본분은 직장이 아닌 가정이었다(그 결과 해고당한 여성은 여러 모로 해고당한 남성에 비해 타격을 덜 받을 수 있다).'라는 가부장적 성 역할 분리 이데올로기이다.

Part IV 여기까지 알고 면접장에 들어가면 60점은 맞는다!

04 '발견'이라는 생각의 바탕에는……

🗂 과학에 대한 그 흔한 미신

> 과학 이론은 발견인가, 발명인가?
> (제 3의 의견을 제시하지 말고, 양자 택일하시오.)

🗨 추가 질문이니 반박이니 신경 쓰지 말고 그냥 네 생각을 솔직하
게 말해 보거라.

🗨 당연히, 발견 아닌가요? 발견은 원래부터 존재하고 있었지만 드러
나 보이지 않던 대상을 찾아내는 것이고, 발명은 없던 것을 새로 만들어내는 것
이니까요. 과학자들이 설마 과학 이론을 그냥 만들어내겠어요? 자연에 내재해
있던 법칙을 찾아낸 거겠지요.

좋다. 그러면 이 문제 앞에다 '사회'라는 단어 하나를 더 붙여서, 사회과학
이론은 발견일까, 발명일까?

사회과학 이론이 뭔지 잘 모르는데…….

그럼, 과학 이론은 아니?

당연히 알죠, 과학 시간에 배우는 건데. 뉴턴의 운동 법칙, 열역학 법칙, 베르누이의 원리, 케플러의 법칙 등 엄청나게 많은 법칙, 원리, 이론을 배우잖아요.

그럼 사회과학 이론은 하나도 안 배웠단 말이니?

과학 이론은 과학 시간에 배우지만 사회과학 이론을 배울 '사회과학' 수업 시간이 없잖아요. 선생님 때는 있었나 보죠?

그냥 사회 시간에 배우는 건데……. 공통으로 배우는 일반사회나 사회계열 선택 과목 있잖니? 정치, 경제, 사회문화…… 이런 거. 그런 것들이 대학 가면 다 사회과학으로 분류되는 거란다.

그럼 그냥 사회라고 그러지, 왜 '과학'을 붙여서 사회과학이라고 부르나요?

음, 너의 무지를 드러내 주는 아주 좋은 질문이구나. 너를 포함한 상당수의 학생들이 잘못 알고 있는 점이 바로 그거다. '과학'이란 특정 학문의 '내용'을 지칭하는 것이다, 라는 생각! 그 특정 학문이란 물론 자연과학이겠고, '과학' 하면 떠오르는 생각들이 실험, 무슨 무슨 법칙, 이론, 어려운 거, 수능의 과학탐구 영역 등이 아니겠니?

그러나 원래 과학이란 용어는 학문의 내용이 아니라 탐구의 '절차'를 가리키는 것이란다. '문제 인식 — 가설 설정 — 자료 수집, 실험 — 가설 검증 — 이론 도출' 이러한 일련의 과정은 중학교부터 과학 시간이면 허구한 날 배우는 거잖아. 그렇기 때문에 내용이 어떻든지간에, 위와 같은 탐구 절차를 따르고 있다면 그 학문에 '과학'이란 이름을 붙여도 되는 거지.

아, 네. 그럼 고등학교 때 배우는 사회 과목도 그런 탐구 절차를 따르기 때문에 대학에서는 '사회과학'이라고 불린다는 말인가요?

그렇지. 그렇긴 한데, 그 절차와 별 상관이 없는데도 그냥 마구잡이로 '과학'이란 말을 갖다 붙이는 경우도 있단다.

그건 어떤 경우죠?

오늘날엔 과학의 의미가 변질되어 너를 포함한 대다수 일반인들은 과학을 '좋은 것', '편리한 것', '절대적으로 옳은 것'의 대명사격으로 생각하는 경향이 있거든. 이런 오해는 우리가 지금 풀고 있는 문제와도 밀접한 관련이 있다고 볼 수 있다. 자, 아까 하던 얘기로 돌아가 보자. 그럼, 사회과학 이론은 발견일까 발명일까?

자, 잠깐만요. 국제 관계에도 도덕이나 이성이 적용된다는 '이상주의'와 국제 관계는 힘의 논리만을 따르는 약육강식의 세계라는 '현실주의' 이런 것도 사회과학 이론이지요? 그렇다면, 사회과학 이론은 발명이에요!

왜?

그런 여러 '이론'이나 '주의'들이 사회 속에 숨어 있는 고정불변의 법칙이나 절대적인 진리는 아니거든요. 만약 그것이 절대적인 진리라면 이상주의와 현실주의처럼, 같은 대상에 대해 상반된 이론이 대립할 수는 없는 거죠.

그럼 사회과학이 아닌 자연과학 이론엔 그렇게 대립하는 것들이 없나? 빛에 관한 이론 중에도 '입자설'과 '파동설'이 대립하고 있고, 우주에 관한 생각에서도 '정상우주론'과 '대폭발이론'이 대립하는 등 찾아보면 굉장히 많은데?

(-_-;;) 그, 그렇네요.

아직도 과학 이론이 고정불변의 절대 진리라고 생각하니?

글쎄요, 아닌 것도 같고…… 아, 아니에요! 교과서에서 읽은 기억이 나요. 과학의 법칙은 잠정적인 진리일 뿐이다, 끊임없이 새로운 이론의 도전을 받다가 그

새 이론이 더 우세한 것으로 판명되면 거기에 자리를 내주고 물러난다, 뭐 그런 얘기였지요.

교과서에 나오면 맞는 거고, 안 나오면 틀린 거라니…… 넌 진짜 교과서에 충실한 놈이구나. 전국 수석하겠다.

네???

전국 수석한 애들은 인터뷰에서 꼭 그러잖니? 학교 수업에 충실히 임했고 교과서 위주로 공부했으며 과외는 한 번도 안 받았다!

^^ 전 어떡하죠? 지금 과외를 받고 있는데. 전국 수석은 못하겠네요. ^^;;

우리가 지금 하고 있는 공부를 단지 과외 정도로 생각하면 안 된다. '지적 모험'을 하고 있다, 이렇게 생각해 주기 바란다(돈도 안 받고 가르치는 건데 무슨 과외? -_-;;).

네! 그렇게 생각해 드리죠. ^^ 어쨌든 이번에 제가 전국 수석해서 인터뷰 꼭 할게요. 학교 수업도 충실히 했지만 과외를 딱 한 번 받았는데, 그것 때문에 수석한 것 같다고. 그 과외 선생님 진짜 짱이라고. 그러면서 선생님 이름이랑 전화번호 꼭 얘기할게요. ^^

나한텐 그렇게 철석같이 약속해 놓고, 정작 전국 수석해서 인터뷰할 땐 과외 안 받았다고 그런 애들이 한둘이 아니었지.

-_-;;;

천동설을 신봉하던 시대의 사람들에게 지동설은 도저히 수긍할 수 없는 헛소리에 불과했을 것이다. 그러나 후대에 이르러서는 상황이 완전히 역전되었지. 마찬가지로 우리가 지금 절대적으로 옳은 것이라고 믿고 있는 과학의 수많은 법칙, 이론들도 그렇게 되지 말라는 법은 없다. 아니 그렇게 되리라는 것을, 과학의 역사는 입증해 주고 있단다. 따라서 과학 이론이란 세계를 설명하기 위해 과학자들이 고안해낸 지식 체계일 뿐이란다. 훨씬 더 많은 것을, 더 정확히 설명해 주는 체계가 등장하면, 언제든지 '법칙'의 지위를 그 새로운 설명 체계에 넘겨주고 물러날 준비가 되어 있는 것이 바로 현재의 과학 이론인 것이지.

그렇군요.

절대 진리로 여겨지던 뉴튼 역학조차 아인슈타인의 이론에 의해 극복되었지.

🗖 상대 주장의 숨은 전제를 찾아서 비판하자!

이제 답변을 정리해 보자. '과학 이론은 발견인가, 발명인가.' 이 문제에 대해, 반대 주장의 숨은 전제를 비판하는 식으로 답변을 구성해서 말해 본다면? 니가 쭈욱~ 다 해봐라. 실전이라 생각하고.

저는 과학 이론이 발명이라고 생각합니다. 우선 발명은 기존에 없던 것을 새로이 만들어내거나, 기존의 것을 변형시키는 등 어쨌든 무언가를 만들어내는 행위입니다. 반면에 발견은, 어떤 사물이나 세계에 내재해 있던 질서, 법칙 등을 찾아내는 것입니다. 플레밍이 페니실린을 발견한 것처럼(이것도 정확히 말하자면, 어떤 항생 물질을 발견했고, 거기에 '페니실린'이란 이름을 붙였다고 해야겠죠. 페니실린이란 물질을 발견한 것이 아니라). 따라서 과학 이론을 발견했다는 주장에는, 그 이론이 세계에 내재해 있는 고정 불변의 법칙이나 절대적인 진리라는 숨은 전제가 깔려 있습니다. 그러나 과학의 역사는 이 숨은 전제가 틀렸음을 말해 줍니다. 한 시대를 풍미했던 과학 이론은 새로운 이론에게 자리를 넘겨주고 물러나게 마련입니다. 이처럼 과학 이론은 시간을 초월한 보편 타당한 진리가 아니라 시대의 한계를 담고 있는 잠정적 진리일 뿐입니다. 따라서 과학 이론이란, 세계를 설명하기 위해 과학자들이 고안해낸 일련의 지식 체계일 뿐이고, 그렇기 때문에 '발명' 되는, 즉 만들어지는 것입니다.

음, 그렇게 하면 된다. 자, 추가 질문 들어간다. 그렇다면 뉴튼의 운동 법칙은 틀린 거 아닌가? 지금은 상대성 이론이나 양자 역학이 그것을 대체하고 있잖아. 그런데 왜 뉴튼의 운동 법칙을 배워야 하는 거지? 우리가 중점적으로 배우는 건 상대성 이론이나 양자 역학이 아니라 뉴튼 역학이잖아?

(-_-;;;) 완벽하다는 듯이 고개를 끄덕이다가 갑자기 그런 질문을 하시다니 배신감이 느껴지네요.

네가 어떤 대답을 해도 교수님은 추가 질문을 하신다. 항상 그걸 예상하는 습관을 들여야지.

음, 잘은 모르겠지만 뉴튼 역학이 완전히 틀린 건 아니잖아요.

그래, 그것도 일리가 있지. 거기에 살을 붙여서 논리적으로 말하면 된다. 이번에도 또 내가 해야 되겠구나.

방금 말씀드린 것과 같은 이유로, 어떤 과학 이론에 대해서 절대적으로 옳다거나 완전히 그르다는 판단을 내릴 수는 없다고 생각합니다. 각각의 이론들은 세계를 보다 잘 설명하기 위해, 서로 '다른' 방식을 채택할 뿐입니다. 따라서 어느 이론이 더 많은 것을, 더 잘 설명해내느냐 하는, 양과 정확성의 차이가 있는 것일 뿐, 여러 이론들이 제각각 일면의 진실은 담고 있는 듯합니다.

뉴튼 역학은 일상적인 차원의 운동을 잘 설명할 수 있고, 아주 작은 미시 세계에 대해서는 양자 역학이 유리하다는 식이죠. 게다가 뉴턴 역학은 현대의 최신 이론을 잘 이해하기 위해서라도 꼭 배워야 할 과학사적 의미를 지니고 있다고 생각합니다. 아인슈타인이 뉴턴을 전혀 모르는 상태에서 상대성 이론을 만들어내지는 않았을 테니까요.

때론 사과를 손으로 쪼개야만 하는 상황이 생깁니다, 살다 보면. 저처럼 힘센 사람이라면 금방 쪼개겠지만 대개는 잘 안 쪼개지는 경우가 많습니다. 특히 부사는요. ^^ 내가 하다가 안 되면 오빠나 언니, 형이나 동생, 엄마, 아빠, 급기야 할머니에게까지 사과를 넘기게 됩니다. 그러다 보면 언젠가는 사과가 쩌~억 하고 갈라지고, 마침 그 갈라지는 시기에 사과 쪼개기를 시도한 사람이 온갖 찬사를 독차지하게 됩니다.

저는 과학 발전의 과정도 이와 마찬가지라고 봅니다. 뉴턴도 아인슈타인도 다 현재까지의 과학 이론을 만들어내는 데 일정 부분 기여를 했습니다. 아인슈타인이 마침 사과가 쪼개지는 시기에 시도를 한 사람이라 현재 진짜 힘세다는 찬사를 독차지하고 있는 사람으로 친다면, 뉴턴은 그 전에 얼굴이 벌개지도록 애만 쓴 사람쯤에 해당한다고 볼 수 있지 않겠습니까? 하하하(대단한 비유입니다, 참으로).

그렇지만 사과 쪼개기에 누가 더 많은 공헌을 했는지는 알기 힘듭니다. 뉴턴이 거의 다 해놓은 걸 아인슈타인이 마무리만 한 것일 수도 있으니까요. 게다가 사과 쪼개기는 언제나 미래진행형입니다. 앞으로도 더 단단한, 그래서 더 쪼개기 어려운 사과가 많이 나오리라고 봅니다.

어때 멋있니? 또 감동의 눈물을 흘리고 있구나.

(빨리 멋있다고 하자) 네, 엄청 감명 깊었어요. ^^;; 그런데요, 교수님 앞에서 그

렇게 잘난 척하면서 재수없게 말해도 되나요? 그럼 대답을 잘했어도 인성 점수에서 깎이지 않을까요?

 Point

1. 「기존에 없던 것을 만들어내면 '발명'이고, 원래부터 있었지만 눈에 띄지 않던 것을 찾아내면 '발견'이다.」라는 초등학교적 지식에 집착해선 안 된다.

2. 그럴 경우 과학 이론은 당연히 발견인 것으로 결론 짓게 되고, 이 문제의 본질을 놓치게 된다.

3. '발명'은 그 대상의 진리성을 문제 삼지 않는 개념이다. 이런 물음이 필요한지, 또 가능하기나 한지 생각해 보라! '에디슨이 발명한 축음기는 진리인가?'

4. '발견'은 그 대상의 진리성을 문제 삼는 개념이다. 정확히는, 그 대상이 진리라는 전제 아래서만 성립 가능한 용어이다.

5. 따라서 과학 이론은 '발견'되는 것이라는 주장의 숨은 전제는, 과학 이론이 시공을 초월하여 보편 타당한 진리라는 생각이며, 이는 과학에 대한 맹신이다.

05 지긋지긋한 보신탕 논쟁의 결정판

☐ 브리지트 바르도가 틀린 이유는?

얼마 전 국제 축구 연맹 회장이나 브리지트 바르또라이……엥? 말을 실수했군. 바르도라는 프랑스 여배우가 우리 나라의 보신탕 문화에 이의를 제기하고 나서 항간에 비웃음을 샀지. 특히 이 브리지트 바르또라이…… 엉? 자꾸 틀리네. 바르도라는 여배우는 편지 쓰는 특기를 가지고 있어서 툭하면 편지 쓰기를 즐긴다고 한다. 7~8년을 주기로, 보신탕을 안 먹었으면 좋겠다는 내용의 편지를 우리 나라에 띄워 보내는 재미난 행태를 보여서, '어, 이상하다? 바르도한테서 편지 올 때가 됐는데?' 라며 많은 사람들이 의아해하고 있던 찰나, 어김없이 예의 그 편지를 보내와서 '역시 바르도!' 라는 찬탄을 자아내고 있지. 뻔히 짐작이 가긴 하지만 그래도 한 번 묻겠다. 우리의 보신탕을 타박하는 서구의 태도에 대해 어떻게 생각하니?

말도 안 되는 거죠. 남의 식단을 왜 간섭한대요? 그건 '너네는 왜 하필 우리가 안 먹는 비엔나 소시지를 먹는 거냐! 비엔나 소시지 먹지 마라.' 라는 것과 마찬가지죠. 그러니 당연히 나쁜 태도입니다. 걔네들은 문화 상대주의도 안 배웠대요?

오호~ 이런 이런. 열혈 애국 소년 같으니라구. 지금 그 대답을 논증의 형태로 정리하면 이렇게 되겠네.

> 서구의 태도는 문화 상대주의적 태도가 아니다(전제).
> 그러므로 서구의 태도는 나쁘다(결론).

그렇겠네요.

그런데, 어딘가 좀 허전하지? 혹시 어떤 숨은 전제가 개입되어 있지 않을까?

네, 좀 허전한 것 같기는 한데…….

우리가 처음에 배운 숨은 전제 찾는 방법을 상기해 봐라. 우선 '반례'를 찾아야 한다고 했었다. 어떤 경우라면 서구의 태도가 나쁜 것이 아닐 수 있을까?

…….

네가 지금 문화 상대주의의 정당성에 대해 전혀 의심하지 않기 때문에 생각이 나지 않는 거다. 아마도 교과서에 문화 상대주의가 옳은 것이라고 나와 있어서 그런 모양인데, 만약 문화 상대주의가 항상 옳은 것만은 아니라면 문화 상대주의적 태도가 아니라고 해서 서구의 태도를 나쁘다고 할 수는 없겠지?

아, 그렇네요!

이제, 숨은 전제 찾기 2단계에 의거, 그 반례가 불가능한 것이 되도록 어떤 전제를 보강해 넣자.

'문화 상대주의는 항상 옳다.' 라는 전제를 추가하면 되겠네요.

그럼 이제 다 찾은 거다. 숨은 전제까지 포함해서 논증을 정리하면 다음과 같이 되겠지.

> 문화 상대주의적 태도는 항상 옳다(숨은 전제).
>
> 서구의 태도는 문화 상대주의적 태도가 아니다(전제).
>
> 그러므로 서구의 태도는 옳지 않다(결론).

그래도 여전히 문제는 있다. 그렇다면 문화 상대주의적 태도가 옳다는 건 누가 보증해 주지?

그런 문제가 남는군요.

문화 상대주의에 대립하는 개념으로 '문화 보편주의' 라는 게 있다. 그런데 두 주장이 현재 팽팽한 대결 구도를 유지하고 있다고는 볼 수 없다. 문화 상대주의가 더 타당하다는 쪽으로 많이 치우친 게 사실이다. 상대성 이론, 상대주의, 다원주의 등등 바야흐로 '상대' 가 득세하는 시대가 온 거지. 그렇다고 해서 '절대' 나 '보편' 이 그 가치를 완전히 잃어버린 것은 아니다. 문화에 대해서도 마찬가지지. 상대주의와 보편주의의 논쟁은 현재 진행중일 뿐, 어느 한편의 일방적인 승리로 결판 난 것은 아니다. 따라서 그 정당성을 완전히 확신할 수 없는 대상을 절대적으로 옳다고 생각하는 전제하에 펼쳐진 네 논증은 상대 비판에 대해 충분히 열려 있다고 볼 수 있는 거지.

비판에 대해 열려 있다고요?

상대로부터 비판받을 소지가 다분하단 뜻이다.

아하, 적당한 유추가 생각났어요! 진화론과 창조론 중 어느 한쪽의 일방적인 승리를 장담할 수 없는 상황에서 '진화론은 틀렸다, 창조론이 아니니까' 라고 주장할 수 없다는 것과 마찬가지네요.

네가 이제 유추는 좀 하는구나. ^^ 위 논증을, 그 의미는 변하지 않게 유지하면서 표현만 살짝 바꾸면 반박의 여지가 없는 논증이 될 수도 있는데…… 그게 뭘까?

모르겠는데요.

보신탕에 시비 거는 서구의 태도가 '문화 상대주의가 아니다.' 라고 하지 말고 '자문화 중심주의이다.' 라고 표현하면 어떻겠니? 의미에는 큰 변화가 없으면서도 논리적으로는 훨씬 견고해졌지? 자문화 중심주의는 자기 문화를 기준으로 남의 문화를 평가하려는 독단적인 태도이니까 당연히 옳지 않은 것이 되는 거지.

아하, 그렇게 되는구나.

현재로선 힘들겠지만 의식적으로 자꾸 연습하다 보면 자기 주장의 논리와 예상되는 상대의 반박 논리에 대해 아주 섬세하고 예민한 감각을 가지게 될 거다. 너도 모르는 사이에.

저는 벌써 충분히 예민해져 있는데요. ^^;;

아니! 아직 넌 둔감하다. 내가 보기엔.

절대로 아니에요! 그 증거는, 아까 브리지트 바르도라는 배우 얘기를 듣다가 이런 유추가 떠올랐다는 사실이죠. 흥!

'흥' 이라고라고라? 뭐가 떠올랐는데?

제가 바르도한테 항의 편지를 쓴다면 이렇게 쓰겠어요.

소를 숭배하는 인도의 어느 한 — 당신과 마찬가지인 — 육체파 여배우가 당신 네 나라에 소 좀 안 먹었으면 좋겠다고 편지 쓰면 당신 좋아? 또 달팽이를 너무 사랑하는 사람들이 모여서 만든 '달사모' 라는 나라가 있다고 치고, 그 나라에서 달팽이 안 먹었으면 좋겠다고 편지 쓰면 당신 좋아?

음, 괜찮긴 하구나. 그런데 '당신 좋아?' 라는 표현은, 서로 잘 모르는 어른들끼리 길거리에서 시비 붙었을 때 흔히 나오는 말이다. 네 나이에 그런 표현을 쓰는 것은 그다지 좋아 보이지 않는구나.

제가 인생을 좀 거칠게 살아왔거든요. ^^;;;

🗔 보신탕 시비에 대한 이런 반격은 좋지 않다

서구의 보신탕 시비에 대한 우리의 대응 방식 중 약간 감정 섞인 것이 있다. 이 예시는 '감정이 개입되면 논리는 죽는다.' 는 충고가 단순한 수사로서가 아니라 실제적 의미를 갖는다는 중요한 사실을 시사해 주고 있다.

> 우리 나라 사람들 중 소수가 그나마 가끔(비싸서 자주 먹고 싶어도 못 먹는다) 먹는 보신탕을 문제 삼으면서, 정작 자신들은 휴가 여행을 떠나기 위해 기르던 개를 내버린다고 한다. 이렇게 버려지는 개나 고양이가 일 년에 수십만 마리에 달하고, 그 중 상당수는 수용소로 옮겨진 후에도 끝내 주인이 나타나지 않아 도살당하고 만다. 이런 사람들에게 과연 우리 개고기 문화를 욕할 자격이 있을까?

정말 기가 막히네요. 그런 주제에 뭘······.

앞의 예시에 감정적으로 동조하라는 게 아니라 숨은 전제를 찾아 비판하라는 거다.

엥, 비판할 게 전혀 없는데요? 구구절절 옳은 소린데요. 이제 보니 선생님은 반민족주의자였군요!

그런 태도가 표현의 자유를 제한하는 진짜 주범이다. 국가에 의한 감시와 통제보다도 오히려 더 무섭다. 그처럼, 소수 의견을 마녀 사냥 시켜 버리고야 말겠다는 집단주의적 사회 분위기가 얼마나 위험한 것인지 모른단 말이냐? 히틀러 치하의 독일이 그랬지. 독일까지 갈 것도 없다. 바로 얼마 전까지의 우리 나라만 봐도 사회주의니 마르크스니 이런 말은 입에 담는 것조차 금지되었으니까. 지금도 뭐 크게 달라진 건 아니지만. 버나드 쇼는 이렇게 말했다. '표현의 자유란 터무니없는 생각을 말할 자유이다.' 라고.

(선생님 또 터졌다. 되로 받으면 말로 주는 기술······ T.T) 아아~ 네, 그랬군요. ^^;;

앞 문장에서 숨은 전제를 찾을 수 있도록 약간의 힌트를 주지. 예를 들어, 친구들이랑 TV로 야구나 축구를 보고 있다가 네가 한 선수의 엉성한 플레이에 격분, 이렇게 외쳤다고 치자. '저 놈 왜 저렇게 못해! 한심하다, 한심해!' 그랬더니 친구들 중 어느 하나가 홀연히 일어나 '너는 쟤보다 잘하냐?' 라고 반박했다면, 너는 뭐라고 대꾸할까?

글쎄요······.

그 친구 주장의 숨은 전제를 찾아봐라.

음······ '그 선수보다 잘해야만 그 선수를 비판할 자격이 있다.' 이거 맞나요?

그렇지. 하일성 씨가 프로야구 선수들보다 야구를 더 잘하기 때문에 선수들의 플레이에 대해 왈가왈부할 수 있는 건 아니지. 신문선 씨가 국가대표 선수들보다 축구를 더 잘해서 비판할 자격이 주어지는 것도 아니고.

아해! 그렇군요. 기자들이 어느 장관보다 업무 수행 능력이 뛰어나서 장관을 비판할 수 있는 것도 아니죠.

똥 묻은 개는 여하한의 이유로도 겨 묻은 개를 나무라면 안 되는 건가? 그 개한테 똥이 좀 묻었기로서니, '야! 너 겨 묻었다.'는 그 개의 문제 제기가 전혀 고려할 가치가 없는 무의미한 것으로 치부되어도 괜찮은가? 여기서 문제가 되는 것은 상대 개한테 묻은 '겨'이지, 나한테 묻은 '똥'이 아니다. 상대 주장의 내용과 논리를 문제 삼아야지, 그 주장을 하는 상대가 처한 '정황'을 문제 삼아서는 안 되며, 또 그런 방식은 논리적인 '오류'라고 국어 시간에 아마 배웠을 거다.

그렇다고는 해도 이쪽이 도덕적으로 깨끗해야 상대방에게 어떤 요구를 할 수 있지 않나요?

그러면 도둑은 자기 자식한테 도둑질하지 말라고 하면 안 되겠네? 우리 부모님들은 늘 이렇게 말씀하시지. 너는 나처럼 살지 마라, 내가 '누를 홍'해도 너는 '누를 황'해라. 물론 주장하는 나한테 '똥'이 묻었을 경우 상대방은 저항감을 느끼게 되고, 그로 인해 감정적인 차원에서의 설득력은 좀 떨어질 수 있다. 또 그 상황의 부조리함은 나의 인격이나 도덕성을 훼손시킬 순 있겠지만, 내 주장의 내용이나 논리 자체에 손상을 줄 수는 없는 것이지.

제가 정리해 보지요. 프랑스 사람들이 개를 막 버려서 죽게 하면서 우리 나라의 보신탕에 딴지를 거는 건 감정적으론 물론 웃기는 얘기지만, 그렇다고 해서 그들의 문제 제기 자체를 무시해선 안 된다, 그런데 그들이 제기한 문제의 내용을 이성적으로 검토해 봐도 결론은 역기 웃기는 얘기라는 거다, 이거죠?

그래, 바로 그거다. 프랑스 사람들이 3대 요리라고 추앙해 마지 않는 것 중에 '푸아그라'라는 게 있다. 거위 간 요리인데, 이걸 만들기 위해 공기 주입기로 거위 배를 풍선처럼 부풀리고 주둥이엔 깔때기를 밀어 넣어서 사료를 처넣는다고 한다. 그러면 거위가 일종의 '간경화'에 걸리게 되는데, 거기서 생긴 지방간으로 푸아그라를 만든다고 한다.

정말 잔인하네요. 우리 나라에서 개를 몽둥이로 때려잡는 것보다도 훨씬 더해요! 이건 그거나 마찬가지잖아요, 사형을 시키는데 단번에 집행하지 않고, 몸에 안 좋은 독극물 같은 걸 억지로 주입해서 일단 병에 걸리게 만든 후에 또 죽이는 것! 진짜 잔인하네요. T.T

마찬가지로, 푸아그라를 거론하면서 당신네가 더 잔인하다고 주장해 봐도, 그것이 개를 몽둥이로 때려잡는 우리의 잔인함을 상쇄시켜 줄 수는 없다는 거다. 그러니까 그건 일종의 물귀신 작전밖엔 안 되는 얘기지.

그게 무슨 뜻이죠?

나도 나쁜 놈이지만 너는 더 나쁜 놈이다, 그러니까 우리 같이 죽자! 이러는 것과 같다는 거야. 상대가 나한테 나쁜 놈이라고 했을 때 내가 해야 할 일은, '너도 나쁜 놈이다.'라고 물고 늘어지는 것이 아니라 '나는 나쁜 놈이 아니다.'라고 스스로를 변호하는 일이다. 결론적으로 보신탕 문제에 대해, 상대의 정황을 문제 삼는 식의 대응은 그리 적절하지 않다는 거다.

네! ^^

Point

1. '걔네들은 문화 상대주의도 모르나?'
서구의 보신탕 딴지를 반박하는 가장 대표적인 논변이다.

2. 문화 상대주의적 태도가 아니므로 옳지 못하다는 이 논증에는 '문화 상대주의는 항상 옳다.'는 숨은 전제가 개입되어 있다.

3. 문제는, 이 숨은 전제가 절대적으로 옳다고 볼 수 없다는 점이다. 문화 보편주의와의 대결에서 문화 상대주의가 우세한 형국일 뿐, 완전한 승리를 거둔 건 아니다.

4. 따라서 서구의 태도는 자문화 중심주의라고 논증하는 편이 교수님의 반박으로부터 더 안전하다.

5. 'XX한 주제에 너희가 우리를 비판할 자격이 있는가?'라는 식의 대응은 감정적인 수사로, 바람직하지 않다.

06 사형 제도

🗄 **극악 무도한 범죄자는 사회와 상관없이 하늘에서 뚝 떨어진 것인가?**

> 사형 제도에 찬성하는가, 반대하는가? 자신의 입장을 옹호하고 상대
> 주장을 비판하시오.

 전 사형 제도에 반대예요.

 왜?

사형도 어쨌든 살인이거든요. 국가에 의한 살인! 살인을 금지하는 국가가 앞장
서서 살인을 한다는 건 논리적으로도 모순이고, 바람직하지도 않죠.

만약 그 놈이 사람을 수백 명이나 죽인 무시무시한 미치광이, 변태 살인마
여서 사회로부터 완전 격리시키지 않으면 틀림없이 살인을 되풀이할 확률
이 높다면?

그럼 종신형을 살게 하면 되지요, 굳이 사형까지 시킬 필요 없이.

그런 악마 같은 놈을 죽을 때까지 먹여 주고, 재워 주라고 우리 국민들이 세금을 낸 건 아닐 텐데? 그런 데 들어가는 돈이 다 우리 세금이잖아.

이렇게 생각할 수도 있죠. 그런 변태 살인마로부터 개인을 보호해 달라는 차원에서 국가에 지급하는 비용이다. 절도로부터의 안전을 요구하면서 보안 경비 업체에 돈을 지불하는 것처럼 말이죠.

(이제 제법 버티는데 ^^;;;) 가장 큰 문제가 하나 남아 있다. 무고한 목숨을 앗아간 흉악한 범죄자를 사형시키지 않은 것은 '정의'가 아니지 않은가?

그럼 그 흉악범을 꼭 죽여야만 '정의'가 구현되는 건가요?

'정의'의 가장 기본이 되는 개념은 '응보'이다. 만화 영화에 자주 나오는 대사인데, '정의의 이름으로 너를 응징하노라!' 이러면서 주인공이 나쁜 사람들을 막 때려주잖아? 열심히 일한 사람은 성공해야 하고, 그렇지 않은 학생은 실패해야 하는 게 정의다. 한 만큼 돌려받는 것! 공부를 열심히 하지 않은 애는 원래 시험을 망쳐야 하는데, 남의 답안을 보고 써서 오히려 시험을 잘 보는 것을 '부정 행위'라고 하지. '부정 부패'가 만연한 사회는 어떤 사회냐? 응보가 제대로 이루어지지 않는 사회다. 열심히 한 사람은 실패하고, 열심히 하지도 않았는데 뇌물을 바친 사람들은 성공하는 그런 사회 말이다. 반면 착하게 살면 복을 받고 악하게 살면 벌을 받는 사회, 각자에게 제 몫을 제대로 돌려주는 사회, 이런 사회가 바로 '정의 사회'지.

듣고 보니 그렇네요. 아무리 그렇다고 해도 좀 봐주면 안 되나요? 꼭 벌로써 응징을 해야 하는 건지…….

네가 쉽게 체감할 수 있는 예를 들어 주지. 평소 너보다 공부를 안 하는, 그 결과 당연히 너보다 공부를 못하는 친구가 있었다. 모의고사를 보면 너보다 100점 가량 떨어지는 친구지. 그런데 정작 수능시험에선 순전히 운이 좋아 찍은 게 다 맞는 바람에 너와 점수 차이가 20점밖에 안 날 정도로 좋은 점수를 받았다면, 그 친구 입장에선 물론 기분 좋겠지만 네 입장에선 기분이 나쁘겠지. 그런 상황이라면 너는 아마 상대적 박탈감을 느낄 거다.

(예를 들어도 꼭 그렇게 재수 없는 예를…… ――;;) 상대적 박탈감이요? 많이 들어본 말이기도 하고, 대충 뜻을 알 것 같기는 한데, 왜 '상대적'이란 말을 붙이는 거지요? 그냥 박탈감이라고 하면 안 되나요?

실제로 무언가를 빼앗겼거나 박탈당했을 때 느끼는 감정이 박탈감이고, 너는 아무 문제 없는데 다른 사람들이 넘치게 상을 받거나, 못 미치게 벌을 받을 때 너를 엄습하고 도는 '손해 봤다'는 느낌이 상대적 박탈감이지.

ㅋㅋㅋ 그건 그리 좋은 감정인 것 같지는 않군요. 시기나 질투의 감정에 가까운 것 아닐까요? 사촌이 땅을 사면 배가 아프다는 식의.

상대적 박탈감이 성격 나쁜 사람들이나 느끼는 시기의 감정일 뿐이라는 거니? 그렇게 간단하게 결론 내릴 순 없을 것 같은데……. 예를 들어, 네가 백화점에서 정가대로 돈을 지불하고 옷을 샀는데 바로 그 다음날부터 50% 세일을 하는 거다. 똑같은 옷을, 네가 지불한 액수의 반값에 사가는 사람들을 볼 때 너는 어떤 느낌을 받을까?

벽을 치겠죠, 아마. ^^;;;

또 네가 2년 3개월 동안 온갖 고생을 하면서 군복무를 했는데, 어떤 사람은 타당한 이유도 없이 군대를 안 갔다면, 그런데 나중에 알고 보니 걔네 집이 엄청 부자였다면? 또 똑같은 범죄를 저질러 놓고도 너는 처벌을 받는데, 정치권 고위 인사들의 자제들이랍시고 처벌을 받지 않는다면? 그때 네가 느끼는 감정을 성격이 나쁘기 때문에 느끼는, 성격이 좋았다면 느끼지 않을 수도 있는 질투나 시기로 치부할 수 있을까? 좀 거창하긴 하지만 '정의에의 요구'로 볼 수 있지 않을까?

그렇군요.

사형 존치론자들의 논거 중 가장 반박하기 어려운 것은 바로 이거다. 응보로서의 사형의 필요성! 응보는 항상 정의와 밀접한 관련이 있기 때문이지. 반인륜적, 극악무도한 범죄를 저지른 흉악범은 사형을 받는 것이 정의의 원칙에 부합한다는 주장이다. 자, 어떤 숨은 전제를 찾아서 반박해야겠니?

글쎄요.

아무래도 힘들 것 같으니까 알려주지. 그런 주장은 범죄의 책임이 순전히 범죄자 개인에게 있다는 숨은 전제를 깔고 있단다. 과연 범죄자 개인에게만 100퍼센트 그 책임을 물을 수 있을까? 그 부분을 공략하는 거지.

어떻게요?

이렇게!

우리는 돈을 벌면 세금을 냅니다. 만약 100퍼센트 나의 노력만으로 돈을 벌었다면 세금을 낼 이유가 없습니다. 내가 세금을 내기로 동의했다는 것은, 돈을 버는 과정에서 사회가 제공하는 유·무형의 서비스를 이용했음을, 사회로부터 모종의 혜택을 받았음을 인정한다는 것입니다. 이처럼 겉으로는 순전히 개인적 노력의 결과로 보이는 것도 사회로부터 받은 도움이 어느 정도 포함되어 있게 마련입니다.

그렇다면 같은 논리로 개인이 저지른 악행에 대한 책임 소재를 파악할 때도 사회가 개인에게 미친 유·무형의 영향을 고려해 넣지 않을 수 없습니다. 개인이 사회로부터 도움을 얻기도 하지만 피해를 입기도 합니다. 어떻게 일방적으로 혜택만을 입을 수 있겠습니까?

개인의 공로에 대해 상을 줄 때는, '순전히 너 혼자 잘해서 된 건 아니다. 사회의 도움도 받은 것이다.'라는 논리로 사회의 지분을 제외하고 상을 수여하면서(소득에 대해 세금을 물리는 것처럼) 개인의 악행에 대해 벌을 줄 때는, 사회의 책임을 고려하지 않고 '순전히 네 잘못이다.'라는 논리로 그 개인에게만 책임을 묻는 것은 공평하지 못합니다.

훌륭한 일을 한 사람은 사회가 기른 것이고, 흉악범은 사회와 상관없이 저절로 그렇게 된 것이라고 볼 수는 없다는 것입니다. 따라서 범죄에 대한 책임을 사회 전체와 그 범죄자 개인이 나누어 갖는다면, 범죄자가 죽음이라는 대가를 지불해야만 하는 범죄는 거의 없다는 것이 제 생각입니다.

🔲 면접 문제는 화두이다!

 우와~ 그런 식으로 논리를 펼칠 수도 있겠네요. ^^

 너는 이게 완벽한 답이라고 생각하니?

무, 물론 완벽하지야 않겠지요.

내 생각엔 교수님들의 반박과 추가 질문이 분명 있을 거다. 그런데 네가 명심해야 할 너무너무 중요한 사실이 있다. 면접 문제에 정답을 말하는 건 중요한 게 아니다. 정답이란 있지도 않고, 정답을 말했다고 해서 거기서 끝나는 것도 아니다. 어차피 문답이 계속 오갈 테니까.

그럼 뭐가 중요한가요?

면접 문제는 하나의 화두일 뿐이라는 사실이다. 거기에 대해서 꼭 정답을 말하지 않더라도, 그 문제에 대한 대답을 하는 과정에서 자연스럽게 너의 능력이 드러나 보이면 성공인 거다. 정답이 아닌 오답을 말하더라도, 그 주제에 관한 지식이 부족해서 논란의 여지가 많은 대답을 하더라도, 말을 하는 그 과정에서 네가 논리적으로 생각할 수 있는 능력이 있다는 것, 독창적인 사고의 소유자라는 것, 열린 생각과 좋은 인상을 가지고 있고 예절도 바르다는 것을 교수님께 보여 드린다면 대성공인 면접이라는 것이지!

더 구체적으로 얘기해 주시면 안 될까요?

면접이란 걸 다음과 같은 시각으로 볼 수도 있지.

너랑 교수님 몇 분이랑 어떤 방에 단란하게 모여 앉아서 도란도란 얘기를 하는 거다. 그런데 얘기를 시작하려면 뭔가 말머리가 있어야 될 게 아니냐? 얘기를 시작할 화제 같은 것. 모르는 사람들끼리 공원 벤치 같은 곳에 나란히 앉았을 때 보통 꺼내는 말이 있지? '아, 날씨가 왜 이렇게 더워!' 뭐 이러면서 말을 꺼내잖아.

^^ 맞아요. 그럼 옆에 있던 사람이 '아, 그러게요.' 하면서 대화가 시작되죠. 보통 어르신들이 많이 그러시지요.

면접 문제가 바로 그런 역할을 한다고 볼 수 있지. 하나의 말머리 같은 역할. 물론 면접 문제를 날씨 얘기 정도로 가볍게만 볼 수는 없겠지. 그렇다고 너무 무겁게 볼 것만도 아니란다. 면접 문제를 화두로 해서 한 10분 정도 이런 저런 얘기를 하다 보면 너의 논리력, 분석력, 비판력, 응용력, 표현력, 지식, 인성, 버릇 등이 드러나게 되고, 교수님은 그 요소들을 평가하시는 거란다. 극단적으로 말하면, 처음에는 면접 문제와 관련된 걸로 시작해서 나중에 끝날 때는 전혀 다른 주제로 옮겨가 있더라. 이렇더라도 그 면접이 전혀 이상할 게 없다는 거지. 교수님들은 그 과정에서 너의 여러 가지 능력을 평가하겠다는 애초의 목표를 달성하셨을 테니까.

그럼 저한테 주어진 면접 문제에 담긴 주제가 제가 잘 모르는 것일 때는, 대답을 하다가 논점을 슬쩍슬쩍 바꿔 가면서 전혀 다른 주제, 제가 잘 아는 주제 쪽으로 대화의 방향을 바꿔도 된다는 말인가요?

이론상으로만 가능할 뿐이다. 그 정도의 능력이 있다면 굳이 그처럼 힘들게 잔머리를 굴리지 않고 정면 돌파를 해도 좋은 점수를 받을 수 있을 테니까. 또 교수님들이 네 장단에 놀아날 만큼 그렇게 호락호락하지도 않고. 또 그런 장난을 부릴 만한 능력이 너한테는 없고! 게다가 대화의 주도권을 잡고 있는 건 네가 아니라 교수님이다. 교수님이 이것저것을 물어봐서 너의 요모조모를 확인하기 위해 논의의 방향을 이끌어 가시는 거지, 네가 할 수 있는 일이 아니란다. 그러니까 쓸데없이 잔머리 굴리지 마라. ^^;;

그렇지만 제 대답에 대한 교수님들의 추가 질문이나 반박의 경향 정도는 어느 정도 예상할 수 있겠죠?

물론 그렇고, 또 그래야만 한다. 그러기 위해서 우리가 지금 공부를 하고 있는 것이고.

▣ 사형 제도는 흉악 범죄에 대해 억제력이 있다?

너는 사형에 반대한다고 했으니 그쪽으로 방향을 잡고, 이번엔 사형 존치론자들의 또 다른 숨은 전제를 비판해 보자. 사형 존치론자들이 사형을 폐지해선 안 되는 이유로 중요하게 여기는 것이, 사형이 갖는 흉악 범죄에 대한 억제력이다. '위하력'이라고도 하지. 우린 그냥 쉬운 말로 억제력이라고 하자. 즉 사형 제도는 흉악 범죄를 저지를 가능성이 있는 범죄자들이나 일반인들에 대해서 범죄 욕구를 억제하는 역할을 한다는 것이다. 이것의 숨은 전제를 찾아서 비판해 보자.

 이건 뭐 별로 어렵지 않네요. ^^ 말투까지 실전처럼 해볼게요.

그런 주장은 '만약에 이러다 붙잡히면 무기징역까지는 괜찮지만, 사형이 있어서 영 찜찜한데…… 에이, 그만둬야겠다.' 이런 식으로 범죄자가 범죄를 계획하고 실행할 때, 붙잡힐 수 있다는 걸 인정하고 그 경우의 형량을 예상한다는 전제에 바탕하고 있습니다.

그러나 제 생각엔 잔혹한 범죄를 계획하고 있는 사람의 심리 상태는 그런 평범한 판단이 가능할 만큼, 평온하거나 일상적이지 않을 것 같습니다. 게다가 붙잡힐 수 있다는 생각을 하지도 않을 것입니다. 그보다는 차라리 안 잡히도록 치밀하게 계획을 세우겠죠. 옛날에 사형이 빈번하던 중세에, 소매치기범을 사형시키는 교수대 아래 많은 군중이 운집한 곳에서는 그 틈을 노린 또 다른 소매치기들이 들끓었다고 합니다.

그건 하나의 일화일 뿐, 확실히 근거 있는 얘긴 아닌데……. 그래도 범죄자들이 어느 정도는 사형의 존재를 의식하게 되지 않을까?

의식한다고 해서 꼭 억제가 되지는 않을 것 같습니다. 불법 주차를 하는 사람들도 주차 단속원을 의식하기는 하지만, 설마 딱지 떼이겠냐는 생각으로 그냥 주차를 합니다.

주차 단속원을 의식해서 안 하는 사람들도 있잖아?

의식해서 안 하는 사람들은 사형이 억제력을 갖는 일반 선량한 시민에 비유될 수 있고, 의식을 하면서도 불법 주차를 감행하는 사람들은 사형이 아무 억제력을 갖지 못하는 흉악범에 비유될 수 있습니다.

이야~ 불법 주차가 그렇게 나쁜 짓이었나? 흉악범에 비유될 정도로. ^^;;; 그건 그렇고, 자네 말은 사형 제도가 일반인들에 대해서는 억제력을 갖는다는 것인데, 그렇다면 사형 제도가 갖는 범죄 억제력을 부분적으로는 인정한다는 건가?

저는 사형이 일반인들에 대해 범죄 억제력을 갖는다는 주장은 공허한 말의 성찬일 뿐이라고 생각합니다. 일반 사람들은 사형받을 정도의 잔혹한 범죄와는 애초부터 거리가 먼 사람들입니다. 한 달에 술값으로 오천만 원 이상을 쓰는 사람들을 잡아간다는 과소비 금지법이 있다고 가정해 보겠습니다. 이 법이 일반인들의 과소비를 억제하는 힘이 있다는 주장은 공허할 뿐입니다. 일반인들은 어차피 '한 달 술값 오천만 원'과는 거리가 먼 사람들입니다. 이 법은 일부 돈 많은 졸부들을 겨냥한 법일 뿐입니다. 사형 제도 역시 악질적인 일부 범죄자들을 겨냥한 법인데, 정작 그 사람들에 대해서는 억제력을 갖지 못하기 때문에 당연히 실효성이 없다고 생각합니다.

자네는 일반인과 잔혹한 범죄자를 명확하게 구분하고 있는데, 일반인들이 그런 잔혹한 범죄를 저지를 수도 있는 거 아닌가?

물론 그럴 수도 있습니다만, 일반인들이 그런 범죄를 저지르는 것은, 대개 순간적으로 끓어오르는 분노를 참지 못하는 경우 등의 우발적인 상황에서 일 거라고 생각합니다. 치밀한 계획하에 실행된 것이 아닌 우발적 상황에서의 범죄는 사형까지 받지는 않는 걸로 알고 있습니다.

그러니까 자네 주장은, 일반인들은 살인을 저질러도 우발적인 살인을 저지르게 마련이고, 사형받을 정도의 반인륜적 범죄를 치밀한 계획하에 실행에 옮기는 사람들은 이미 살인 등의 전과가 있는 악질적인 범죄자들로, 그런 사람들에게는 어차피 사형의 억제력이 통하지 않는다, 이건가?

네. 그렇습니다.

이렇게 생각해 보면 어떤가? 아까 불법 주차의 비유로 돌아가서, 주차 위반에 대한 범칙금을 아주 높여 4, 5만 원에서 20만 원 정도로 올리면 불법 주차를 억제할 수 있을 것 같은데……. 마찬가지로 사형이라는 무거운 형량을 존치시키면 같은 효과를 얻을 수 있지 않을까?

물론 그가 정신 이상자가 아닌 이상, 죽기를 각오하고라도 꼭 엽기적인 살인을 하겠다는 범죄자는 아마 없을 겁니다. 또 20만 원 벌금을 불사하고라도 반드시 불법 주차를 하겠다고 생각하는 사람도 아마 없을 겁니다. 그러나 그런 억제가 가능한 경우는 그들 스스로 붙잡힐 확률이 높다, 딱지 떼일 확률이 높다고 느낄 때뿐입니다. 그런데 그런 잔혹한 범죄는 붙잡히지 않을 거라는 나름대로의 확신(그것이 비록 틀린 생각일지라도)이 있기 때문에 가능한 것 같습니다. 20만 원의 벌금에도 불구하고 불법 주차를 하는 사람들도 마찬가지 아닐까요? 특정 시간대에는 단속이 나오지 않는다는 등의 그 지역 상황에 관한 정보를 꿰고 있어서, 나름대로 단속되지 않으리란 확신을 갖고 있는 거죠.

제 생각엔 벌금을 비싸게 하거나 형량을 무겁게, 즉 사형을 존치시키기보다는 그들의 잘못된 확신을 깨뜨리는 편이 더 실효성 있는 대책이라고 생각합니다. 철저한 불시 단속을 해서 주차 위반 하면 틀림없이 단속된다는 의식을 심어 주고, 과학 수사를 정착시켜 아무리 치밀한 계획하에 실행된 범죄라도 반드시 검거되고야 만다는 생각을 각인시키면 그들의 그릇된 확신이 깨어지지 않겠습니까? 게다가 UN조차 '사형의 억제력에 관해 무수한 과학적 연구 조사가 있었지만 사형의 흉악 범죄에 대한 억제력을 입증할 만한 결정적인 단서는 없다.'고 보고하고 있습니다.

사형이 억제력을 갖는다는 증거가 없다는 이유로 사형의 억제력이 없다고 단정하면, 그건 '무지에의 호소'라는 논리적 오류인데?

그렇지만 사형의 억제 효과를 입증할 과학적 연구 결과가 없다는 사실이 '사형의 억제력이 확실하지 않다.'는 판단의 근거는 될 수 있다고 봅니다. 그리고 사형의 억제 효과에 대해 확신할 수 없다면 그 시행을 중지해야 한다고 생각합니다.

수고했다.
끝에다 그 얘기도 좀 해주시면 안 되나요? 그 얘기 들으면 엄청 기분 좋다던데. 학교 들어오면 열심히 공부해라, 그런 소리요. ^^
그게 그렇게 듣고 싶으냐? 그럼 해주지.

학교 들어오려면 더 열심히 공부해라.

……. -_-;;

 Point

1. 사형 존치론자들의 논거들 중 가장 대표적인 다음 두 가지를 들어, 그 숨은 전제를 찾아 공박한다.
① 사형 받아 마땅한 범죄를 저지른 사람에게는 사형 선고를 내리는 것이 정의다!
② 사형 제도는 흉악 범죄에 대한 억제력을 갖는다.

2. ①의 숨은 전제 : 범죄의 책임은 순전히 범죄자 개인에게 있다.
②의 숨은 전제 : 흉악 범죄자가 범죄를 계획하고 실행할 때 붙잡히면 사형당할 수도 있다는 판단을 한다.

3. 반박① : 훌륭한 사람은 사회가 기른 것이고, 흉악범은 사회와 상관없이 저절로 그렇게 된 것인가? 범죄에 대한 책임도 사회 전체와 범죄자 개인이 분담한다면 '죽음'으로 죄값을 치러야 하는 범죄는 거의 없다.
반박② : 잔혹한 범죄를 계획하고 있는 사람이, 잡힐 가능성과 그 경우의 형량을 예상한다고 볼 수는 없다. 오히려 안 잡힌다는 나름대로의 확신 아래 범죄를 실행하게 마련이다. 억제력을 위해서라면 무거운 형량(사형)보다는 과학 수사의 정착으로 반드시 잡힌다는 인식을 심어 주는 편이 더 낫다.

07 월드컵과 함께 다시 떠오른 선수 병역 면제 논쟁

🗐 병역 면제라는 '상'의 의미는?

> 지난 2000년 시드니 올림픽에서 동메달을 획득한 우리 나라 야구 대표 선수들이 병역의 의무를 면제받았다. 또 이번 2002년 한일 월드컵에서 4강에 진출한 우리 축구 대표 선수들도 병역 의무를 면제받았다. 국제 경기에서 좋은 성적을 올린 운동 선수들에게 병역의 의무를 면제해 주는 것에 대한 본인의 견해는?

 이제 좀 알 것 같아요.

 뭘?

선생님의 성향이요. 뻔해요. 이 문제에 대해서는 반대 주장을 하고 싶겠죠?

뭔가 오해를 하고 있나 본데 나는 내 성향대로, 가치관대로 답변의 방향을 정하는 게 아니란다. 그저 뭔가 할 말이 많은 쪽, 반박과 추가 질문의 여지가 적은 쪽을 선택하도록 했을 뿐이다. 그게 유리하니까.

-_-;; 그런 거였군요.

물론 면접에서 지지하기로 작정한 입장이 실제 네 가치관과 부합한다면 아주 바람직한 일이지만, 꼭 그래야만 하는 건 아니란다. 그 반대로 하는 것이 더 유리하다면 어쩔 수 없겠지. 그렇지만 가치관을 피력하는 문제에 대해선 당연히 솔직하게, 소신껏 답해야 한단다.

그럼 이번 문제에서는 어느 쪽을 지지하는 게 더 '유리'하다고 생각하시나요?

면제를 반대하는 쪽이지.

왜요?

면제를 찬성하는 입장을 지지할 경우 제시할 수 있는 논거는 몇 안 되는 데다, 그나마 비판의 소지가 다분한 것들이니까.

그럼 지금 제가 할 일은 병역 면제를 해주자는 주장의 숨은 전제를 찾는 것이겠네요?

잘 아네. ^^ 그럼 어서 찾아봐라.

음, 잘 모르겠는데요.

단순하게 생각해 봐라. 병역 면제의 의미가 무엇이지?

-_-;; 모르겠는데요.

상이지, 상!

그렇겠지요.

상은 누구한테 주는 거지?

뭔가 잘한 사람한테 주는 거지요.

그리고 상은 받는 사람에게 뭔가 유익한 것, 좋은 것을 주는 거겠지? 벌은 그걸 받는 사람에게 불쾌한 것, 고통을 주는 것이어야 하듯이.

당연하죠! 그런데요?

놀랍군. 아직도 짐작을 못하다니.

사랑의 면박으로 받아들이죠. -_-;;;

운동 선수들에게 상으로 병역 면제를 해준다면, 병역 면제는 좋은 것이겠지? 즉 군대 안 가는 것이 좋은 것이라면, 군대에 가야만 하는 것은 좋지 않은 것이란 주장이 성립된다. 그렇지?

아~ 그러니까 상으로 병역 면제를 해준다는 데는 병역의 의무를 단지 고통스러운 것, 회피해야 할 것으로 간주하는 숨은 전제가 깔려 있다, 이 뜻이군요?

그렇지. 그러니까 국가가 상으로 병역 면제를 해준다는 건, 신성한 병역의 의무를 강제해야 할 국가가 나서서 병역 의무는 그저 고통스러운 것일 뿐이라는 생각을 유포하는 꼴이 되는 거지.

또 그런 논리대로라면 병역 의무를 이행한 사람들은 벌을 받은 게 되네요. 아무 잘못도 없는데. 게다가 지금 군대에 있는 사람들은 벌을 받고 있는 셈이 되겠구요.

많이 발전했구나. ^^;; 그러나 그건 선정적이고 선동적인 논리일 뿐이다. 방심하면 네 말에 그냥 속아넘어가기 쉽겠다.

왜요! 아주 날카로운 논리 아닌가요?

상의 반대는 꼭 벌인가? 상과 벌 사이엔 아무것도 없나? 너희 학교 친구들 중에 상은 못 받지만 그렇다고 벌을 받는 것도 아닌, 상도 벌도 안 받는 애들이 더 많잖아? 그러니까 평범하게 병역 의무를 이행한 사람들은 상을 받은 건 아니지만 벌을 받은 것도 물론 아니다. 의무는 당연히 해야 할 일로, 병역 의무 이행은 할 일을 한 것일 뿐 벌을 받은 것이라곤 볼 수 없지. 나 같으면 차라리 이렇게 말하겠다. '병역 면제'를 부상으로 주는 것이 정당화된다면 형벌로서 병역 의무를 더 과중하게 부과하는 것(한 10년쯤)도 정당화된다, 라는 식으로.

헤. ^^;; 그렇군요.

다른 숨은 전제도 찾아봐라.

허걱! 또 있나요?

상은 '잘한 일'에 대해 주는 것이지. 그리고 이때 '잘한 일'이란 단지 그 행위자 개인에게만 좋은 것이어서는 안 되고 사회적으로 유익한 결과를 가져오는, 즉 공익을 증진시키는 것이어야 한다. 메달을 땄으니 상을 주어야 한다는 주장은, 운동 선수의 메달 획득이 위에서 말한 것과 같은 '상'의 요건을 충족시킨다고 인정하는 숨은 전제에 기반하고 있는 것이다. 운동 선수가 국제 대회에서 메달을 따는 것이 과연 위에 말한 것과 같은 '잘한 일'의 요건을 충족시키나(만약 그렇지 않다면 운동 선수가 상으로 병역 면제를 받아서는 안 될 것이다)?

일차적으론 그 개인에게 좋은 일이겠지만, 국위 선양을 했다는 공로는 인정해야 겠지요.

심하게 딴지를 걸자면 국위 선양에 대해서도 이의를 제기할 수 있다. 올림픽에서 금·은·동메달을 땄을 때, 아시안 게임에선 금메달을 땄을 때 병역을 면제해 주고 있는데, 올림픽이나 아시안 게임에서 메달 딴 것을 과연 국위 선양이라고 할 수 있을까? 혹시 단발성 이벤트에 그치는 게 아닐까? 올림픽이나 아시안 게임에서 메달을 딴 운동 선수들보다 해외에서 지속적으로 태권도를 포교하는 사범님 같은 사람들이 사실은 훨씬 더 국위 선양을 하고 있는 게 아닐까? 또, 해외에 우리 나라 브랜드를 널리 알려 코리아라는 국가 이미지를 제고하고 있는 기업들이, 심지어는 한류 열풍을 주도하고 있는 연예인들이 훨씬 지속적이고 실제적인 국위 선양을 하고 있는 게 아닐까? 혹시 전두환 정권이 우민화 정책의 일환으로 시작한 '스포츠

지상주의'적 정책이 관성적으로 지속되어 온 결과, 스포츠가 가지는 국위선양의 효과가 실제 이상으로 과장되고 있는 것은 아닐까?

면접 공부를 아주 열심히 하다가는 성격 나빠지겠어요. ^^;;;

지금 그 말은, 나와 공부하면서 배운 사고 방식이 아주 안 좋은 것이고, 면접 때만 써먹어야 하고, 일상생활에 적용하면 안 되는(성격 나쁘다고 욕먹게 만드는), 면접 끝나면 다 잊어 버려야만 하는 것이라는 숨은 전제로부터 나온 말이구나.

그 놈의 숨은 전제……. --;;;

다른 분야는 중요하지 않나?

 숨은 전제가 또 있는데, 뭘까?

나머지 하나는 알 것 같아요. ^^ 아까부터 제가 생각해 오던 게 있거든요. 군대에 가는 나이는 대개 이십대 초반인데, 이 시기는 운동 선수들에겐 기량이 급성장할 수 있는 시기라서, 이때 운동을 중단하고 군대에 가게 되면 개인적으론 치명적인 손상을 입을 수 있죠. 이런 부분을 국가에서 배려해 주려는 것이 바로 메달 획득 선수에 대한 병역 면제 제도인데, 여기에 대해서는 당연히 다음과 같은 이의가 제기될 수 있죠.

'입영으로 인해 하던 일을 중단하게 됨으로써 개인적 손해를 입는 사람들이 어디 운동 선수들뿐인가? 보통 사람들이 느끼는 입영으로 인한 상실감도 운동 선수의 그것에 비해 작다고 할 수 없을 것이다.'

그럼 아마 국가에서는 이렇게 해명할 수밖에 없을 거예요. 운동 선수의 기량 저하는 개인적 손실임은 물론 국가적 손실이기도 하다고. 이는, 다른 일반인들이 입영으로 인해 겪게 되는, 자기 분야에서의 기량(?) 저하는 개인적 손실일 뿐 국가적 손실은 아니라는 뜻이 되지요. 따라서 이런 일련의 생각에는, 스포츠는 사회 다른 분야와 달리 국익에 대한 기여도가 높다는 숨은 전제가 개입되어 있는 거죠.

진짜로 그런가? 스포츠는 다른 분야보다 국익에 더 많은 기여를 하나?

스포츠에 그런 측면이 있다는 것은 인정하지만, 겉으로 드러나 보이는 것을 중시하는 우리 나라 사람들의 성향이 스포츠의 효용을 실제 이상으로 과장하기도 한다는 사실 역시 인정해야 할 것 같아요.

무슨 소리냐? 좀더 구체적으로 얘기해 봐라.

스포츠가 아닌 다른 분야에서 뛰어난 재능을 발휘하는 것 역시 분명 공익을 증진시키는데, 이런 분야에서의 기여도란 대개 겉으론 드러나 보이지도 않고 계량화시킬 수도 없는 것이죠. 학교 선생님이 열심히 가르쳐서 훌륭한 제자들을 많이 길러내는 것도 분명 사회에 대한 큰 기여지만, 그 기여도를 수치화할 순 없는 거잖아요. 그러나 스포츠의 기여도는 명시적으로 확연하게 나타나게 마련이거든요. 무슨 종목에서 금메달 몇 개, 이런 식으로요.

그러니까 다른 분야도 스포츠 못지않게 공익에 이바지하지만 그 기여도가 명시적이지 않아서 스포츠에 비해 상대적으로 홀대를 받는다, 이거군.

거기다가 아까 선생님이 말씀하신, 스포츠 지상주의적 정책의 전통까지 그런 경향을 심화시키는 데 일조했다는 거지요.

정리하면요, 하고 많은 사회 분야 가운데 유독 운동 선수들의 기량 저하만을 국가가 염려해 주는 데는 타 분야보다 스포츠가 공익에 기여하는 바가 크다는 전제가 작용하고 있다는 겁니다. 이 전제 자체에도 물론 순순히 동의할 수 없지만 더욱 문제가 되는 것은 그런 전제를 뒤집어서 생각했을 때입니다. 그럴 경우, 스포츠 이외의 다른 제 분야들은 크게 공익을 증진시키지 못하는 그저 그런 일일 뿐이다라는 뜻이 되거든요. 이는 대부분의 일반인들에게, 나는 국가가 주목해 주지도 않는 별것 아닌 일에 종사하고 있다는 자괴감을 갖게 한다는 거지요. 돈도 없고 빽도 없는 데다, 연예인도 아니고 운동 선수도 못 되어서, 아무리 잘해도 병역 면제 같은 혜택도 주어지지 않는, 한마디로 시시한 변방에 몸담고 있는 바람에 군대를 가야만 한다는 식의 위축감과 위화감을 느끼지 않을 수 없다, 이런 말입니다. 원래 '왕따'는 다수가 소수에게 행하는 건데, 이 문제에서만큼은 소수 병역 면제자가 국민의 절대 다수를 왕따시키는 거나 마찬가지인 거죠.

너무 흥분한 거 아니니? ^^;;; 자, 자, 조금 진정하고.

게다가 선수 경기력 유지 및 발전을 위한 배려 차원에서의 병역 면제는 과연 그 효과가 있겠냐는 의구심을 갖게 하거든요.

그건 왜지?

그런 배려 차원의 면제도 모든 선수에게 다 적용되는 건 아니잖아요. 메달을 딴 선수들에게만 국한되는 거지. 그런데 사실은 금메달을 딴 선수보다 금메달을 딸 선수를 면제해 주는 편이 의도한 효과를 볼 수 있지 않을까요?

금메달을 딴 선수가 다음 올림픽이나 다음 다음 올림픽에서도 또 메달을 딸 수 있는 거 아냐?

물론 딸 수는 있지만, 실제로 그런 경우는 거의 없다는 거지요. 선생님은 우리나라가 올림픽에서 어떤 종목을 2연패 내지는 3연패했다는 얘길 들어 보셨나요? 단체 종목은 그 구성원들이 바뀌게 마련이니까 제외하고, 개인 종목에서요. 금메달을 따고 병역 면제를 받은 선수가 그 덕분에 기량을 유지, 발전시킬 수 있었고, 그 결과 다음 올림픽에서도 메달을 땄다는 얘기를 들어 보셨냐구요?

여자 핸드볼, 여자 양궁. 이들 종목에서 연달아 금메달을 딴 걸로 기억하는 데…….

그것 보세요. 그건 병역 면제랑 상관없는 여자 선수들 경우잖아요.

그렇더라도 금메달을 딸 선수를 어떻게 미리 알아서 기량 발전 유도 차원에서의 병역 면제를 시켜주겠니? 게다가 그 선정 기준도 분명하지 않고.

그러니까 배려 차원에서의 병역 면제는 안 된다는 거지요. 보상 차원에서의 병역 면제는 이미 아까 한 얘기고요.

그래도 그건 너무 가혹한 판단 아니겠니? 대개의 운동 선수들은 일반 직업에 비해 수명이 짧잖아. 대부분 20대 후반이나 늦어도 30대 초반에는 은퇴를 하기 마련이라, 한창 힘있을 때 성과를 올려 놓아야 하는데, 군대 때문에 활동이 중단되면 사실상 선수 생명이 끝나는 것으로 볼 수도 있거든. 그 직업의 특수한 성격을 고려해서, 같은 사회의 구성원을 배려한다는 인도주의적 차원에서 면제를 해줄 수도 있지.

물론 개인적 차원에서 보면 그들의 딱한 사정에 충분히 공감할 수 있는 일이지만, 사회적 관점에서는 용인하기 힘든 일이죠. 운동 선수란 직업은 다른 일반인들의 직업에 비해 더 많은 소득과 대중적 인기가 보장됩니다. 이런 장점의 반대급부로 힘든 훈련, 일반인들의 직업보다 상대적으로 짧은 선수로서의 수명을 감내할 수밖에 없겠지요. 이처럼 모든 직업에는 좋은 점과 나쁜 점이 공존하게 마련인데요, 한 개인이 그 직업을 선택한다면 그로 인한 장점과 단점을 동시에 수용할 수밖엔 없는 거죠. 연예인이 막대한 부와 대중적 인기를 누리는 대신 자유로운 사생활엔 어느 정도 제약을 받을 수밖에 없는 것처럼요. 게다가 메달을 딴 남자 선수들에게만 병역을 면제해 주는 건 여자 선수들과의 형평성에도 어긋나는 일이죠.

또 이번 월드컵에서 4강에 진출한 축구 대표 선수들 중 젊은 선수 9명에게 병역 의무를 면제해 줬는데요, 이미 군복무를 마친 노장 선수들과의 형평성 문제는 어떻게 되는 건가요? 제 생각엔 그 문제를 해결하기 위해선 젊은 선수들의 병역 면제에 상응하는 반대 급부를 노장 선수들에게 부가적으로 지급해야만 할 것 같은데요?

우와~ 진짜 놀랍다. 오늘 새삼 깨닫게 되는구나. 내가 얼마나 잘 가르치는지를.

선생님은 정말 대단해요. ^^;;; 어떻게 무슨 얘기든지 결국엔 다 그쪽으로 몰고 가죠? 결론은 다 선생님이 잘났다는 거 아녜요.

 Point

1. 상으로 병역을 면제해 주는 데는, 병역 의무는 고통스럽고 피할 수 있다면 좋은 것으로 간주하는 숨은 전제가 깔려 있다.

2. 운동 선수라는 직업의 특수성을 고려하여 기량 유지 및 발전을 유도하는 차원에서 부상으로 '병역 면제'를 수여하는 것은 불가피하다는 반론이 제기될 수 있다.

3. 그러나 수많은 사회 분야 가운데 유독 운동 선수들의 기량 저하만을 국가가 걱정해 주는 데는 타분야보다 스포츠가 공익에 기여하는 바가 크다는 전제가 개입되어 있다.

4. 이를 뒤집어 보면 스포츠 이외의 분야는 공익에 기여하는 바가 크지 않다는 뜻이고, 이런 생각은 비(非) 스포츠 분야에 종사하는 대다수의 사람들에게 소외감과 상실감을 안겨준다.

5. 또 여자 선수들이나 이미 병역 의무를 이행한 노장 선수들과의 형평성도 문제가 된다.

08 안락사에 관하여

🗂 **찬반 양론에선 '가상 문답'을 해봐라!**

> 최근 대한의사협회는 소극적인 안락사를 인정하는 내용을 골자로 하는 의사 윤리 지침을 제정, 발표했다. 안락사에 찬성하는가, 반대하는가? 만약 안락사를 인정한다면 ***소극적 안락사**와 ***적극적 안락사** 중 어느 범위까지의 안락사를 인정해야 하는가?

*소극적 안락사 : 환자의 목숨을 연장시키는 치료의 중단. 죽게 함(letting die).
*적극적 안락사 : 약물 주입 등의 방법으로 안락사 과정에 타인이(의사가) 개입
      (killing).

💬 네 입장은 어떠니?

💬 전 안락사에 찬성합니다. 하지만 소극적 안락사까지만 허용해야 한다고 봅니다.

ㅎㅎㅎ 제일 일반적인 걸로 택하는구나.

왜요? 그럼 뭐가 좀 불리한가요?

아니, 뭐 불리할 것까진 없지만, 그렇다고 해서 유리하지도 않지.

말이 나왔으니까 한 가지 여쭤볼 게 있어요. 이런 찬반 양론형의 문제에서, 어떤 입장을 선택하는 게 좀더 유리할까요? 찬반 양론형에는 부담 없이 선택할 수 있는 입장이 있고, 사회 통념상 선택하기에 좀 꺼름칙한 입장이 있잖아요.

이 문제로 치자면 적극적이건 소극적이건, 어떤 안락사도 허용해선 안 된다는 입장은 너무 융통성이 없고 원론적이라 비현실적인(종교적) 주장처럼 느껴져서, 아마 학생들이 이 입장을 지지하는 경우는 드물 것 같거든요. 또 적극적 안락사까지 찬성한다고 하면 너무 급진적으로 비춰질 것 같아서 그것 역시 선뜻 선택하기엔 좀 부담스러운 입장이니까 제일 평범한 건 소극적 안락사를 옹호하는 쪽 같은데요?

원칙적으로는 어느 입장을 선택하는가에 의해서 점수 차이가 나는 것은 물론 아니다. 그러나 어느 입장을 선택하는가에 따라서 네 답변의 방향이나 입증의 부담, 추가 질문의 난이도 등은 크게 달라질 수 있다.

예를 들자면요?

예를 들어 네가 안락사 절대 불가라는 입장을 선택한다면, 교수님은 그 반대 입장에서 반박을 하실 테지. 이때 반박할 거리는 너무나 많다. 그러나 반박할 거리가 많다고 해서 항상 어려운 것만은 아니란 걸 명심해야 한다. 그 반박이 통상적인 것에 불과하다면, 그래서 네가 방어를 잘 해낸다면 반박을 많이 받고도 남보다 더 높은 점수를 받을 수 있는 거지.

제가 만약 그 입장(안락사 불가)을 택해서 대답한다면, 어떤 반론이 제기될 수 있을까요?

다음과 같은 것이지.

'그렇다면 환자가 자연사하도록 방치하는 것이 옳은가? 그 과정에서 환자가 느낄 극심한 고통에 대해서는 생각해 보지 않았나?'

그럼 저는 이렇게 대답할래요.

'생명은 환자 주변 사람들은 물론이고 환자 본인에 의해서도 좌우될 수 없는 존엄한 것이다. 오직 신만이 생사를 주관할 권리를 갖고 있다.'

그럼 나는 이렇게 물어 보겠다.

'그럼 학생은 당연히 사형 제도에도 반대하겠군?'

일관성을 유지하기 위해선 그렇다고 해야겠지요.

그럼 나는 또 이렇게 물어 보겠다.

'그럼 전쟁에서의 살인이나 정당방위로서의 살인에도 반대하나?'

그건 아닌데요. -_-;;;

그래? 네 주장대로 모든 생명은 다 똑같이 소중한 것이라면, 또 생명이 신의 영역에 속하는 것이라서 인간이, 인간의 잣대로 그 가치의 경중을 판단할 수 없다면, 전쟁이나 정당방위 살인처럼 나의 생명권과 타인의 생명권이 충돌할 때도 나의 생명권을 더 우선시할 수 없다는 결론이 나오는데?

그런 상황에선 본능을 따를 수밖에 없겠죠. '본능'이라는 이름으로 신이 인간에게 살려는 의지를 심어 주셨고, 인간은 거기에 따름으로써 신의 뜻을 삶에서 구현하게 되는 게 아닐는지…….

얼씨구~ 너 말은 진짜 많이 늘었다. 말만……. ^^;; 네 말은 본능을 신이란 이름으로 포장한 것에 불과하다. 성욕이나 식욕 같은 것도 신의 뜻을 받드는 일이니까 좋다는 거야, 그럼?

……. -_-;;;

뿐만 아니라 실제로는 자연사한 상태나 다름없는 환자를 인공적인 생명

유지 장치로 연명하게 하는 행위가 오히려(네가 주장하는) 신의 뜻에 더 어긋나는 게 아닐까? 이미 신의 영역으로 넘어간 사람을 붙잡고 놓지 않으려는 부질없는 시도일 뿐더러, 그 과정에서 환자의 고통만 가중시키면서 인간으로서의 품위마저 손상시키는 게 아닐까?

그 반박에 대해 대답할 수는 있겠지만, 내용이 변변치 않다면…… 단지 '끝까지 우긴다'는 인상만 줄 것 같아서 그냥 참을래요.

어떠니? 이렇게 입장을 정해서 가상 문답을 해보니까 네가 알고 있는 지식 수준에 가장 적합한 입장이 어떤 건지 대충 알겠지?

그건 잘 모르겠지만, 적어도 '안락사 불가' 입장이 저에게 별로 적합하지 않다는 사실만은 확실히 알겠네요.

그러니까 평소 면접 준비를 할 때, 찬반 양론형 문제에 대해서는 처음부터 어느 한쪽 입장만을 고집할 것이 아니라, 공평하게 양쪽 입장에서 생각해 보고, 그 결과 너에게 더 유리하다고 판단되는 입장을 선택하는 게 좋겠지.

그런데 실제 면접 시험에선 그럴 시간적 여유가 없잖아요?

물론 그렇지. 그러니까 평소에 어느 정도는 연습을 해둬야지.

🗋 안락사는 절대 안 된다는 주장의 숨은 전제

이젠 제대로 해보죠. 저는 소극적 안락사 찬성 입장에 서겠어요.

네 대답이 얼핏 듣기에도 논리 정연한 것처럼 보이려면, 아니 실제로 논리 정연하려면 최소한의 형식은 지켜주는 게 좋겠다.

그게 뭐지요?

이 문제는 '안락사에 찬성인가, 반대인가? 찬성이라면 적극적 안락사와 소극적 안락사 중 어느 입장을 지지하는가?'를 묻고 있기 때문에, 네가 소극적 안락사에 찬성하기 위해서는 단지 적극적 안락사를 비판하는 것으론 부족하다. 네가 선택할 수 있는 경우의 수가 소극적·적극적, 이 두 가지가 아니라 안락사 반대, 소극적 안락사 찬성, 적극적 안락사 찬성 이 세 가지이기 때문이지.

헉! 전 그냥 그렇게 대답하려고 했었는데……. 그럼 답변의 형식을 어떻게 구성할까요?

우선 왜 안락사에 찬성하는지를 밝혀야 하겠지. 그러기 위해선 안락사 반대 입장을 공박해야 하고, 그런 연후에 소극·적극 중 왜 네가 '소극적'을 지지하는지를 말해야 하고.

어렵네요. --;;;

어려울 게 뭐 있어? 양자 택일이 아닌 삼자 택일의 문제인데도, 마치 양자 택일 문제를 다루듯 어느 하나는 무시한 채 나머지 두 입장만 갖고 논의를 전개하면 되겠어? 그럼 남은 하나는 뭐야, 생각해 줄 가치도 없다는 거 아냐?

네. 그럼 그렇게 해보죠.

저는 우선 안락사에 찬성합니다. 적극적 안락사는 물론 소극적 안락사까지 반대하는 입장은 지나치게 관념적인 차원에서 생명의 존엄성만을 중시한 나머지, 현실의 문제는 도외시하고 있다는 생각이 듭니다. 환자의 정신적·육체적 고통과 옆에서 이 모습을 지켜보는 가족들의 고통을 생각해 보세요. 당사자들의 입장에선 오히려 이런 현실의 문제들이 훨씬 중요하게 느껴질 겁니다. 그와 같은 입장은 이 세상 어떤 가치보다도 인간의 생명이 가장 중요하다는 숨은 전제에 바탕하고 있지만, 이 전제가 반드시 옳은 것은 아니라고 생각합니다.

오호, 그래? 인간 생명의 절대적 가치를 부인하다니, 상당히 파격적인걸. 왜 그렇게 생각하지?

제가 생명의 존엄성을 부정하는 건 아닙니다. 하지만 더 중요한 가치가 있다는 겁니다.

그래? 그게 뭐지?

간혹 어떤 사람들은 자신의 신념을 지키기 위해, 양심의 명령에 충실하기 위해 목숨을 내놓기도 합니다. 전쟁터에서 죽음으로써 나라를 지키는 군인들도 있습니다. 또 자식을 살리기 위해 자신을 희생한 부모들의 미담도 주변에서 종종 들을 수 있습니다. 심지어 자신과 아무 상관도 없는 타인의 생명과 자신의 생명을 맞바꾸는 '의인'들도 있습니다. 지하철 선로에 떨어진 일본인 취객을 구하다 목숨을 잃은 재일 유학생 이수현 씨 같은 이들은 생명보다 더 중요한 가치가 존재한다고 믿었고, 그 가치를 실현하기 위해 자신들의 생명을 포기했습니다. 자기 생명의 절대성만을 주장하는 입장에선 이런 '의인'들의 사례를 설명할 수 없습니다. 그들의 주장대로라면, 이런 '의인'들은 신이 주신 자신의 생명을 간수하는 데 소홀했던 '태만한 청지기'일 뿐입니다.

자, 잠깐! 정리를 해보자. 그러니까 안락사 절대 불가 주장의 근간은 '생명보다 더 중요한 가치는 없다.'는 숨은 전제인데, 그 전제가 항상 옳은 것은 아니라는 사례를 든 것이구나. 이야~ 대단한데! 그런 건 나도 생각 못했는데…….

제가 지금 물이 올랐거든요. 그러니까 제 말을 끊지 말아 주셨으면 하는 바람이네요. ^^;;

미, 미안하다. 계속해라, 그럼.

이런 사례들로 미루어 볼 때 인간의 생명도 중요하지만, 그보다 더 중요한 가치가 분명 존재한다고 생각합니다. 인간이 사는 목적은 삶 자체보다도 삶을 통해 영위할 수 있는 것들에 있지 않을까요? 단순히 죽지 않고 길~게 오래 사는 것만이 생의 목표라고 생각하는 사람들은 사실 얼마 되지 않을 겁니다.

음…… 내가 바로 그 '얼마 되지 않는' 부류에 속하겠군.

엥?? 정말이라면 실망이에요. --;; 남의 가치관에 대해서 왈가왈부할 순 없지만, 전 별 의미 없이 권태롭게 사느니 차라리 짧고 굵게 살 거예요.

난 얇~고, 길~게라도 좋으니까 어쨌든 오래오래 살고 싶다. -_-

📑 적극적 안락사를 옹호하는 방법 ①
적극적 안락사가 살인이 아님을 논증한다

넌 물론 적극적 안락사를 옹호할 수도 있고, 소극적 안락사를 옹호할 수도 있다. 우린 우선 적극적 안락사를 옹호하는 방법에 대해서 생각해 보기로 하자. 네가 적극적 안락사를 비판하면, 내가 거기에 반박하는 형식으로 해보자.

하하하! 그거야 너무 쉬운 거죠.

어디 한번 해봐라. 자신감이 넘치는 모습! 왠지 너에겐 안 어울리는걸. ^^;;

(그냥 무시하고 넘어가자) 적극적 안락사는 명백한 살인입니다. 그러니까 더 말할 필요 없겠죠? 끝!

넘치는 자신감이 끝내…… 그런 불행한 결과를 초래하고야 마는구나, 쯧쯧. 적극적 안락사가 살인과 완전히 같을까? 우리가 일상적으로 살인이라고 부르는 행위에는 다음과 같은 요소들이 포함되어 있어야만 한다. 좀 섬뜩하지만 내가 누군가를 살해했다고 치고.

첫째, 살해당한 사람은 나의 행위가 아니었다면 죽지 않았을 사람이다. 물론 내가 죽이지 않았어도 5분 후에 교통 사고로 죽든가, 물에 빠져 죽을 수도 있겠지만, 그런 상황은 예외로 하고.

둘째, 그 행위는 순전히 내 의사로부터 비롯된 것이어야 한다. 복수나 순간적인 분노의 해소, 금전적 이득 등 나의 이익에만 기여하는 행위라야 한다는 거지.

그런데 적극적 안락사는 이 두 가지 측면 모두에 부합하지 않는다. 역시 좀 섬뜩하지만 내가 안락사 시술 전문 의사라고 치자.

첫째, 내가 안락사시킨 환자는 나의 행위가 아니었어도 죽을 사람이다. 물론 기적적으로 회생할 확률이 전혀 없는 것은 아니지만.

둘째, 그 행위는 나의 의사로부터 비롯된 것이 물론 아니다. 극심한 고통을 못 이기는 환자 내지는 환자 가족들의 간청과 환자의 고통을 덜어주어야 한다는 의사로서의 의무감, 인간적인 공감, 회생 가능성이 없다는 의학적 판단 등이 결합된 결과이다.

물론 적극적 안락사가 일상적 의미의 살인과 완전히 같을 수는 없겠지만, 포괄적 의미로는 살인이라고 할 수 있지 않을까요? 나(의사)의 행위가 아니었다면 그 환자가 적어도 당장에 죽지는 않았을 테니까요. 나의 안락사 시술 행위가 환자 죽음의 가장 가까운 원인이 된 것만은 틀림없죠.

전쟁 영화에 보면 이런 비극적인 장면이 종종 나오지. 나의 전우가 적의 포탄에 맞아 신체 어느 부위가 절단되었고, 그래서 곧 죽게 될 운명에 처했는데 그 전우가 갈구하는 눈빛으로 나를 쳐다본다. 나는 울부짖으면서 전우를 바라보다 내 총을 꺼내 그를 안락사시켜 준다. 이런 상황에 네 논리를 적용한다면 그의 죽음의 가장 근접한 원인은 적의 포탄이 아니라 '나' 이니까 그는 나 때문에 죽은 것이고, 어쨌든 나는 살인자가 될 수밖에 없다.

선생님, 너무 지나치게 따지시는 거 아닌가요? -_-

가상적인 상황까지 검토해 보는 것은 논증을 견고하게 하는 데 아주 유용한 방법이란다. 아직도 짐작을 못하겠니? 이건 '반례'를 제시하는 공식인데.

어, 그게 뭐였죠? 다 까먹었네. --;;;

주제에서 너무 벗어나게 되니까 그 얘긴 잠시 접어두고, 이 강의 끝무렵에 다시 하기로 하자.

🗇 적극적 안락사를 옹호하는 방법 ②
적극적 안락사가 살인이면 소극적 안락사도 살인이라고 주장한다

그래, 좋다. 백보 양보해서 적극적 안락사가 일종의 살인이라고 치자. 통념적으로도 그렇게들 생각하는 경향이 있으니까.

그럼 이제 다 끝난 거죠, 뭐. 살인인데, 그걸 허용하면 안 되니까 남은 건 소극적 안락사를 지지하는 입장밖엔 없는데요?

과연 그럴까? 만약 내가 '적극적 안락사가 살인이면 소극적 안락사도 살인이다.'라는 주장을 한다면 어떨까?

그건 억지 주장이죠. 아까 문제에도 나왔듯이 적극적 안락사는 그 과정에 의사가 직접 개입하는 '죽임'이고, 소극적 안락사는 치료를 중단해서 '죽도록 방치함'인데요. 둘 사이엔 분명한 차이가 있죠.

과연 그럴까? 너 '착한 사마리아인 법'이라고 들어 봤니?

네. 위기에 처한 사람을 구조해 주어도 자기가 별 위험에 빠지지 않는데도 구조해 주지 않은 사람을 처벌하는 법 조항이죠.

여기에도 어떤 전제가 숨어 있는데, 그게 뭘까?

글쎄요??

사람들은 보통 위험에 빠진 사람을 구조해 주는 것을 선행으로 생각한다. 그러나 이 법에서는 그것을 '선행'이 아닌 '의무'로 보고 있는 거다. 따라서 위기에 빠진 사람을 구조해 주지 않은 행위는 사회 구성원으로서의 '의무'를 저버린 것이고, 그러니 법으로 처벌할 수 있는 것이지.

아~ 그렇군요.

추운 겨울날 술에 만취한 사람이 우리 동네 골목길에 쓰러져 있다. 이 사람을 그냥 '방치'해 두면 분명 동사할 것이다. 이런 경우에 '죽도록 방치함(letting die)'과 '죽임(killing)' 사이에 어떤 실제적 차이가 있는가? 만약 양자에 도덕적으로 차이가 있다면, 즉 '죽임'은 악행이지만 '죽도록 방치함'은 그렇지 않다면, 방치 행위를 처벌하는 착한 사마리아인 법 조항을 어떻게 설명할 수 있을까? 또 레이첼스라는 현대의 도덕 이론가도 다음과 같은 비슷한 예를 들고 있다.

스미스와 존스는 모두 여섯 살배기 조카가 죽으면 거액의 유산을 상속받을 수 있다. 스미스는 욕실로 숨어 들어가 조카를 익사시키고 사고사로 위장했다. 존스도 같은 목적으로 욕실에 잠입했는데, 바로 그때 조카가 미끄

러지면서 머리를 부딪치고 욕실 물 속으로 빠져버렸다. 존스는 조카가 수면 위로 떠오를 경우 머리를 다시 물 속으로 처넣을 준비를 하며 대기하고 있었는데, 고맙게도 조카는 그냥 익사해 버렸다. 존스가 스미스보다 더 도덕적인가?

그런 문제가 있었네요. -_-

뿐만이 아니다. 비슷한 내용이긴 하지만 다음과 같은 반론도 제기될 수 있지. 어차피 죽을 환자라면 내버려두는 것이(환자에게 극심한 고통을 감내할 것을 요구하면서까지) 지금 죽도록 해주는 것보다 더 도덕적인가?

……. -_-;;

🔲 소극적 안락사를 옹호하는 방법

🧑‍💬 소극적 안락사는 살인이 아니지만, 적극적 안락사는 살인이라고 주장한다.

🧑‍💬 방금 전엔 정반대의 주장을 하셨잖아요? 자기 필요에 따라서 이렇게도 할 수 있고 저렇게도 할 수 있다니……. 너무 한 거 아닌가요? 이건 거의 소피스트의 행각인데요?

나도 그런 도덕적 고뇌가 없는 건 아니지만, 제자의 구술 면접 공부를 위해 내가 어쩔 수 없이 악역을 맡는 것뿐이다. ^^ 어쨌든 다음과 같은 방식이 있을 수 있다.

적극적 안락사가 살인이 아니라는 입장에선 종종 이런 주장을 합니다.

'몇 분이나 몇 시간 후면 틀림없이 죽을 사람을, 그의 고통을 없애 주려고 안락사시키는 것도 살인인가? 그는 몇 분이나 몇 시간 후면 틀림없이 죽을 사람이고 참아내기 힘들 정도의 극심한 고통을 받고 있다. 그의 고통을 없애 주기 위한 인간적인 배려 때문에, 그 시기를 약간 앞당겨 주는 것이 살인인가?'

그러나 여기서의 그 '시기'의 크기엔 어떤 기준이 있을 수 없습니다. 30일 후에 죽을 사람까지는 괜찮지만 31일 후에 죽을 사람부터는 안 된다고 볼 근거가 없다는 거지요. 게다가 그것이 정확히 30일이 될지 30개월이 될지는 예측하기 힘듭니다. 미래의 일이란 누구도 확신할 수 없는 것이고, 인간의 생명엔 인간의 능력으로 예단하기 힘든 신비적 요소란 게 분명 존재하니까요. 따라서 그 시기를 앞당기려는 모든 인위적 시도는 일단 살인이라고 볼 수밖에 없습니다. 물론 법적인 판단으로는 그가 살인을 하지 않은 것이 될 수도 있습니다. 그러나 우리가 지금 하고 있는 논의는 법정에서 이 사람이 살인자인가 아닌가를 판단하는 것과는 다릅니다. 우리는 절대적인 의미에서의 살인과 살인이 아닌 것을 구별해야만 합니다.

정말 징하네요. 상대의 어떤 공박에 대해서도 반론을 할 수도 있겠네요.

그 다음! 적극적 안락사는 살인이고, 소극적 안락사는 살인이 아니라는 차이를 부각시켜서 답을 해야겠지. 단 이때 너는 의무론적 입장, 생명 가치의 절대성을 지지하는 도덕적 입장에 서는 편이 유리하다. 한번 해봐라.

네. 현실적인 유용성을 근거로 적극적 안락사와 소극적 안락사가 별 차이 없다거나, 환자의 고통이란 측면을 생각할 땐 오히려 적극적 안락사가 더 효율적이라는 반론은 물론 있을 수 있습니다. 그러나 적극적 안락사와 소극적 안락사 사이에는, 전자는 직접적인 살인이지만 후자는 그렇지 않다는 큰 차이가 있습니다. 살인을 해선 안 된다는 도덕적 명령은 현실적 유용성에 우선합니다. 따라서 저는 소극적 안락사를 옹호할 수밖에 없습니다. 게다가 소극적 안락사를 허용하는 것만으로도 그것의 남용으로 인한 부작용이 염려됩니다. 환자 스스로 지레 삶의 의지를 포기하게 될 수도 있고, 가족들의 경제 문제를 고려해서 진심으로 원하지 않는데도 안락사 요청을 할 수도 있습니다. 특히 그 환자가 치매 노인이나 정박아 등인 경우는 안락사가 합법적인 살인으로 악용될 수도 있습니다. 하물며 적극적 안락사를 합법화하게 되면 안락사 제도를 악용, 남용할 여지가 훨씬 더 커지게 됩니다.

그렇지. 이 두 가지 입장에서 연습을 더 해보고, 보다 너에게 유리하다고 판단되는 입장을 선택해서 대답하면 된다. 그게 싫다면 자신의 신념대로 대답해도 좋다. 단 이때도 논리적이어야 함은 물론이다. 신념대로 우기라는 게 아니라.

🗇 반례 찾기 복습

맞다! 아까 '반례'에 관해서 얘기한다고 하셨잖아요?

음, 그랬었지. 상대 논증을 반박하는 가장 쉬운 방법이 반례를 제시하는 거다. 반례가 하나라도 있다면, 그걸로 그냥 끝이다! 상대방 주장은 무너져 내리는 거지.

어떤 애가 이런 주장을 한다. '모든 소수는 홀수이다.' 만약 소수이면서 홀수가 아닌 수(즉, 짝수)가 존재한다면 그게 이 명제의 반례가 되겠지. 그런 수가 있나?

당연히 있죠. 2 있잖아요.

잘 아는구나. 하긴, 중학교 내용이니까. 다음이 바로 반례를 찾는 법이다.

 반례를 찾는 법

1. 상대 주장을 'p(전제)이면 q(결론)이다'의 꼴로 정리한다.
2. p이면서 q가 아닌 예, 즉 전제를 만족시키면서 결론은 만족시키지 않는 사례가 있는지를 묻는다(반문).
3. 그 사례가 있다면 바로 그게 반례다.

방금 전 명제에 이 공식을 적용해 보자.

상대 주장 : 모든 소수는 홀수이다.

1. 어떤 수가 소수라면 그 수는 홀수이다.

2. 소수이면서 홀수가 아닌 수(짝수)가 있는가?(반문)

3. 2가 반례이다.

이건 누구나 다 아는 얘기 아닌가요? ^^;;

그럼, 아까 네가 적극적 안락사는 살인이라는 사실을 주장하기 위해 이런 말을 했었다. '나의 행위가 죽음의 가장 가까운 원인임에는 확실하다.' 이 문장에 대해서 반례 찾는 과정을 거쳐서 직접 반례를 찾아보자.

음…… 'p이면 q이다'의 형태가 안 나오는데요?

그럼 생략된 부분을 되살려서 'p이면 q이다'의 형태가 되도록 문장을 재구성해야겠지?

'나의 행위가 상대 죽음의 가장 가까운 원인이라면 나는 살인을 한 것이다.' 이렇게 하면 될까요?

그래, 그럼 반례는?

잘 생각이 안 나는데……. 아까 선생님이 드신 예가 바로 이에 대한 반례가 되겠지요. 전쟁터에서 적군의 포탄에 맞아 죽어 가는 전우를, 내가 내 총으로 안락사시켜 준 경우라면, 그 이유야 어찌 됐든 그 전우를 죽음에 이르게 한 가장 근접한 원인은 내가 총을 쏜 행위임에는 틀림없지만 그렇다고 내가 살인을 한 것이라곤 볼 수 없죠. 즉 전제는 만족시키지만 결론은 만족시키지 않으니까, 그 사례가 반례가 될 수 있겠죠.

그것 말고 좀더 재미있고 황당한 반례를 찾아보자.

어떤 사람이 자살을 하려고 빌딩 옥상에서 뛰어내렸는데 그 빌딩 20층에 근무하던 네가 사무실의 창을 열어 제쳤고, 추락하던 그 사람이 네가 연 창에 머리를 부딪쳐 뇌진탕으로 숨졌고, 죽은 상태에서 바닥으로 떨어졌다면, 그 죽음의 가장 근접한 원인은 바로 네가 창을 연 행위이다. 그럼 네가 그 사람을 죽인 셈이 되나? 그 사람은 자살한 게 아니라 너에 의해서 살해된 건가(이렇게 스스로에게 묻는 것이 바로 반문을 던지는 것이다)?

여기에 대해서는 앞서 말한 것과 같은 반박이 물론 존재할 수 있다. 하지만 여기선 이 내용을 문제 삼자는 게 아니라, 단지 반례 찾는 연습을 해보자는 취지니까 이쯤하고 넘어가자. 어쨌든 앞으로 네 주장에 대해서 너 스스로 반례를 찾아보는 연습을 더 열심히 하도록 해라. 그러다 보면 점점 더 견고한 논증을 할 수 있게 된단다.

네! 우만 구만

Point

1. 안락사 절대 불가 입장의 숨은 전제는 '이 세상 어떤 가치보다도 인간의 생명이 가장 중요하다.'는 신념이다.

2. 이 신념이 반드시 옳은 것은 아니다. 더 가치로운 것을 얻기 위해 자신의 생명을 포기하는 사람들도 많다.

3. 적극적 안락사를 옹호하려면 그것이 살인이 아니라고 주장하든가, 적극적 안락사(killing)와 소극적 안락사(letting die) 사이엔 실제적인 차이도, 도덕적 우열도 없음을 밝힌 후 환자와 가족들의 고통을 고려한다면 그것이 현실적으로 더 유용하다고 주장한다.

4. 소극적 안락사를 옹호하려면 환자의 생명을 단 몇 시간이라도 인위적으로 단축시키는 행위(적극적 안락사)는 결국 살인일 수밖에 없고, 살인을 해선 안 된다는 도덕적 명령은 어떤 현실적 유용성보다도 우선한다고 주장한다.

여기까지만 알고 면접장에 들어가면 70점은 맞는다!

찬반 양론형에선 쟁점을 일반화해라!

찬반 양론형의 문제가 품고 있는 일반적인 주제는 대개 전통적인 쟁점들이다. 따라서 구체적 상황을 묻는 문제라도 그와 관련된 일반적 쟁점을 찾아내, 보다 넓은 범위로 논의를 확대한다면 당연히 좋은 점수를 받게 된다. 또 구체적 문제 사례에 앞서 일반적 쟁점을 공부하면 면접 준비에 들이는 시간과 노력을 절약할 수도 있다.

이건 수학 공부도 마찬가지다. 수십 문제를 힘들게 풀어낸 끝에, 비로소 그 문제들을 지배하는 원리를 깨닫게 되는 방법과 일반적 원리를 우선 공부한 후에 확인과 숙달 차원에서 해당 문제 몇 개를 풀어 보는 방법, 이 둘 중 어느 것을 택하겠는가?

01 일반화하는 방법

'일반화'와 '구체화'이 상반된 두 가지 사고의 방법을 완전히 체득하면 면접 준비는 100퍼센트 끝난 거라고 말한다면…… 물론 과언이다. 그러나 80퍼센트는 끝난 거나 다름없다고 한다면…….

과언이 아닌가요?

그래도 과언이다.

…… -_-;;

그러나 50퍼센트는 된 거라고 한다면, 그건 과언이 아니다! 그런데 대부분의 학생들은 그걸 모르고 있단다. 구체적인 상황이 제시된 문제에 대해서는 구체적인 상황 안에서만 생각하려 하고, 일반적·추상적 차원의 문제에 대해서는 또 막연하게 넓고 추상적인 범주로만 대답하려는 경향이 있지. 너야 뭐 이제 어느 정도는 감을 잡았겠지만, 확인하는 의미에서 몇 가지 간단한 테스트를 해보자.

'내가 지난 한 달 동안 죽어라고 공부했더니 이번 모의고사에서 점수가 올랐다.' 이 문장은 '나'라는 주체에 한정된 개인적 경험에 관한 진술이지. 특정 개인에게만 국한되는 것은 일반적이라고 할 수 없으니까. 이런 것들을 생각하면서 이 문장을 일반화해 보자.

'대부분의 사람들은 열심히 공부하면 점수가 오른다.' 이렇게 하면 될까요?

그래, 넌 이미 일반화의 방법을 어느 정도 체득하고 있구나. 이제 그 두 문장에 어떤 차이가 있는지 비교해 보자.

주어가 달라졌지요. '나'라는 구체적 인물에서 '사람들'이란 일반인으로.

또 다른 건?

시제도 달라졌네요. 점수가 '올랐다'에서 점수가 '오른다'로. 그러니까 과거에서 현재? 현재라고 보기엔 좀 이상한데? 아니면 미랜가? '점수가 오를 것이다'라는 뜻이니까 미래로 보는 게 낫겠네요.

그래, 앞문장의 시제는 분명 과거지만 뒷문장의 시제는 굳이 따지자면 미래이기는 하다. 그러나 이런 경우에 시제를 따지는 것은 무의미하단다. 중요한 건 이 문장이 '법칙'의 의미를 갖게 되었다는 사실이지.

법칙이라구요?

그렇지. 공부를 열심히 했더니 성적이 올랐다는 건 개개인의 개별적 경험일 뿐이지만, 열심히 하면 점수가 오른다는 건 일종의 인과 법칙에 해당하는 것 아니겠니?

아~ 그렇군요.

그러므로 '일반화'란 기계적으로 쉽게 하면 안 되고 상당한 심적 부담을 느끼면서 조심스럽게 해야 하는 거란다. 어떤 구체적, 개별적인 사실을 네가 하나의 법칙으로 만드는 건데 부담을 안 느낄 수는 없지. 그래서 일반화는 신중해야 하는데, 사람들이 자꾸 그 원칙을 어기는 바람에 '성급한 일반화의 오류'라고 아예 하나의 논리적 오류로 못 박은 것 아니겠니? 뿐만 아니라 도저히 일반화할 수 없는 구체적 진술도 있지.

어떤 거죠?

너무나 많지. 네가 시험 전날 미역국을 먹었더니 시험을 망쳤다는 경험을 가지고 '시험 전날 미역국을 먹으면 시험을 망친다.'고 일반화 혹은 법칙화할 수 있겠어?

하지만 많은 사람들이 그걸 법칙처럼 믿고 따르지 않나요?

그건 일종의 미신일 따름이지. 미역국 문장을 더 일반화하면 어떻게 될까?

음…… 시험 전에 미끌미끌한 음식을 먹으면 시험을 망친다?

그렇지! 잘했다. 미역국이라는 구체적 음식에 그치지 않고 미역이 가진 성질, 즉 미끌미끌한 음식 재료 일반으로 범위를 확장했구나. 이번엔 반대로 그걸 구체화해 보자. '구체화'란 일반화된 문장이 갖는 '법칙'의 성격은 그대로 유지하면서 그 대상만을 구체화하는 것이다.

그럼 다시 '미역국을 먹으면 시험을 망친다.'는 문장으로 돌아오는데요?

미역국 말고 다른 대상을 선택한다면 뭐가 있을까?

아하! 바나나요. ^^ '바나나 먹으면 시험을 망친다.' 이렇게 말이죠.

자, 이제는 알겠지? 너는 지금까지, 우리가 얼마 전에 공부한 '유추'를 한 거다. 이게 유추의 방법이었잖아. 구체적 진술 → 일반화 → 다른 대상으로의 구체화. 이 절차에 따라서 너는 다음과 같은 유추를 한 것과 같다. '미역국을 먹으면 시험을 망친다는 게 사실이라면, 바나나를 먹으면 시험을 망친다는 것도 사실이어야 한다.'

아~ 그러고 보니 '일반화'는 유추를 배울 때 충분히 공부했던 과정이었네요.

물론이지.

02 더 심한 일반화

 조금 전에 네가 이렇게 일반화했지? '대부분의 사람들은 열심히 공부하면 점수가 오른다.' 라고. 여기서 그치지 말고 이 문장을 더 일반화해 보자.

 더 할 거리가 없는데요.

그걸 해내야만 진짜 일반화, 추상화를 할 줄 아는 거다. 전단계의 일반화는 단지 주어를 일반 주어로 바꾸고 조건문의 형식으로만 만들어 주면 되는, 기계적이고 공식적인 기술에 불과한 것이었다. 이제부터가 진짜 일반화지. 이건 단순한 기교가 아니라 '사고의 확장' 이고 '생각의 발산' 이거든.

아~ 공부라는 구체적 행위에 국한하지 말고 더 확장하라는 건가요?

그렇지, 바로 그거다!

그럼 이렇게 하면 될까요? '어떤 분야에서든 열심히 노력하면 그 분야에서 성공한다.'

그래, 맞았다. 이제, 다른 걸 좀더 해볼까? 쉬운 걸로 하자. '한 우물을 파라.' 이 속담을 일반화하면?

'진로를 자주 바꾸지 말고 한 분야에만 매진해라, 초지일관해라.' 이 정도가 되겠죠?

'모로 가도 서울만 가면 된다.' 는?

'결과만 좋으면 과정은 어떻든 상관없다.' 는 뜻이죠.

그럼 그 속담의 일반적 의미와 같은 뜻의 다른 속담은 무얼까?

글쎄요……

'개같이 벌어서 정승같이 써라.'

아, 그러네요! 개같이 벌어도 정승같이 쓰면 된다는 뜻이므로 과정이 나쁘더라도 그 결과만 좋으면 된다는 의미가 되는군요.

그럼 그 둘을 가지고 '유추'를 해보거라.

'모로 가도 서울만 가면 된다는 말이 정당화된다면 개같이 벌어서 정승같이 쓰라는 말도 정당화된다.' 맞지요?

그래, 제법 하는구나. 이제 난이도를 한 단계 높여 보자. 공무원 성과급 제도에 찬성하니?

네.

그럼 너는 자유주의자일 확률이 높군.

엥, 그게 무슨 말이죠?

공무원 성과급 제도에 찬성하는 논리를 일반화하면, 대충 이렇게 되지. '자유 경쟁이 더 바람직한 결과를 가져다 준다!'

근데요, 제가 사실은 공무원 성과급 제도에 대해 잘 모르거든요. ^^;;

모르리라고 짐작하고 있었다. 군대를 예로 들지. 내가 군대 제대한 지가 하도 오래 되어서 기억이 잘 나지 않는데, 병장 월급이 만 원이라고 치자.

헉! 그것밖에 안 되나요?

예를 들자면 그렇다는 거지, 사실 이것보다는 좀 많아. 그래도 3개월에 한 번씩 보너스도 있단다. ^^; 각설하고……. 그런데 군대 생활을 열심히 하는 병장도 만 원이고 농땡이 치는 병장도 만 원이라는 거다. 계급이 병장이면 무조건 만 원! 물론 직업 군인은 계급이 같더라도 근무 연수가 오래될수록 더 많이 받기는 하지. 이처럼 공무원들의 봉급은 호봉에 따라 지급되는 것이지, 개개인의 성과에 따라 차별화되는 게 아니다.

성과급 제도는 성과에 따라 차별적으로 봉급을 지급하자는 취지이고, 민간 기업에서는 다 그렇게 하잖아요?

일부 공무원들이 무사 안일한 태도로 근무하는 바람에 업무의 효율성이 떨어진다고 보고, 공직에도 자유 경쟁을 도입하여 열심히 한 사람에게 더 많은 대가를 주자는 취지에서 성과급 제도가 제안된 거지. 그러므로 네가 성과급 제도에 찬성한다는 걸 일반화하면 '너는 자유 경쟁 체제의 효율성을 신봉한다.'고 할 수 있는 거지. 그런 맥락에서 내가 너를 자유주의자라고 칭한 것이고. 만약 네가 일관된 자유주의자라면 현재의 고교 평준화 정책에도 반대할 확률이 높겠네?

왜 제가 평준화 정책에 반대해야 되는 거죠? -_-;;

국가가 평준화 정책으로 묶어두지 않고 알아서 하라고 방임한다면, 고등학교들끼리 자연스럽게 경쟁이 붙을 테고, 그러면 학교 발전에 더 유리할 거라는 맥락에서지.

그렇지만 전 반대예요. 그럴 경우 순전히 명문대 진학률에 따라 고등학교 서열이 정해질 테고, 그럼 높은 서열의 이른바 명문고에 진학하기 위해서 중학교 때부터 치열한 입시 경쟁을 벌여야 되겠죠. 그러다 보면 또 명문고에 많이 진학시키는 '명문중'이 생길 테고, '명문중'에 들어가기 위해서 초등학교 때부터 입시 경쟁을 벌여야 되고…….

거기까지 생각을 하다니 제법이구나. ^^

그리고 제가 자유주의자라고 해서 모든 부분에 자유 경쟁의 원리를 도입해야 한다고 주장해야만 하나요? 자유 경쟁의 효율보다 그로 인한 부작용이 더 클 수도 있다고 판단된다면 어떤 부문에서는 그 반대 주장을 할 수도 있는 거잖아요. 그러니 저보고 평준화 정책에 반대해야 한다는 선생님 말씀이 틀린 거지요.

나는 그렇게 얘기한 적이 없는데? '만약 네가 일관된 자유주의자라면' 이라는 단서를 단 데다가, 단정적으로 말하지도 않았고 그저 '반대할 확률이 높겠네?' 라고 물어 봤을 뿐이다. 너같이 딴지 거는 애들을 의식해서 난 대부분의 경우에 단정적 어미로 말을 끝내지 않는단다. ㅋㅋㅋ

(이토록 얍삽할 수가…… -_-) 선생님 정말 너무하시는 거 아니에요? 꼭 그렇게 빠져나갈 구멍을 만들고…….

너무한 게 아니라, 난 단지 현명할 뿐이다. 봐라, 방금도 '대부분의 경우에' 라고 했지. '모든 경우에' 라고 하지 않았잖니? '언제나, 항상, 모든……' 이란 단어를 포함한 주장은 공격받기 쉽지. 우리가 구술 면접에서 다루는 내용 중에 예외 없이, 이론의 여지없이, 완전무결하게, 절대적으로 옳다거나 나쁘다고 단정할 수 있는 게 있었던가? 물론 아니지. 게다가 수능 문제 답 중에도 '항상~ 옳다' 든지 '반드시~ 아니다' 라는 표현이 들어가는 건…….

항상 정답이 아니라구요? (제발, 한 번만 그렇게 얘기하시지……)

아니! 난 '항상' 이란 말을 쓰지 않는다. '대개' 정답이 아니지. ^^;;(이 녀석이 누굴 유도 심문하려고…… ㅋㅋㅋ)

그렇지만 이상한 게 있어요! 학교에서나 학원에서나 모두 자기 주장을 말할 때는 강하게 밀어붙이라던데요? 단정적인 표현을 쓰지 않으면 자신 없는 태도로 비춰지지 않을까요?

네가 잘못 이해한 거겠지. 주장의 설득력은 건전한 논증이나 풍부하고 참신한 논거에서 나오는 거지, 단정적 어조에서 나오는 게 아니다. 지나치게 단정적인 표현은 오히려 단순 무식하게 보일 뿐더러 반격의 여지까지 제공하게 된단다. 단정적인 표현을 사용하면 설득력 있어 보인다는 건, 목소리 크면 이긴다는 생각만큼이나 '무식한' 발상인걸?

아~ 이제 알겠어요. 그래서 선생님이 '항상'이란 단어를 죽어도 안 쓰시는 거였군요.

ㅎㅎㅎ 이 녀석이 끝까지 나를 시험하려 하는군. 아니, 난 죽어도 안 쓰는 건 아니고, 죽으면 쓴다. 단지 가급적이면 그 단어를 꺼릴 뿐이지. ^_^

 Point

1. 표면적으로는 전혀 다른 이야기 같지만 일반화해 보면 결국 하나의 주제로 통합될 수 있는 쟁점들이 의외로 많다.

2. 지나치게 단정적인 표현은 가급적 피해라!

Part V 여기까지만 알고 면접장에 들어가면 70점은 맞는다!

03 더더욱 심한 일반화

☐ 좋은 목적과 나쁜 수단

 안중근 의사에 대해서 알고 있겠지?

 그럼요, 우리 나라의 독립을 위해서 이토 히로부미를 암살한 분이시죠.

그래? 난 이등박문을 사살한 걸로 알고 있었는데?

…….'

웃지 않는 걸 보니 무슨 말인지 잘 모르는구나. 그냥 넘어가자.

알아욋! 그건 윤봉길 의사가 죽인 사람이잖아요!

하하하! 너 설마…… 개그하는 거지, 지금?

아니면 이봉창 의사인가???

갑자기 홍길동 개그가 생각나는구나. 홍 판서가 홍길동을 불쌍히 여겨 호부 호형을 허락했는데도 아버지를 아버지라고 부르지 못하고 형을 형이라고 부르지 못하는데 그깟 호부 호형이 무슨 소용 있냐면서 길동이는 계속 서럽게 울었다던 그 개그!

푸하하하! 이제 진도 나가죠.

안중근 의사에서 '의사'라는 존칭에 이미 자신을 희생해 나라를 구했다는 뜻이 포함되어 있으므로 '의사'는 잠깐 생략하기로 하자. 우리 입장에서 보면 안중근이 '애국 지사'지만 일본 입장에서 보면 '테러리스트'에 불과할 수도 있지. 이런 민족적 관점의 차이를 떠나서 나는 그를 애국지사라고 생각한다. 이걸 일반화하면?

엥? 그건 너무 막연하잖아요. 그 생각의 과정을 좀 설명해 주셔야죠.

그런가. ^^;;; 어쨌든 안중근 의사가 폭력을 사용한 건 사실이다. 이때 폭력은 나라의 독립이란 목적을 이루기 위한 수단이지. 그러니 안중근을 애국지사로 규정한다는 건 폭력이란 수단보다 독립이란 목적에 더 주목했다는 뜻이겠지?

'좋은 목적을 이루기 위해선 불가피하게 폭력을 사용할 수도 있다.' 이렇게 일반화하면 되는 건가요?

그렇지. 안중근의 문제를 일반화했을 때 확실히 드러나게 되는 쟁점이 바로 그거다. 그걸 한 단계 더 일반화하면 다음과 같이 되겠지.

'좋은 목적을 위해 사용되는 폭력은 정당화될 수 있는가?'

이 문장에서 더 일반화시킬 대상은 이제 '폭력'밖에는 없는 것 같은데? 그렇지?

아~ 여기서 대립하는 건 수단과 목적이니까, 폭력을 '수단'으로 일반화하면 되겠군요. '좋은 목적을 위해 사용되는 나쁜 수단은 정당화될 수 있는가.' 괜찮나요?

그렇지. '좋은', '나쁜' 등의 관형어를 다 빼고 더 간단히 줄여서 흔히 이렇게 말하곤 하지. '목적이 수단을 정당화할 수 있는가.'

아~ 그러니까 안중근을 애국지사로 보느냐 마느냐라는 구체적인 문제와 연결되어 있는 일반적 쟁점이 바로 그거였군요! 목적이 수단을 정당화할 수 있나, 없나.

이제 일반화의 효과를 몸으로 느낄 수 있겠지?

네. ^^

그럼 이번엔 반대로 구체화해 보자. '목적이 수단을 정당화할 수 있는가, 없는가.'에 해당하는 예를 들어 보라는 거지.

이건 어떨까요? '선의의 거짓말이 허용될 수 있나, 없나.'

아주 적절한 예다. '선의'가 바로 좋은 의도, 목적이란 뜻이고 '거짓말'은 나쁜 수단의 구체적 사례니까. 이번엔 선의의 거짓말에 해당하는 예를 들어 볼까?

친구가 옷을 새로 사 입고 나타나서 '나 어때냐'라고 물어 볼 때 사실은 너무 안 어울리지만 기분 좋으라고 그냥 잘 어울린다고 대답하는 경우죠. 또 이건 바로 며칠 전에 한 선의의 거짓말인데요, 선생님 상처받지 마시라는 의도에서 선생님이 굉장히 잘 가르치는 데다 멋있기까지 하다고 했었죠. ^^;;

음…… 사실은 얼굴만 잘생겼지 잘 가르치진 못한다는 말이구나. 그런 얘긴 너무나 많이 들었지. 실력은 없는데 얼굴로 밀어붙인다는 등, 가수로 치면 오디오형 가수가 아니라 비디오형 가수라는 등. 요즘에는 심지어 DVD형 가수라는 얘기까지! 난 어떤 영화 배우의 절규를 이해할 수도 있을 것 같구나. '이젠 저도 외모가 아닌 연기력으로 인정받고 싶어요!' 나도 마찬가지다. 이제는 실력으로 인정받고 싶다. 그럴 때도 되지 않았을까.

(또 말려들었다. -_-;;) 진도 나가죠!

그러지 뭐, 중요한 말은 벌써 다 했으니까. ㅋㅋㅋ '목적이 수단을 정당화할 수 있나, 없나.'에 해당하는 예를 더 들어 보자.

이건 영화 〈쉬리〉에서 착안한 건데요, 잠실 종합운동장에 시한폭탄을 설치한 테러범을 붙잡았는데 폭탄을 설치한 장소를 알아내서 수많은 인명을 구하기 위해서는 그 테러범을 고문해도 좋은가, 그렇지 않은가.

그것도 괜찮구나. 이런 예는 어떨까? '역차별이 정당한가, 정당하지 않은가.'

갑자기 역차별 얘기가 왜 나오는 거죠?

지금까지 여성은 남성에 의해 차별받아 왔지. 이러한 불평등 구조를 혁파하기 위한, 다소 급진적인 조치가 역차별 제도이지. 즉 역으로 여성을 남성보다 우대하자는 것인데, 그러한 차별을 합법화 · 제도화하자는 것이란다.

그러니까 역차별도 어쨌든 차별임에는 분명하고, 따라서 좋은 수단은 아니라는 얘기군요. 정리하면, 남녀 불평등을 시정하자는 좋은 목적이 역차별이라는 나쁜 수단을 정당화할 수 있는가, 없는가의 문제군요. 이야~ 역차별이 또 그렇게 연결되네요. ^^

또 다른 예는 없을까?

사형 제도도 거기에 해당할 것 같은데요. '사형 제도가 정당한가, 아닌가.' 왜냐하면 흉악 범죄 억제와 정의 실현이라는 좋은 목적이 살인(사형도 살인임에는 분명하니까. 국가에 의한, 합법화된 살인이죠)이라는 나쁜 수단을 정당화할 수 있는가의 뜻이니까요.

그것도 좋은 예구나. 그런데 이제 그 '목적이 수단을 정당화할 수 있는가.'라는 표현을 다른 걸로 좀 바꿔 볼 수 없겠니? 구술에서도 그렇지만 특히 논술에선 같은 어휘나 표현의 반복은 글쓴이의 어휘력 부족을 드러내는 증거지.

제가 워낙 표현력이 부족해서요. ^^;;

이것도 어쩌면 상투적인 표현일 수 있는데, '좋은 목적은 나쁜 수단에 면죄부를 줄 수 있는가.', '목적의 좋음이 수단의 나쁨을 상쇄시켜 줄 수 있는가.' 이 정도로 바꿀 수 있겠지.

🗂 좋은 결과와 나쁜 과정

이건 방금 살펴본 내용과 비슷하긴 하지만 완전히 같지는 않다. '젊었을 때 온갖 부정한 방법으로 돈을 모은 부자가 늙어서 그 재산을 사회에 환원했다면, 부를 축적하는 과정에서의 부정은 용서해도 좋은가.' 이 구체적 상황 속의 쟁점을 일반화하면 어떻게 될까?

결과만 좋다면 과정은 별 상관없는가? 결과의 '선'이 과정의 '악'을 상쇄시켜 줄 수 있는가?

음, 완벽하군! '결과 — 목적, 과정 — 수단' 이런 대응 관계로 보면 방금 것과 비슷하지?

그러고 보니 그러네요. 이제 무슨 얘기를 하실지 알 것 같아요. ^^ 이번엔 그걸 반대로 구체화해 봐라, '결과가 과정을 정당화해 주는가.'라는 일반적 쟁점에 해당하는 다른 구체적 사례를 들어 봐라, 이러시겠죠?

이제 감을 좀 잡는구나. 그럼 그렇게 해봐라.

'성공한 쿠데타는 혁명인가.' 이것도 그 사례가 될 수 있겠죠? 쿠데타란, 이미 불법적인 수단으로 정권을 탈취하는 반란 행위라는 부정적 의미를 가지고 있는 단어이고, 혁명은 국민의 힘으로 부패하고 무능한 정권을 교체하는 것이라는 긍정적 의미를 내포하고 있으니까요. 쿠데타는 나쁜 과정에 해당하고 혁명은 좋은 결과에 해당하겠죠. 그리고 이 문제의 본 뜻은 이런 거 같아요. 쿠데타라는 불법적인 방법으로 정권을 탈취했더라도 그 정권 운용의 결과가 좋다면 먼 훗날 역사에서 그것을 혁명으로 인정해 주겠는가?

음, 말 되네. 또 없나?

'박정희 대통령은 훌륭한 대통령이었나, 아니었나.' 이것도 거기에 딱 들어맞는 사례죠. 박정희 대통령은 5 · 16 군사 쿠데타라는 불법적인 방법으로 정권을 탈취한 데다 집권 기간 중 독재를 해서 국민들의 민주화 요구를 탄압하고, 개인의 자유화 권리를 억압했지만 단기간에 엄청난 경제 발전을 이뤄냈다는 결과는 높이 평가받잖아요. 그러니까 '결과가 좋으면 그 과정에서의 악은 면죄해 줘도 되는가.'란 쟁점의 구체적인 사례가 될 수 있지요.

그렇지. 박정희 대통령에 대한 평가와 연결되는 시사 이슈로 이런 게 있지. 박정희 기념관 건립을 정부 차원에서 지원하겠다고 해서 논란이 분분했는데, 그것과 관련해서 '박정희 기념관 건립, 타당한가 아닌가.'를.

앗! 이제 알겠어요. 만약 면접에서 박정희 기념관 건립 같은 시사적인 문제가 나와도 '박정희는 훌륭한 대통령인가 → 성공한 쿠데타는 혁명인가 → 결과만 좋으면 과정은 상관없나.' 이런 식으로 일반화시키고 거기서 논점을 잡아서 대답을 할 수도 있겠네요?

그렇지. 그런 식의 대답도 생각해 보라는 의미에서 일반화와 구체화 연습을 해본 거란다.

04 일반화 연습

📖 온라인 서점 논쟁

마지막으로, '온라인 서점의 책값 할인율을 제한해야 하는가, 하지 말아야 하는가.'의 논제는 어떻게 일반화할 수 있을까? 온라인 서점들이 3~40퍼센트씩 할인하여 책을 팔아서 기존 오프라인 서점들이 경영 위기에 처하고 있다는 건데…….

아! 알 것 같아요. 자유 경쟁의 원리에 맡겨 버리면 결국 같은 물건을 싼 값에 제공하는 온라인 서점만이 살아남게 되고 오프라인 서점은 도태되지 않을까, 소비자들은 싼 값에 책을 구입할 수 있는 이점도 있지만 다른 좋은 점들을 잃어 버리는 결과가 되지 않을까, 뭐 이런 쟁점이지요. 그걸 일반화하면 '도서에도 자유 경쟁이라는 시장 원리를 적용시켜야 하는가, 아닌가.'의 문제로 볼 수 있는 것이구요.

너는 어떻게 생각하니?

저는 시장 원리에 맡겨야 한다고 생각합니다. 같은 물건을 더 싼 가격에 살 수 있다면 그쪽으로 소비자들의 수요가 몰리는 건 당연한 것이고, 그 결과 어떤 회사는 망하게 되고 어떤 회사는 흥하게 되는 거지요. 디지털 시대가 열리면서 이른바 '굴뚝 산업'은 퇴조하고 정보통신 산업이 부상하는 현상이 자연스러운 대세인 것처럼요.

또 에너지 위기, 환경 위기에 대한 사람들의 인식이 확대되면서 에너지 사용 의존도가 높거나 오염 물질을 많이 배출하는 산업이 된서리를 맞는 것도 같은 이치죠. 산업 구조 조정이란 게 새로운 환경에 잘 적응할 수 있는 산업을 중심으로 구도를 개편하는 것 아닙니까? 또 석탄 대신 석유, 전기, 가스를 많이 사용하게 되면서 탄광 산업이 사양 산업으로 전락한 건 어쩔 수 없는 일이죠. 일반 오프라인 서점을 보호하자고 온라인 서점이 책을 싸게 팔지 못하도록 규제하자는 주장은, 마치 탄광업계를 보호하자고 석유, 전기, 가스의 가격을 올리자는 것과 다름없다고 생각합니다.

오호! 유추를 적절하게 사용했구나. 유추의 장점을 극대화시킨 답변 사례다. 원래 문제는 '도서'에 관한 것이었지만 넌 지금 유추를 이용하여, 도서가 아닌 '산업'을 주로 얘기했다. 보아 하니 넌 도서보다는 산업에 대해 아는 게 많아서 산업에 관해 할 말이 더 많았던 것 같구나. 그렇지?

네! 직접 몸으로 겪어 보니 알 것 같아요. 유추의 좋은 점이 바로 이런 거였군요. ^^

그렇지만 유추의 맹점은 비교되는 두 대상이 완전히 같을 수는 없다는 데 있지. 상대는 바로 그 점을 물고 늘어지게 마련인 거고. 내가 이제 그 '유추의 맹점 물고 늘어지기'의 시범을 보여주마.

넌 지금 도서를 연탄 같은 시장에서 거래되는 일반적 상품과 똑같이 취급하고 있는데, 과연 그래도 될까? 도서에는 일반적인 재화와 차별화되는 '문화' 상품으로의 속성이 있는 게 아닐까? 요즘엔 가족 단위로 서점에 '쉬러' 가는 일이 많단다. 책도 보고, 책을 매개로 대화도 나누고. 그러다 보면 책을 구입하게도 되겠지. 이런 의미에서 서점은 단순히 책을 사고 파는 시장이 아니라 여가와 문화의 공간이기도 하다. 그런데 일반 오프라인 서점이 다 망하면 온라인 서점이 이런 역할을 대신해 줄 수 있을까? 온라인 서점은 매장도 가지고 있지 않은데. 온라인 서점에서는 구입하기 전에 책을 뒤적거려 보는 재미를 느낄 수도 없잖니. 게다가 그건 단순한 재미의 차원을 넘어서 책을 사기 위한 필수적 절차라고도 볼 수 있는데.

사소한 것을 너무 중요하게 다루는 게 아닐까요? 서점이 문화 공간이라구요? 그런 역할을 할 수 있으려면 일단 규모가 큰 대형 서점이어야 하는데, 우리 나라에 그런 큰 서점이 몇 개나 되나요? 또 여기 같은 지방에는 아예 그런 서점이 있지도 않은데, 서울 사람들 위주의 발상 아닐까요? 그리고 제가 듣기론 서점 인심이 야박하여 앉아서 책을 볼 수 있는 공간을 충분히 마련해 놓지 않고 있다는데요. 서가와 서가 사이에 쭈그리고 앉아 책을 뒤적이다가 이리 채이고 저리 채이고, 사람이 너무 많아 혼잡하기 이를 데 없다는데 거기서 엔터테인먼트적인 쾌적한 요소를 찾을 수 있을까요?

허걱! 강력한 반론인걸? 좋다! 온라인 서점의 근본 메커니즘은 '박리다매'다. 싸게, 그럼으로써 많이 파는 거지. 그런데 이 박리다매의 원칙이 모든 종류의 책에 적용되지 않는다는 점이 문제다. 학술 서적이나 전문 서적, 교양 서적은 수요가 많지 않아서 큰 폭으로 싸게 팔 수가 없고, 또 그 결과 많이 팔리지 않으니 이런 종류의 책은 다른 '효자 품목'에 비해 애물단지로 홀대받게 되고 차츰 온라인 서점의 도서 목록에선 사라져 가게 된다는 거지. 그럼 그런 책을 만드는 출판사도 망하게 되고, 도서 시장 전체가 가벼운 베스트 셀러 중심으로 왜곡되어서 결국엔 그 피해를 소비자가 고스란히 떠안게 될 수도 있다. 엇비슷한 가벼운 읽을거리밖에 없어서 소비자들의 선택의 폭이 좁아지게 된다는 거지.

그건 가설에 불과한 게 아닐까요? 옛날에 TV가 처음 등장했을 때도 영화 산업이 다 망한다고 법석을 떨었지만 지금은 둘이 같이 발전하고 있지 않나요? 그건 영화가 TV로는 맛볼 수 없는 영화만의 장점을 잘 살렸기 때문이죠. 또 요즘엔 각 가정마다 컴퓨터 한두 대씩은 갖추고 있지만 PC방은 여전히 성업중입니다. 반면에 CD가 보급되면서 LP판은 완전히 도태됐어요. DVD가 대중화되면 비디오가 어떻게 될지는 아직 모르지만, 분명한 건 불리한 대세의 흐름 속에서도 자기만의 고유 영역을 장점으로 승화시켜 내는 품목이나 업종은 살아남을 수 있다는 겁니다.

그러므로 오프라인 서점을 살리자고 인터넷 시대의 편리를 애써 외면하는 건 몹시 부자연스럽고도 불합리한 일 아닐까요? 저는 오히려 서점이 디지털 시대라는 환경 변화에 적응하면서, 오프라인만이 가질 수 있는 고유한 장점을 부각시키려는 노력을 하는 것이 당연하다고 봅니다. 정부에게 인터넷 서점에 대한 인위적 규제를 요구할 것이 아니라.

넌 아주 냉정한 우파 자유주의자로구나. ^^;;

맞다! 전 우파, 좌파, 신자유주의…… 이런 것들의 개념을 잘 모르겠거든요?

그건 따로 시간 내서 설명해 줄 테니까 지금은 그 주제에 관해 마저 얘기하기로 하자. 온라인 서점 관련 쟁점을 일반화시켰더니 이런 큰 주제와 만나게 되었지? 시장의 원리를 모든 부분에 적용해야 하는가? 아니면 시장으로부터 독립시켜 특별히 '보호' 해야 하는 부문도 있는가? 그리고 여기서 시장의 원리란 자유 경쟁 체제를 말하는 것이고, 이제 이와 비슷한 주제로 일반화될 수 있는, 다른 구체적 사례들은 또 없을까?

 스크린 쿼터 논쟁

'스크린 쿼터 제도를 폐지해야 하나, 존치시켜야 하나.'의 문제도 거기에 해당하지요?

왜지?

모든 상영관이 일 년중에 며칠 이상은 의무적으로 한국 영화를 상영해야 한다는 규정이 스크린 쿼터 제도입니다. 우리 영화를 거대한 헐리우드 영화와 자유 경쟁시켜 버리면 헤비급 선수랑 플라이급 선수가 겨루는 것과 마찬가지이므로 우리 영화의 참패는 거의 확실하겠지요. 그래서 우리 영화를 살벌한 시장 원리에 맡겨버리지 말고 특별히 보호, 육성해 주자는 거지요.

영화를 특별히 취급해야 될 이유가 있나? 다른 상품처럼 자유 경쟁시켜야 되는 거 아닌가?

영화는 우리 나라의 '문화' 상품이기 때문이죠. 저는 문화 영역만은 세계화의 흐름에 그냥 맡겨두면 안 된다고 봅니다. 문화 영역만큼은 세계적인 보편성보다 고유성과 독자성을 우선시해야 하지 않을까요?

'문화'라는 이름만 갖다 붙이면 자유 경쟁 체제로부터의 독립이 정당화되나? 문화라는 명목하에 경쟁 없는 무풍지대에서 안주하는 바람에 자기 발전의 노력을 게을리하다가 마침내 정체 내지는 퇴보하는 것이 아닐까?

우리 나라 재벌들을 봐라. 정부가 선진국과의 직접 경쟁을 피할 수 있도록 바람막이 역할을 해줬더니 온실 속의 화초처럼 나약해져서 일부 분야를 제외하곤 국제적인 수준의 경쟁력을 갖추는 데 실패했잖아. 그뿐인가? 그러다 보니 정부에 로비만 잘하면 된다는 관행에 익숙해져서(이게 바로 정경유착이지) 제대로 연구 개발하여, 잘 만들어서, 잘 팔 생각은 안 하고 수백억 대의 비자금이나 조성하고 있지. 그게 다 어디서 나온 돈이겠어? 땅 장사, 돈 장사 이런 합법적인(?) 투기를 통해서 만든 거지.

물론 기업의 상품이 문화 상품과 질적으로 동등하다는 건 아니지만, 최소한 '경쟁이 없으면 정체된다'는 원리만은 문화의 영역에도 똑같이 적용될 수 있다는 거지. 만화 역시 문화라고 할 수 있는데, 우리 만화 시장이 일본 만화에 크게 잠식당하고 있는 현실이다. 그만큼 일본 만화는 우리보다 훨씬 앞서 있는데, 그렇다면 같은 논리로 만화에도 스크린 쿼터에 해당하는 특별 보호 조치가 있어야 하는 거 아닌가? '코믹스 쿼터' 같은 거! 더구나 내 생각엔 일본 만화가 헐리우드 영화보다 청소년들에게 훨씬 안 좋은 영향을 미친다고 보는데?

글쎄요…… 그건 대학 들어가서 생각해 볼게요! ^ ^;;

그거 너무 남용하지 말라고 그랬는데…….

(화제를 돌려야겠다. ^ ^;;) 앗! 다른 예가 또 생각났어요. '자립형 사립고 허용해야 하는가.' 이건 어때요? 교육 영역까지 경쟁 체제에 포함시켜야 하는가의 주제로 일반화될 수 있는 사례죠. 비슷한 것이지만 '고교 평준화 정책 유지해야 하나.'도 될 수 있구요, 또 '우열반 수업해야 하는가.' 이것도 마찬가지구요.

이런 것도 되겠지. '교수 평가제 시행해야 하나.', '공무원 성과급 제도 도입해야 하는가.' 그 동안 자유 경쟁 체제로부터 어느 정도 벗어나 있었다고 여겨지는 교수나 공무원들도 경쟁의 밀림으로 끌어들여야 하는지, 아니면 그들 직업의 특수성과 사회적 영향 등을 고려해서 경쟁에서 제외해야 하는지의 주제로 환원될 수 있으니까.

또 생각났어요. '공기업 민영화해야 하는가, 말아야 하는가.' 민영화는 자유 경쟁, 공기업은 국가 보호. 이제 더 길게 말 안 해도 되겠죠? ^^ 이런 식으로 일반화, 구체화를 반복하다 보니 결국은 비슷한 주제로 묶일 수 있는 문제들이 아주 많네요.

그렇지, 너는 그 방법을 적절하게 써먹으면 되는 거고.

Point --

1. '온라인 서점의 책값 할인율을 제한해야 하는가', '스크린 쿼터제를 유지해야 하는가' 라는 문제는 결국 '모든 부문을 시장 원리에 맡겨야 하는가? 아니면 시장으로부터 독립시켜 보호해야 할 부문은 국가가 보호해야 하는가?' 라는 쟁점으로 일반화할 수 있다.

2. 일반적 쟁점의 내용을 우선 숙지한 후 그에 해당하는 구체적 이슈의 찬반 논거를 훑어보는 것이 효율적인 면접 공부 방법이다.

3. 그게 싫다면, 수백 개 시사 이슈의 쟁점을 일일이, 따로따로 무식하게 다 외우는 방법도 있다. ^^;;

05 존재하는 것은 당연한 것이다?

☐ 도박으로 시작된 긴 논쟁

'도박을 처벌해야 하는가, 하지 말아야 하는가.' 이걸 일반화해 보자.

거기에 어떤 쟁점이 있어야 일반화를 하죠. 도박을 처벌하는 건 당연한 건데…….

사람들은 원래 존재하는 것을 당연하게 여기는 습관이 있지. 그런 고정 관념과 구술에서의 창의성은 양립할 수 없단다.

양립할 수 없다? 왜 그렇게 어려운 말을 쓰시는 거죠?

그게 어려운 말이라고? 오히려 너무 많이 쓰여서 진부한 표현인데? 좋다. 그럼 고정 관념과 창의성이 '공존할 수 없다' 정도로 해두지.

네, 이제 무슨 뜻인지 알겠네요. ^^ 그런데 도박을 처벌하는 게 당연하지 않다는 건가요? 거기에 어떤 문제라도 있나요?

이건 물론 나의 견해는 아니다. 자유주의자들은 다음과 같이 생각할 수도 있다는 거지.

어떻게요?

도박이 단순한 놀이나 취미라는 거야. 설령 거기에 큰 돈을 걸었다가 잃는 사람이 생기더라도 그건 개인적인 불행일 뿐이지, 국가가 도박 행위 자체를 규제해선 안 된다는 거지.

그래도 판돈이 커지면 크게 손해를 보는 사람이 분명히 있을 테고, 그것 때문에 살인 사건이 일어나기도 하고 사행심도 조장되는 등 도박은 확실히 범죄 행위예요.

너는 지금 도박이 반사회적 범죄라는 근거로 두 가지를 제시했다. 첫째는 도박이 살인을 유발하기 때문에 범죄라고 했고, 둘째는 도박이 사행심을 조장하기 때문에 범죄라고 했다. 오랜만에 '반례' 드는 연습 좀 해볼까?

좀 불길하지만…… 그러죠, 뭐.

우선 첫째 주장을 'p → q이다'의 조건문 형태로 바꿔야겠지? '어떤 행위가 살인을 유발한다면 그것은 범죄이다.' 여기에 대해 반례를 들 수 있나?

전제는 만족시키지만 결론은 만족시키지 않는 사례가 반례니깐, 살인을 유발하면서도 범죄라고 볼 수 없는 행위가 뭐가 있나요?

수두룩하게 많네. 그 중에서 가장 시사성 있는 예를 들어 보자. 살인 사건을 유발하는 걸로 치자면 요즘엔 단연 신용 카드가 대표적이지. 카드 빚 때문에 살인 강도도 생기고 자살도 하고 그러잖니. 그러니 카드 사용은 확실한 반례라고 볼 수 있겠지? 따라서 네 첫 번째 주장의 타당성은 아주 크게 손상됐다. 인정하나?

네. -_- (음…… 점점 불길한 예감이 드는군)

단, 실전이라면 교수님이 이렇게 친절하게 차근차근 이해시켜 주시면서 반박하지 않는다. 그냥 간단하게 이런 후속 질문 하나 던지고 마는 거지. '요즘엔 카드 빚 때문에 살인도 일어나고 자살도 발생하는데, 그렇다면 카드 사용도 범죄인가?'

아~ 교수님들이 후속 질문을 하시는 패턴을 지금 선생님이 논리적으로 풀어서 설명해 주신 것이군요!

그 얘긴 이미 옛날에 한 건데 뭘 그리 새삼스럽게 놀라니?

자, 다음! 네 두 번째 주장을 놓고 비슷한 방식으로 공박해 보겠다. 넌 도박이 사행심을 조장하기 때문에 범죄라고 주장했고, 그 주장을 조건문의 형태로 바꾸면 '어떤 행위가 사행심을 조장한다면 그것은 범죄이다.' 가 된다. 만약 사행심을 조장하면서도 범죄가 아닌 행위가 있다면, 그것이 네 주장의 반례가 될 수 있다.

예를 들어 경마나 경륜을 생각해 보자. 건전한 오락의 공간으로 볼 수도 있지만 경마나 경륜에 미쳐서 패가망신한 사람들이 많다는 얘긴 들어 봤겠지? 그렇다면 분명 사행심을 조장한다고 볼 수 있지만 범죄로 불리지는 않는다. 고로 경마, 경륜 등이 반례가 될 수 있겠지?

그럼 결론은 제 주장이 다 틀렸다는 거네요. T.T

완전히 틀린 것만은 아니지만, 네가 제시한 그 두 가지 근거가 도박이 범죄임을 입증하기엔 역부족이라는 거지. 물론 도박에 미치면 심각한 부작용이 뒤따른다. 그러나 그것은 국가 규제의 영역이 아니라 시민적 자율의 영역이고, 이것이 도박에 관한 자유주의자들의 견해이다. 사실 네가 도박을 범죄라고 단정할 수 있었던 데는 사회적 통념의 역할이 크단다. 국가에서 도박을 범죄라고 규정하고 그렇게 교육을 시켰기 때문에, 그런 교육을 받은 우리들로선 그 사실을 당연한 것으로 받아들이게 된 거지. 게다가 영화적 상상력까지 가세해서 그 통념은 더욱 굳건해진다.

'도박!' 하면 떠오르는 이미지가 이런 것들 아닌가? 담배 연기 자욱한 밀실에서 엄청난 판돈이 오가고, 몰래 카메라 등의 사기 수법이 동원되고, 끝내는 칼부림이나 총싸움이 일어나서 몇 명이 죽는 걸로 끝나는, 어느 영화에선가 한번쯤 보았음직한 그런 장면들……. 그러다 보니 우린 '도박'이란 단어 자체에서 이미 불온하다는 느낌을 받게 되는 거지. 자, 그런 의미에서 이제 색다른 제안을 하나 하지. 단어가 주는 선입견을 배제하고 편견 없이 공정한 판단을 하기 위해, 이미 가치 중립적이지 않은 '도박'이란 단어를 잠깐 동안만 '된장'으로 바꾸기로 하자. 그리고 이런 상상을 해보자.

아는 사람들 몇 명이 모여서 꽤 큰 돈이 오가는 '된장'을 하며 놀고 있었는데, 갑자기 경찰이 들이닥쳐 왜 된장을 하냐며 사람들을 몽땅 체포했다. 그중 한 사람이 우린 돈이 많은 부자들이라 된장을 하다 좀 잃어도 괜찮다고 했더니 경찰이 어쨌든 된장은 나쁜 짓이라며 다 잡아가 버렸다.

이렇게 보면 도박에 대한 규제는 국가가 시민 생활의 사적인 영역에까지 간섭하는 월권 행위라는 생각이 들지 않니?

약간은요. 그래도 여전히 도박은 나쁜 짓이에욧!

그래, 나도 좋은 짓은 아니라고 생각한다. ^^ 실제로 나는 도박을 전혀 하지 않아. 하지만 여전히 의문은 남는다. 도박이 나쁜 짓이라면, 또 도박의 해악이 사회적인 것이라서 법에 의한 처벌을 받아야 한다면, 도박의 모든 해악을 똑같이 가지고 있는(어쩌면 훨씬 클 수도 있는) 강원도 정선 카지노는 어떻게 설명해야 하나? 국가가 영업을 허락해 준 건데?

도박을 못하게 하니까 몰래 숨어서 하다 보니 그 부작용이 더욱 심해져서 차라

리 제한된 범위에서 양성화하자, 그러면 어느 정도의 통제가 가능하니까 그 폐해, 부작용을 어느 정도 줄일 수 있지 않을까, 또 카지노가 지역 경제를 활성화하는 계기가 될 수도 있고 외화벌이도 될 수 있다는 취지였겠죠, 뭐.

그러니까 기본적으로는 금지를 하되 부분적으로 양성화함으로써 부작용을 최소화하자는 취지이니 정부의 행위가 논리적 모순인 것은 아니다? 괜찮은 방어인걸? ^^ 그런데 그 결과는 어땠지? 그 중에 어떤 목적 하나라도 달성했나?

돈을 다 털리고 카지노 근처에서 숙식을 해결하다 푼돈이라도 생기면 또 카지노를 찾는 수많은 '카지노 노숙자'들을 양산해냈지. 또 이용객들이 대부분 우리 나라 사람들이라 외화벌이는 신통찮고, 카지노 주변에서 서비스업을 하는 사람들(원래 돈이 좀 있는 사람들)을 제외한 탄광촌 거주 대다수 서민들에겐 카지노로 인한 파급 효과나 고용 창출 효과가 거의 미치지 않는다고 한다. 카지노 배만 불려준 꼴이라는 거지.

지금 선생님의 반박은 저를 이기려고 안간힘을 쓰는 것일 뿐, 논점과는 별로 상관없는 얘기 같은데요.

엉? 지금 무슨 소릴 하고 있는 거냐? 너 혹시 청출어람이니 뭐니 하는 반인륜적인 속담에 현혹된 거 아니냐? 옛말에 스승님 그림자도 밟지 않는다고 했느니라!

우리는 방금 전까지 도박에 대한 규제가 타당한가 아닌가에 관해서 얘기하고 있었어요. 그러면서 선생님이 도박을 금지하고 적발해서 처벌해야 할 정부가 오히려 도박을 허용하는 건, 즉 정선 카지노 설립을 허용한 건 논리적 모순이 아니냐고 하셨구요. 저는 논리적 모순이 아니라고 얘기를 다 했어요. 그럼 그 주제에 관한 논의는 거기서 끝났어야 했지요. 그런데 선생님은 거기서 더 나아가서 '그래서, 그 결과가 좋았냐.'라는 전혀 새로운 주제에 대한 토론을 제안하신 셈이에요. 저는 그 새로운 주제에 대해서는 토론할 생각이 없습니다. 저도 결과가 좋지 않았다는 데에 동의하니 토론이 이루어질 수도 없겠죠. 설마 어떤 행위에 논리적 모순이 없다면 그 실제 결과까지 반드시 좋아야 한다고 우기시는 건 아니겠죠?

음, 어떻게 그걸 알아냈지? 아무리 우연이라도 대단한데.

전 필연이라고 봐요. 우연히 이렇게 연속해서 대답을 잘할 수는 없는 거죠. 만약에 가위 바위 보를 오십 판 연속 이긴 사람이 있다면 그건 '우연히' 발생한 사건은 아니라고 봐야죠. 그 사람은 원래 가위 바위 보를 잘하는 특별한 능력이 있다고 봐야 하지 않을까요? 그 정도라면 우연이 아닌 필연인 거죠. 제가 최근 연속해서 대답을 잘하는 것도 실력이 좋아져서 대답을 잘할 수밖에 없는 거라고 봐야 하는 것 아닐까요?

그건 성급한 일반화가 아닐까? 네가 연속으로 대답을 잘한 건 대여섯 번밖에 안 되는 것 같은데, 가위 바위 보를 연속으로 대여섯 번 이겼다고 해서 그 사람은 원래 가위 바위 보를 잘하는 능력이 있다고 단정하는 건 성급한 일반화의 오류지.

글쎄요, 면접에 대한 대답을 잘하는 것과 가위 바위 보에서 이기는 걸 동등하게 취급하면 안 될 것 같은데요? 특별한 능력이 없는 사람이 순전히 우연으로 가위 바위 보에서 이길 확률은 1/2이에요. 즉 다섯 판 연속으로 이길 확률은 1/32이구요. 그러나 특별히 능력이 없는 학생(아무 준비도 하지 않아서 면접에 관한 실력이 없는 학생)이 우연히 대답을 잘할 확률은 1/2이 아니라 그보다 훨씬 적은 확률이에요. 한 1/100 정도? 만약 실력이 없는데도 대답을 잘할 확률이 1/2이나 된다면 누가 면접 준비를 하겠어요? 그러니까 다섯 문제 연속으로 대답을 잘할 확률은 1/10000000000이에요. 따라서 저는 원래 대답을 잘하는 능력이 있는 걸로 보아 주는 편이 합리적인 거지요. 어떤 사람이 미래에 벌어질 일을 연속해서 맞춘다면 우연의 연속으로 보아야 할까요, 아니면 그 사람에게 미래를 예측하는 특별한 능력이 있는 걸로 보아야 할까요? 그 사람은 사실 점쟁이였다! 이렇게 보는 게 더 타당하겠지요.

네 논리대로라면 복권에 당첨되는 것도 아주 작은 확률인데, 그럼 그 사람이 필연으로 복권에 당첨된 것인가?

(이런 잘 나갔는데 −_−;;) 그건 필연이에요. 그래서 그런 사람들은 대개 어떤 꿈을 꾼다고 하잖아요. 운명에 예정되어 있었던 거지요(내가 생각해도 이상한 대답인데).

그럼 길을 가다가 공중에서 난데없이 냉장고가 떨어져서 거기에 깔려 죽은 사람이 있다면 그것도 필연이겠네? 결국 네 얘기는 운명론으로 귀결되는군. 그럼 면접 준비를 할 필요도 없을 텐데? 공부를 하건 안 하건 어차피 운명대로 될 테니까. 네가 이렇게 나를 만나 즐겁게 공부하게 된 것도 운명이고. 그렇지? ㅋㅋㅋ

그건 정말 악연인 것 같아요(악독한 선생님 같으니라구 − −;;). 우만구만

Part VI

여기까지도 알고 면접장에
들어가면 80점은 맞는다!

반문과 반례를 통해 논리적으로 원인을 찾아라

원인 분석형 문제에서 '대충 찾은' 원인은 교수님들 반박의 집중 포화를 얻어맞게 마련이다. 그 결과 많은 시간을 들여 노력한 보람도 없이 중간에 제지당하게 된다.

"됐어, 그맨"

1분 30초 동안 원인을 찾고, 1분 30초 동안 반례를 통해 원인을 보강하고, 1분 동안 지금까지의 생각을 정리하고, 나머지 1분 동안 관련 질문이나 추가 질문을 예상한다.

이것이 이상적인 접근 방식이고, 이 장에서 공부할 내용이다.

01 원인 분석형 문제의 해법

🗔 원인 분석형 문제에서 가장 흔히 저지르는 오류

이 유형의 문제에 대해 답할 때 학생들이 가장 많이 범하는 오류는, 원인을 찾으려고 심사숙고하기보다는 순간적으로 떠오르는 아이디어를 일단 원인으로 간주해 놓고, 그 생각을 원인으로 합리화하려고 한다는 점이다. 그러니 객관성을 잃게 되고, 교수님 귀에는 그 대답이 단지 공허한 '시나리오'로밖엔 들리지 않는 거지. 예를 들어 보자.

> 요즘 우리 나라 사람들은 서양 사람들에 비해 이웃간에 인사를 잘 하지 않는다고 한다. 그 원인은 무엇일까?

글쎄요. 우리 나라가 급속도로 경제 성장을 하면서 사람들이 물질적 가치만을 중요시하게 된 데다, 서구 개인주의의 유입으로 이웃끼리 어울려 지내는 고유의 미풍양속을 잃게 된 것이 원인 아닐까요?

음, 너무나도 완벽한 오류의 전형이구나. 물질적 가치만을 중요시해서 인사를 안 한다? 물질적 가치만을 중요시하면서도 단순한 습관 때문에 혹은 자신에 대한 이웃들의 평판을 고려해서 인사를 하는 사람들도 많지 않나? 우리보다 인사를 잘하는 서양 사람들은 그럼 평균적으로 우리보다 정신적 가치를 중요하게 여기는 사람들인가? 또 이웃간에 인사를 주고받는 행위가 엄청나게 심오한 정신적 가치라도 담고 있단 말인가? 인사를 잘하지 않는 원인을 서구에서 유입된 개인주의에서 찾는 것은 완전한 모순이다. 그렇다면 개인주의의 원조격인 서양 사람들은 우리보다 훨씬 인사를 안 해야 하는데, 지금 우리는 서양 사람들보다 인사를 잘 안 한다는 전제하에 얘기를 하고 있는 것 아닌가? 내 반론에 대해 반박해 봐라.

…….

그럼 내 반론을 받아들이고 네 원인 분석에 문제가 있다는 걸 인정한다는 거지?

네.

자, 너의 원인 분석이 잘못된 이유를 찾아보자. 조금 전으로 돌아가서 '우리 나라 사람들이 인사를 잘 안 하는 이유' 라는 문제를 접했을 때 네 머리 속에서 떠오르던 생각들을 한번 정리해 보자꾸나. 가장 먼저 어떤 생각이 들었니?

이 단어가 제일 먼저 떠올랐어요. 물질 만능주의.

그 다음엔?

개인주의요.

그 다음엔 무슨 생각을 했지?

그 다음엔 우리 나라 사람들이 물질 만능주의에 빠지게 된 원인을 찾아 보려고 했어요. 아무래도 급속한 경제 발전을 하다 보니 그렇게 된 게 아닌가 싶어서……

그러니까 결국, 퍼뜩 떠오른 단어(물질 만능주의, 개인주의)를 원인이라고 스스로 인정해 버리고, 그 다음엔 거기에 맞게 적당히 얘기를 짜 맞췄다는 거 아니니? 그렇지?

(인정하긴 싫지만) 그런 것 같아요.

네가 지금 보여준 생각의 과정이, 바로 원인 분석 문제를 풀 때 흔히 범하는 오류의 전형이란다. 그럼, 그런 오류를 범하지 않으려면 어떻게 해야 할까? 방금 전 경험을 바탕으로 이야기해 보자.

우선, 원인 분석을 할 때 스스로의 생각에 대해 좀 엄격해져야 할 것 같아요. 얼핏 떠오른 생각에 끼워 맞춰 대답을 하다 보니 모순이 많을 수밖에 없고, 그러니까 또 엄청난 반박을 당하게 되고요. 하지만 방금 전 같은 반박이나 추가 질문에 대해서는 어떻게 대처해야 할지 자신이 없어요. T.T

우선 네가 찾은 원인은 그 현상을 모순 없이 설명해 줄 수 있어야 하고, 여러 원인 중에서 가장 대표적인 것이어야 한다. 어떤 현상에는 여러 가지 원인이 개입되어 있게 마련인데, 그 중에서 보다 직접적이고 일차적인 원인을 찾아 대답해야 한단다. 종종 간접적이고 부차적인 원인을 찾아놓고는, 다른 애들과 차별화되는, 엄청 창의적인 답변일 거라고 혼자 좋아하는 애들이 있기는 하지. – –;; 그런데 그런 부차적인 원인은 현상과의 필연적 인과 관계가 약한 편이라 교수님들의 의문을 자아내거나 정복욕을 자극하는 경우가 많다.

정복욕을 자극한다는 말은 뭐죠?

혹독한 반박을 하거나 추가 질문을 마구 던지고 싶은 교수님들의 욕구를 자극한다는 뜻이지, 뭐.

아, 창의성을 잘못 발휘하면 불행한 일이 생길 수도 있군요. 그럼, 대표적인 원인을 잘 찾아내려면 어떻게 해야 하나요?

글쎄, 거기에 대해서는 명확한 해답이 없다, 불행하게도. 하지만 근사치의 절차가 있긴 하지. 우선 가장 단순한 데서 출발하는 거야. 많은 애들이 뭔가 좀 거창하고 추상적인 차원에서 원인을 찾아내려다 보니 우리 나라의 단기간 고도 성장이 모든 사회 문제에 대한 책임을 뒤집어쓰는 거다.

엥, 그게 무슨 말이죠?

인사 잘하는 원인이 뭐냐고 물으면 학생들은, 우리 나라가 급속도의 경제 발전을 이루어서 어쩌구저쩌구, 우리 나라 사람들이 준법 정신이 낮은 이유도 단기간의 경제 발전, 공무원의 부정 부패가 많은 이유도 단기간의 고도 성장, 세대간 의사 소통이 잘 안 되는 이유도 단기간의 급속한 경제 발전이 원인이라며 우리 나라 웬만한 문제점들은 단기간의 고도 성장에 기인한 거라고 대답하곤 한다. 아니, 단기간 고도 성장이 그렇게 많은 사회악의 근원이라면 차라리 경제 발전이 안 되었다면 훨씬 좋았겠네?

ㅋㅋㅋ 그렇긴 해요. 다른 애들도 그렇고 저도 그렇고, 뭔가 좀 범위가 크고 추상적인 차원에서만 원인을 찾으려는 경향이 있는 것 같아요. 교수님 앞에서 얘기하는 거라서 왠지 거창한 주제로만 접근해야 될 것 같다는 강박관념 때문에 그런가 봐요.

자, 그럼 다시 인사 안 하는 문제로 돌아가자. 이제부터는 원인 찾는 절차를 함께 생각해 보자. 다음과 같은 상황을 가정해 보는 거다. 네가 수학 과외를 받았는데 모의고사 점수가 안 오른다. 그럼 너는 그 직접적인 원인이 뭐라고 생각하겠니?

과외 선생님이 잘못 가르친 때문이겠죠, 뭐.

동의하긴 싫지만 그렇게 생각하는 게 가장 일반적이지. 내가 가르쳤다면 물론 그런 일이 없겠지만.

(또 잘난 척한다. 그냥 무시하자 --;;) 그런데 그게 어쨌다는 거죠?

원인을 찾을 때 우리는 은연중에 두 가지 상황을 비교하게 된다는 거지. 그 선생님한테 과외를 받고 점수가 안 오르는 상황과 선생님을 바꿔서 다른 선생님한테 과외를 받았더니 점수가 오르는 상황. 그렇다면 인사 문제에 있어서 비교해야 할 두 가지 상황은 뭘까?

인사를 잘하는 사람들의 동네와 잘하지 않는 사람들의 동네겠죠.

맞아. 그럼 네 경험을 바탕으로 대조되는 두 동네를 생각해낼 수 있겠니?

직접 경험은 아니지만, 알 것 같기는 해요. 도시 사람들은 아무래도 인사를 잘 하지 않지만 시골 사람들은 잘하잖아요.

그렇지. 그럼 두 상황의 차이점이 뭐겠니? 그게 바로 원인이 될 수 있는 거지. 과외를 받았는데 점수가 안 오르는 경우와 오르는 경우의 차이, 바로 과외 선생님의 차이가 원인이었지? 그것과 마찬가지다.

경제력의 차이가 아닐까요? 아무래도 도시 사람들이 시골 사람들보다 더 잘살 잖아요.

너 경제 엄청 좋아하는구나. -_-; 이 녀석아, 도시 사람들은 다 잘살고 시 골 사람들은 다 못사니? 그렇게 일반화할 수도 없을 뿐더러, 네 말이 맞다 고 해도 여전히 모순이 남는다. 그럼 잘살수록 인사를 안 한다는 얘긴데, 우리보다 잘사는 서양 사람들이 우리보다 인사를 잘한다며?

앗! 그렇다. 그럼 혹시 활동 범위의 차이가 아닐까요? 도시 사람들은 아침에 차를 타고 다른 데로 이동해서 일을 하다가 저녁 때가 되어야 자기 동네로 돌아오잖아요. 시골 사람들은 대개 집 근처가 일터라서 멀리 출퇴근할 필요가 없으니까 그 동네에 거의 머물러 있구요.

그래서 어쨌다는 거지?

아! 맞다. 시골 사람들은 생활 공간이 같아서 이웃끼리 친해요. 도시 사람들은 보통 안 친하죠.

그럼 간단하게 정리해 볼까? 친하면 인사를 잘하고 안 친하면 잘 안한다.

네, 아주 단순하네요. ^^

지금까지 네가 한 생각을 원래 문제에 적용해 보자. 원래 문제는 서양 사람들과 우리 나라 사람들의 차이였지?

그럼 서양 사람들이 우리 나라 사람들보다 이웃끼리 더 친하다는 얘긴데, 왜 더 친할까요?

상상을 해보자. 네가 평소에 다큐멘터리 프로그램이나 영화 등을 통해 간접 경험을 쌓았다면 그 두 상황을 머리 속으로 비교해 볼 수 있을 거야. 그리고 변인 통제를 위해서는 대등한 두 상황을 비교해야겠지. 우리 나라 도시 주민들과 서양의 농촌 주민들, 이런 식으로 비교하면 안 되고 비슷한 규모의 도시, 주택 지역에 거주하는 우리 나라 사람들과 서양 사람들을 비교해 보자. 왜 서양 사람들이 우리보다 이웃끼리 더 친하게 지낼까?

제가 TV나 영화는 많이 봐서 그런 쪽은 좀 자신있어요. 서양 사람들은 이웃끼리 공유하는 부분이 많은 것 같아요. 지역 단위의 축제라든가 자원 봉사, 각종 문화 활동 같은 것들이 활발하고 여가, 취미 생활도 이웃끼리 어울려 즐기는 것 같다는 느낌이 들어요.

그렇게 여러 일상적인 경험을 함께 하다 보니 이웃끼리 친해졌다는 뜻이지? 그럼 우리 나라 사람들은 왜 그렇게 하지 못할까?

우리 나라 사람들은 그런 여유가 좀 부족한 것 같아요. 못사는 사람은 빨리 돈을 벌기 위해, 잘사는 사람들은 돈을 더 많이 벌기 위해 직업적인 일(돈버는 일)에만 매달리다 보니 생계와 직접적인 관련이 없는 활동을 즐길 마음의 여유가 없는 것 아닐까요?

괜찮군. 그럼 지금까지의 생각을 정리해 보자. 서양 사람들은 우리 나라 사람들에 비해 생활의 여유가 있어서 생계와 무관한 취미 생활이나 문화 활동을 즐기는 편이고, 그런 활동을 지역 단위로 이웃과 함께 하다 보니 친하게 지내게 되고, 그러니 인사를 잘할 수밖에 없다! 이렇게 정리하면 되겠지?

네, 그렇다면 궁극적인 원인은 '생활의 여유'군요.

추가 질문을 하나 하지. 그 생활의 여유에 차이가 생기는 원인은 또 무엇이 있을까?

(또 경제력의 차이라 그러면 엄청 화내겠지. --;;) 삶의 질의 차이겠죠. 물론 다 그런 건 아니겠지만, 서양 여러 나라들은 이제 어느 정도 안정화 단계에 접어들었고 복지 수준도 높은 편이죠. 그래서 사람들이 죽기살기로 돈을 벌거나, 엄청난 출세에 집착하지 않고 그저 삶을 즐기는 편인 것 같아요. 반면에 우리 나라는 한창 뻗어나가고 있는, 이제껏 이룬 것보다 앞으로 이룰 것이 더 많은 개발도상국이라 삶을 즐길 여유가 없는 거지요. 마치 한창 일에 쫓기는 2, 30대와 중년의 여유가 배어 나오는 50대의 차이와 같은 거지요.

괜찮네. 물론 내가 다 가르쳐 주고 넌 정리만 한 거지만.

Point

1. 대충 떠오른 아이디어를 쉽게 원인으로 인정하지 마라. 옳은 것으로 인정하는 데 인색해져야 한다.

2. 큰 범위의, 추상적인 차원에서만 어떤 현상의 원인을 찾으려는 강박관념이 원인 찾기를 힘들게 만드는 주범이다. 해답은 의외로 단순할 수 있다.

3. 두 가지 상황을 비교, 대조해서 원인의 실마리를 찾아야 한다.

02 원인 분석 문제에서 자주 나오는
교수님들의 반론 유형

🗂 **교수님들은 부정 명제를 이용해서 반론을 던진다!**

👦💬　 이제부터는 원인 분석형 문제에서 교수님들의 반론이나 추가 질문을 예상하는 훈련을 해보자. 방금 전 인사 문제에서 네가 했던 대답과 내가 한 질문을 바탕으로 생각해 보는 거다.

처음에 너는 우리 나라 사람들이 인사를 안 하는 원인으로 '물질적 가치 중시'와 '서구에서 유입된 개인주의의 영향', 이 두 가지를 제시했다. 그 중 첫 번째 원인에 대해 나는 물질적 가치만을 중요시하면서도 습관으로 인해 혹은 대외적 평판을 고려해서 의도적으로 인사를 잘하는 사람들도 있지 않느냐고 추가 질문을 던졌다. 이 추가 질문은 생각나는 대로 그냥 던진 것이 아니라 일정한 규칙에 따른 것이란다.

👦💬　 거기에도 무슨 규칙이 있나요?

물론 있지. 그리고 그 규칙이란 건 너도 이미 알고 있는 거란다.

엥, 제가 알고 있다고요? 그런 얘기는 전혀 들어본 적이 없는데 제가 어떻게 알 겠어요.

너 수학 시간에 '조건문'이라는 거 배웠지? 또 국어 시간에 '전제'와 '결론'이라는 얘기도 숱하게 들어 봤지?

네. 그런데요?

그러면 너의 원인 분석을 조건문의 형태로, 즉 전제와 결론으로 나눠서 말할 수 있겠지? 지금까지 많이 해본건데.

'사람들이 정신적 가치를 경시하면 인사를 잘 안한다.' 이렇게요?

맞다. 그럼 이제 그 명제의 부정을 생각해 보자. '역', '이', '대우'에 대해서 배웠을 거야. 그럼 그 명제의 '이'가 뭘까? '이'란 '부정'과 같은 뜻이잖아.

'사람들이 정신적 가치를 중시하면 인사를 잘한다.'

이런 못난 녀석! '봄이 오면 꽃이 핀다.'의 부정이 '봄이 안 오면 꽃이 안 핀다.'라는 것과 똑같구나. 쯧쯧.

아, 맞다! 부정은 '봄이 오고 꽃이 안 핀다'인데……. 그렇다면 '사람들이 정신적 가치를 경시하고 인사를 잘한다.'이건가요?

그래. 그 명제의 논리적 구조를 건드리지 않는 범위 내에서 의미를 좀더 분명히 하기 위해 딱 한 글자만 첨가해도 괜찮은데 그게 뭘까?

저, 혹시…… '꽤'가 아닐까요? 인사를 꽤 잘한다 아니면 인사를 '썩' 잘한다?

(이 놈 진지한 표정으로 봐선 웃길려고 이러는 것 같지는 않은데…… --;;)

속 터져서 그냥 내가 가르쳐 준다! '도'다, '도'! '정신적 가치를 경시하고도 인사를 잘한다.'

아, 그렇군요. ^^;;

아까 내가 한 반론은 '정신적 가치를 경시하면서도 인사를 잘하는 경우도 있지 않은가.'였다. 네 원인 분석의 부정, 즉 '이' 명제와 거의 똑같지?

아하! 정말 그렇네요.

너의 답변을 명제의 형태로 정리하고, 그 명제의 부정을 만들어 봐라. 그게 바로 원인 분석형 문제에 대한 반론의 유형이다. 또 그걸 교수님이 하면 '반론'이 되지만 교수님께 대답하기 전에 너 혼자 미리 머리 속으로 해보면 '답변 검토'가 되는 거란다. 그것에 대해서 너 자신이 '예'라고 인정할 수밖에 없다면, 너의 원인 분석에 오류가 있다는 뜻이고, 그렇다면 너의 원인 분석을 수정해야겠지.

아하, 그럼 자기 생각을 교수님께 말씀드리기 전에 그것에 대한 부정 명제를 만들어 보는 작업을 꼭 미리 해봐야겠네요.

물론 그렇지. 이제 아주 단순한 예를 하나 더 들어 보자. 어떤 멍청한 애가 시험을 망쳤는데, 그 원인을 전날 먹은 미역국이라고 생각했다. 이 상황에 대해서 네가 알아서 해봐라. 방금 배운 대로.

네, 우선 조건 명제의 형태로 진술하면 '전날 미역국을 먹으면 시험을 망친다.'이고, 그 부정은 '전날 미역국을 먹고도 시험을 안 망친다.'입니다. 반론은 '전날 미역국을 먹고도 시험을 안 망치는 경우도 많지 않은가.'이니까, '그렇다.'고 대답할 수밖에 없군요. 그러니까 이 원인 분석은 틀린 거네요.

그렇지, 그렇게 하면 된다. 이제 내가 질문을 하나 하지. 우리가 지금까지 죽어라고 공부한 '반례'가 바로 여기서의 '부정 명제'와 비슷한 것이라는 사실! 그거 짐작하고 있었겠지?

아니오. 전혀 짐작 못하고 있었는데요. 왜 그런 거죠?

반례가 뭐냐? 'p이면 q이다.'의 조건문에서 전제(p)는 만족시키면서도 결론(q)은 만족시키지 않는 사례가 바로 반례였지? 따라서 '전날 미역국을 먹고도 시험을 안 망친다.' 가 부정 명제라면 '전날 미역국을 먹고도 시험을 망치지 않는 사례' 가 있다면 그게 바로 반례가 되는 거지.

그러고 보니 부정 명제는 일반적 문장이고 반례는 거기에 해당하는 구체적 사례이고…… . 그 둘 사이엔 그 정도의 차이밖에는 없는 거네요?

그렇지, 바로 그거다. '부정 명제' 와 '반례' 의 차이란 다름 아닌 '일반화' 와 '구체화' 의 차이 정도에 불과한 거지.

☐ 교수님들은 '대우' 명제로도 반론을 던진다!

너의 원인 분석에 대한 두 번째 반론이 뭐였지?

기억 안 나는데요. --;;

'정신적 가치를 경시하기 때문에 우리가 인사를 잘 안 한다면 인사를 더 잘하는 서양 사람들은 우리보다 정신적 가치를 중시한다는 말인가.' 이거였다. 이 질문도 어떤 규칙을 따른 것이었고, 그 규칙 역시 이미 네가 잘 알고 있는 것이다. 뭘까?

모르겠어요.

잔머리를 좀 굴려라. 그 유명한 '역', '이', '대우' 셋 중에 방금 '이'를 써먹었으면 남은 건 '역'이랑 '대우'이고, 그럼 이번엔 그 둘 중에 하나 아니겠어!!!

자, 잠깐만요. 아! 대우예요, 대우!

왜, 대우지?

이것도 비슷한 식으로 하는 거겠죠? 제가 원인 분석한 문장을 전제와 결론이 명확히 드러나는 조건 명제로 재구성하면, '정신적 가치를 경시하면 인사를 잘 안 한다.' 예요. 이것의 대우 명제는 전제와 결론의 순서를 바꾸고 각각을 부정하는 거니까 '인사를 잘한다면, 그들은 정신적 가치를 중시하는 사람들이다.' 이렇게 되지요. 그러고 보니까 아까 선생님의 추가 질문이 이 대우 명제랑 똑같네요!

그래, 똑같다.

그런데 이상한 게 있어요. 원래 명제와 대우는 논리적으로 동치잖아요. 그 둘이 결국 똑같은 얘기라면, 원래 대답을 대우로 슬쩍 바꿔서 되묻는 건 그저 아무 의미가 없는 동어 반복 아닌가요? 예를 들면 '우만이가 잘생겨서 인기가 많다면, 우만이가 잘생겨서 인기가 많다는 뜻인가?' 처럼 아무 의미 없는 사오정식 질문이 되는 게 아니냐는 거지요.

(이 녀석 제법 예리한걸. 은근히 잘난 척하는 것도 금방 따라하고) 음, 아주 좋은 질문이다. 명제와 그 대우는 물론 논리적으로 완전히 같다. 그러나 너의 원인 분석에 오류가 있을 경우에, 원래 명제에서는 잘 안 보이던 허점이 대우로 바꾸고 나면 확연히 드러나는 경우가 종종 있단다. 너의 경우가 바로 그랬을 것 같은데?

'정신적 가치를 경시하면 인사를 잘 안 한다.' 라는 원래 명제는 옳다고 생각했지만, 그것의 대우인 '인사를 잘한다면 그들은 정신적 가치를 중시하는 사람들이다.' 는 주장은 쉽게 받아들이기 힘들지? 이처럼 네가 한 원인 분석의 대우에 대해 너 스스로가 동의하기 힘들다면, 최초의 분석에 오류가 있지 않은가 의심해 봐야 하는 거다. 그렇기 때문에, 이 방법 역시 네가 교수님 앞에서 말하기 전에 머리 속으로 해보면 '답변 검토' 가 되는 거고,

교수님이 하시면 '반박' 이 되는 거란다.

🗆 반론을 사전에 원천 봉쇄하면?

🧑💬　　질문이 있어요. 만약 제가 지금까지 배운 방법을 동원하여 답변 검토를 해서 완벽한 대답을 한다면요, 그러니까 예상되는 교수님의 반론을 사전에 원천 봉쇄해 버리면 더 이상의 추가 질문이 없을 테니까 예정된 시간보다 면접이 일찍 끝나겠네요? 물론 저는 만점을 받을 테고.

🧑💬　　그건 그렇지가 않단다. 우선, 교수님의 반론이나 추가 질문을 원천 봉쇄하기란 거의 불가능한 일이고, 설령 네가 진짜 완벽한 답변을 해서 그 답변에 관한 한 더 이상 공박할 여지가 없다면 교수님들은 아마 최초 문제와 관련된 또 다른 질문을 제기하실 거다. 그 질문은 사전에 계획된 것일 수도 있지만, 너의 대답 중에 나왔던 어떤 단어나 개념을 토대로 해서 즉석에서 생각해내신 것일 수도 있다.

어, 그럼 원래 문제에 대답을 잘해서 제2, 제3 질문까지 받았는데, 거기서 버벅대면 어떡하죠? 교수님들의 추가 질문에 대답하느라 진땀 빼다, 시간이 다 되어 그냥 끝난 애들보다도 더 나쁜 점수를 받는 거 아닐까요? 괜히 잘해서 더 손해 보는 거 아닌가?

그렇지 않다. 최초 문제에 대한 답변을 잘해서 시간이 남아 제2, 제3의 질문까지 받는다면 일단 평균 이상의 점수를 받는 거란다. 그 제2, 제3의 질문에 대해서도 대답을 잘하면 만점을 받는 거고. 제2, 제3 질문 과정까지 오지 못한 채 끝난 애들은 물론 더 낮은 점수를 받겠지.

아하, 그렇구나. 난 또 괜히 고민했네. 원래 질문에서 일부러 좀 틀리게 대답을 해야 하나 하고.

(잔머리 하나는 겁나게 굴리네) 그런 걸 바로 기우라고 하지.

왜요?

일부러 틀리게 대답하지 않아도 지금 네 실력으로는 좀 틀릴 수밖에 없을 테니까.

흥, 실제 면접 당일에는 안 그럴걸요?

 Point

1. 원인 분석형 문제에서, 교수님들이 학생의 답변에 대해 반론을 던지는 데도 일정한 패턴이 있다.

2. 수학 수업을 통해 익히 잘 알고 있는 '부정 명제'와 '대우 명제'가 바로 그것이다.

3. '사람들이 정신적 가치를 경시하면 인사를 잘 안 한다.'는 학생의 주장을 부정 명제와 대우 명제로 바꿔 보면 다음과 같다.
부정 : 사람들이 정신적 가치를 경시하고도 인사를 잘한다.
대우 : 인사를 잘한다면 정신적 가치를 중시하는 사람이다.

4. 이 각각을 의문문으로 만들어 주면 교수님의 반론이 된다. 이렇게!
• 정신적 가치를 경시하면서도 인사를 잘하는 사람들도 많지 않나?
• 인사를 잘하면 그는 정신적 가치를 중시하는 사람인가?

03 원인 찾는 법

☐ 두 가지 사례를 비교, 대조해서 원인을 찾아라!

이번 시간에는 현상(결과)의 원인을 찾는 일반적 방법을 공부해보자. 한 가지 사적인 질문을 하겠다. 솔직하게 대답해라. 알았지?

네, 뭔데요?

너 여자친구 있니?

헤~ 그거 아주 미묘한 질문인데요. 저는 여자친구라고 생각하지 않는데, 그쪽에선 저를 남자친구로 생각하는 애들이 몇 명 제 주변을 맴돌고 있는 실정이죠, 뭐.

(그 반대라는 거 뻔히 알지만, 짐짓) 이런 부도덕하고, 반인륜적이며, 비신사적이고, 몰염치한 놈! 간단히 말하면 양다리, 아니 문어 다리를 걸치고 있다는 거 아니야!

아, 이거 참, 남의 프라이버시를 가지고 왜 이러실까? 아실 만한 분이⋯⋯.

그래, 그럼 그렇다 치고, 그 중에 네가 진짜로 좋아하는 애들도 있니?

몇 명 있지요.

왜 좋아하는데?

예뻐서요.

-_-;; 그럼 네가 좋아하는 애들과 좋아하지 않는 애들을 나누고 그 이유를 정리해서 말해 보자.

네, 그럼 그 중에서 세 명만 추려서 정리해 볼게요.

	원　　인	결　　과
O양	예쁘게 생겼음, 공부도 잘함	우만이가 좋아함
S양	그냥 착하게 생겼음, 공부는 잘함	우만이가 안 좋아함
H양	예쁘게 생겼음, 공부는 못함	우만이가 좋아함

음…… 이 내용의 윤리성(?)은 일단 접어두고 분석을 해보자.

첫째, O양과 S양의 경우 둘다 공부를 잘하는데도 O양은 좋아하고 S양은 좋아하지 않는 다른 결과가 나타났다. 그렇다면 '공부'는 네가 누군가를 좋아하는 데 영향을 미치는 원인이 아닌 걸로 판명됐다. 그렇지?

다음, O양은 예쁘게 생겼고 S양은 그렇지 않으므로 이 '외모'의 차이가 서로 다른 결과를 야기한 '원인'일 확률이 매우 높다. 정리하면 다음과 같이 되겠지.

결과가 다른 두 경우에 대해 서로 다른 요소는 원인일 확률이 높고, 공통으로 존재하는 요소는 원인이 아닐 확률이 높다.

둘째, O양과 H양의 경우 O양은 공부를 잘하고 H양은 그 반대인데도 둘 다 네가 좋아하는 결과로 나타났다면, 공부라는 요소는 원인이 아닐 확률이 높다.

다음, O양과 H양이 둘 다 예쁘고, 둘 다 네가 좋아하는 결과로 나타났으므로, 외모라는 요소는 원인일 확률이 높은 거지. 정리하면 다음과 같다.

결과가 같은 두 경우에 대해 공통으로 존재하는 요소는 원인일 확률이 높고, 서로 다른 요소는 원인이 아닐 확률이 높다.

이제 S양과 H양 비교가 남았네요. 마저 하세요.

S양과 H양은 비교할 필요가 없다. 이 경우는 결과도 다르고 '외모'와 '성적'의 두 요소도 다 다르잖니. 그래서 외모의 차이가 결과의 차이를 유발하는지, 성적의 차이가 결과의 차이를 유발하는지 확인할 수 없기 때문이다.

무슨 말인지 이해가 잘 안 되는데, 더 쉽게 설명해 주시면 안 되나요?

그렇다면 그 예를 또 들어 보자. 네가 수학 과외를 몇 달 동안 받았는데도 성적이 안 올랐다면 그 원인으로 우선 과외 선생님을 의심하겠지? 그래서 선생님을 다른 분으로 교체했다고 치자. 그러면서 공부의 양까지 늘렸다면, 즉 옛날 선생님이랑은 일주일에 네 시간을 공부했는데 새 선생님과는 일주일에 여섯 시간을 공부한다면, 어떻게 될까? 성적이 올랐다고 하더라도 선생님을 바꿔서 오른 건지, 공부 시간을 늘려서 오른 건지 모르겠지?

아, 그렇네요!

그게 바로 과학 시간에 배우는 '변인 통제'란다. 두 경우를 비교할 때 원인으로 예상되는 것들 중 차이가 나는 요소는 단 하나 존재해야 한다는 것이지. 나머지 요소들은 다 같아야 하고. '변인 통제'에서 '통제'라는 표현은, 과학 실험을 설계할 때 한 요소를 제외한 나머지 요소들은 다 같도록 '인위적으로 만든다'는 뉘앙스를 띠고 있는 거지.

우와~ 선생님은 그야말로 '통합 교과적' 선생님이세요. ^^

(너무 많이 들어서 이제 지긋지긋한 말이지만 짐짓, 겸손한 척) 그 정도 가지고 뭘 그러니. ^^;;

 Point

1. A군과 B양이(둘은 부부다) 똑같이 배탈이 났다. 그 둘은 점심으로 순대를 함께 먹었다. 그렇다면 배탈의 원인은 순대일 확률이 높다.
→ 결과가 같은 두 경우에 선행하여 공통으로 존재하는 요소가 원인일 확률이 높다.

2. A군은 점심으로 순대를 먹고 B양은 입맛이 없는 관계로 순대를 안 먹었는데, B양은 무사했지만 A군은 배탈이 나고 말았다. 그렇다면 배탈의 원인은 순대일 확률이 높다.
→ 결과가 다른 두 경우에 선행하는 서로 다른 요소가 원인일 확률이 높다.

04 자세한 분석을 통해 원인 찾기

🔲 문제 중에 꽤 긴 지문이 나오면 논지 이탈에 유의하라!

최근 들어 한국 영화가 상당한 대중적 인기를 누리고 있다고 한다. 그런데 적지 않은 수의 영화가 조직 폭력의 문제를 다루고 있다. 현실 세계에서는 폭력, 특히 조직 폭력은 법적으로나 도덕적으로나 정당화될 여지가 없다. 그러나 영화 속에서는 폭력이 미화될 뿐 아니라 영화 관람객 사이에서는 폭력 현상이 흠모되기도 한다. 물론 이와 같은 현상은 어디까지나 영화라는 허구 세계를 전제로 한 것이기는 하나, 자칫 현실과 혼동될 우려도 있다. 특히 학교 폭력 문제가 큰 논란의 대상이 되는 현 시점에서 조직 폭력에 대한 환상적 미화는 현실적으로 폭력을 추방하는 작업에 걸림돌이 될 수 있다. 현실적으로는 부정되는 폭력 현상이 영화 등 허구의 세계에 자주 미화되는 원인은 무엇인가?

– 서울대 기출

   대표적인 원인 분석형 문제지. 나름대로 거친 인생을 살아온 너에게 폭력이란 주제는 그리 낯선 게 아닐 테고, 워낙 이슈가 되었던 문제라서 면접을 준비하는 학생이라면 누구나 한번쯤 생각해 봤음직한 주제란다. 그러므로 그렇게 어렵지는 않을 것 같구나. 하지만 쉽다고 느껴지는 문제일수록 오류에 빠지기도 더 쉬운 법이지. 그 점 명심하면서 해보자.

우선은 우리 사회의 조폭 신드롬을 그 원인으로 꼽을 수 있습니다. 조폭 신드롬의 시초는 1990년대 중반 드라마 〈모래시계〉로 볼 수 있죠. 조폭은 물론 그 전부터 있었지만 지상파 방송 드라마의 주인공으로 등장하면서 본격적으로 세인의 관심을 끌기 시작했고, 최근 잇달아 터진 'XX 게이트'와 같은 권력형 비리 사건에 조폭이 깊숙이 연관되어 있다는 의혹이 제기되면서 그에 대한 관심이 최고조에 달하고 있습니다. 최근 극장가에 불고 있는 조폭 영화의 붐도 이런 사회적 분위기와 무관하진 않다고 생각합니다. 그리고…….

야, 야! 지금 무슨 얘기하고 있는 거니?

왜요? 조폭 얘기하고 있잖아요.

문제에서 묻고 있는 게 그게 아니잖아? 네가 지금 한 얘기는 '최근 영화계를 강타한 조폭 영화 신드롬의 원인은?'이란 문제의 대답으로 더 적합한 것 같지 않니? 원래 문제는 '허구의 세계에서 폭력이 미화되는 원인은?' 이거였다!

아, 맞다!

프로이트같이 분석을 좋아하는 사람은 단지 말 실수하는 것도 단순한 실수가 아니라 모종의 원인이 개입된 결과로 보고, 그 실수의 원인 분석을 시도했다. 마찬가지로 네가 한 지금의 실수도 단순한 실수만은 아니다. 이런 종류의 쉬워 보이는 문제가 나오면 넌 아마 비슷한 실수를 되풀이할 것 같은데 그 원인이 뭔지 알아?

또 그 일반화하는 버릇이 도지셨군요. 글쎄요, 저는 단순히 실수를 한 것뿐인데, 너무 확대 해석하시는 게 아닌가요? ^ ^;;

그 원인은, 이 문제가 네게 쉽게 느껴졌기 때문이란다. 네가 이 문제와 비슷한 주제를 예상 문제로 한번쯤 다뤄 봤다는 거지. 그래서 너는 속으로 쾌재를 불렀겠지. 나이스! 안 그러냐?

그래요. -_-

예상 문제 혹은 그 비슷한 거라도 나오면 기쁜 마음에, 문제에서 요구하는 것을 무시한 채 네가 말하고 싶은 것을 말해 버리는 일이 흔히 있지. '네가 말하고 싶은 것'이란 당연히 '네가 잘 알고 있는 것'이고. 네가 예상 문제로 다뤄본 것은, 그 결과 비교적 자신 있다고 생각한 주제는 아마 '조폭 영화의 붐이 일어나는 원인이 뭐냐?' 이런 문제일걸?

네.

그러나 우리가 지금 다룰 문제의 핵심은 '조폭'도 아니고 '영화'도 아니다. '폭력'이지. 그런데 이 문제처럼 다양한 내용을 담고 있는 긴 지문이 나오면 그걸 읽고 여러 방면의 생각을 하다가 정작 문제의 요지와는 동떨어진 대답을 하게 되는 경우가 많단다.

그게 일종의 논지 이탈이라는 거지요? 논술에서는 논지 이탈을 하면 치명적인 감점을 당하거나 거의 빵점이라던데……. 구술 면접에서도 그렇겠네요?

얼마 전에 '면접 문제는 일종의 화두 같은 것이다.'라는 얘기를 하면서 잠깐 언급했었지만, 면접에서의 논지 이탈은 논술에서의 그것만큼 치명적이지는 않다.

어, 그건 왜 그런 거죠?

면접은 수험생과 채점관이 직접 만나서 묻고 대답하는 것이고 논술은 답안을 통해서 간접적으로 만나는 것이라는 차이 때문이지. 즉 면접에선 답변의 방향이 어긋나면 교수님이 지적을 해주실 수도 있고, 학생은 답변을 수정해서 다시 할 수도 있지. 또 학생의 대답이 처음부터 완전히 어긋나지 않고 대답을 하는 과정에서 자기도 모르게 교묘히 논지에서 조금씩 빗나가 버리는 경우엔 교수님도 그냥 말려드는 수가 있단다.

그렇다고 해도 별 문제될 게 없는 것이, 그 과정에서 네 실력을 비롯한 여러 측면이 드러날 수밖에 없고, 교수님은 그것들을 통해 충분히 너를 평가할 수 있기 때문이지.

논술은요?

논술은 딱 한 번이잖아. 게다가 채점관 입장에서 학생을 평가할 잣대는 그 학생의 논술 답안뿐이고. 그리고 요즘 논술 문제는 제시문이 엄청 길어서 논제 파악 자체가 어려운 문제들이 많단다. 따라서 논지 이탈을 하지 않으려면, 즉 논제 파악을 제대로 하려면 일정 수준 이상의 독해력이 있어야 하고, 이 독해 능력 자체가 논술의 주요 평가 요소란다. '논술은 독해력이 반이다!' 라는 말도 있잖아. 그러니까 논지 이탈은 독해력이 떨어진다는 증거가 되고, 큰 감점을 당할 수밖에 없는 거지.

빵점 받는 경우도 있다면서요? 어떤 때 빵점을 받나요?

논지 이탈은 또 이런 혐의를 벗어나기 어렵다. '이 학생이 문제에서 요구하는 논제대로 쓸 자신이 없으니까(그것에 관해서 아는 게 별로 없어서) 논제와 상관없이 그냥 자기가 잘 알고 있다고 생각하는 주제에 대해 쓴 것이구나(그나마 잘 쓰지도 못했지만)!'

이런 관점으로 본다면 논지 이탈은 '시험 거부' 나 마찬가지다. 쓰라는 것을 쓰지 않고 자기 편한 대로 아무거나 쓴 것과 다름없으니까. 극단적으로 단순화시켜 말하면 수학 시험인데, 수학엔 자신 없지만 국어엔 자신 있다는 이유로 제멋대로 국어 답안을 쓴 것과 마찬가지라는 거지.

그런데 이상하군요. 면접에서의 논지 이탈이 논술에서처럼 그렇게 큰 문제가 되지 않는다면 우리가 지금 왜 그 부분에 대해서 얘길 하고 있는 거죠?

면접에서의 논지 이탈이 아무 문제가 되지 않는다고 확신할 순 없기 때문이지. 한 학생은 정확히 논점을 파고들었고, 다른 학생은 논점에서 약간 빗나갔지만 답변 내용만으로 봐선 그 학생과 같은 정도로 대답을 잘한 거라면 어떤 학생이 더 높은 점수를 받겠어?

당연히 앞의 학생이겠죠.

그렇지? 그게 바로 이유다. 게다가 아까 너처럼 엉뚱한 얘기를 하다가 교수님으로부터 제지당하고, 다시 해보라는 주문을 받았다면 어느 정도의 감점을 당할 수도 있는 것이고.

🗇 오류를 스스로 확인하는 법

😊💬   어떤 학생이 이 문제에 대해서 다음과 같이 대답했다면 어떨까?

저는 오늘날 우리 사회가 과거와는 달리 지나치게 폭력화되어 있기 때문이라고 봅니다. 영화는 허구이긴 하지만 현실과 전혀 무관하지 않은, 개연성 있는 허구니까요.

글쎄요, 그런대로 괜찮은 대답 아닌가요?

잘 모르겠다면 이렇게 한번 생각해 보자. 거꾸로 이 대답이 어떤 문제에 대한 답인지, 그 문제를 추리해 보는 거다.

그러고 보니 이런 문제를 겨냥한 것 같은데요? '요즘 폭력 영화가 많이 나오는 이유는?' 또는 '요즘 우리 나라 영화에 폭력적인 장면이 많이 등장하는 이유는?'

잘했구나. 그럼 이제 답변으로부터 역으로 추리한 문제가 원래 문제와 일치하는지 살펴보자. 일치하니?

아니죠. 원래 문제는 폭력이 미화되는 원인이었거든요.

이제 또 다른 답변 사례를 보자.

어느 나라에나 폭력은 존재합니다. 미국에는 '갱'이 있고 일본에는 '야쿠자'가 있습니다. 우리 나라의 조폭과 마찬가지로 그들 역시 마약, 매춘, 인신매매 등 반사회적인 범죄를 주 수입원으로 하고 있다는 점은 같지만, 우리 나라의 조폭은 정치권과 결탁하여 여러 이권에 깊숙이 개입하는 등 '수면 위로' 드러나 있다는 점에서 그들과 차별화됩니다. 그 결과 사회적으로 이들을 용인하는 분위기가 팽배해 있고, 청소년들이나 일부 철없는 어른들은 조폭을 동경하기까지 합니다. 이런 사회적 분위기의 반영으로 다른 나라에서는 이미 쇠퇴한 장르인 갱 영화가 우리 나라에선 이른바 대박 영화로서 영화판을 주도하고 있는 것 같습니다.

이 대답의 문제는 무엇이었을까? 이건 어떤 문제에 대한 대답이지?

'요즘 다른 나라와는 달리 우리 나라 영화계에서만 조폭 영화가 성행하는 이유는?' 이건가요?

그렇지, 바로 그거다! 위 대답은 '왜 우리 나라에만?' 이라는 의문에 초점을 맞추고 있는 것이지. 뿐만 아니라 정작 '폭력의 미화' 에 대해서는 일언반구도 없다.

그러고 보니까 그렇네요.

이런 대답은 또 어떨까?

조폭을 희화화하는 사회적 분위기가 문제입니다. 유머 시리즈 중에는 조폭을 대상으로 하는 유머나 삼행시 등이 아주 많습니다. 물론 이런 것들에는 조폭에 대한 조롱과 멸시의 의도가 깔려 있지만, 그 의도와는 달리 조폭을 대중과 친근하게 만들어주는 결과를 야기했습니다. 조폭은 이제 더 이상 밤의 환락가에서만 볼 수 있는 낯설고 무서운 존재가 아니라, 대낮에 어디에서나 볼 수 있는 깍두기 아저씨들입니다. 이렇게 조폭을 용인하는 분위기가 조폭 영화의 창궐이란 결과로 나타난 것입니다.

이 대답도 비슷하네요. '요즘 우리 나라에서 조폭 영화가 유행하는 이유가 무엇이냐?' 이런 문제에 대한 답일 뿐 역시 '폭력이 미화되는 원인' 에 대한 답변은 아니군요.

'조폭이 친근하게(?) 느껴지는 이유' 에 대한 답으로도 볼 수 있지. ^^;;; 이런 학생들이 문제다.

왜요?

이 답변을 한 학생은 아마도 '창의성 콤플렉스' 에 시달리고 있는 것 같구나. 어떻게든 차별화되는 답변을 하고 싶다는 욕망이 너무 강했던 것이 논지 이탈이란 결과로 나타난 거지. 나름대로는 꽤 창의적인 답변을 했노라고 좋아했을지도 모른다. 게다가 재미있기까지 한 대답이었다고 자부했을 수도 있다. 그러나 창의성은 단순한 유머나 '튀는' 생각에서 나온다기보다 깊이 있는 분석에서 나오는 거다. 따라서 실력은 안 되는데 창의성에만 집착하다 보면 이처럼 논지 이탈로 흐르기 쉽지.

저랑은 상관없는 말이군요.

왜 그런 무모한 생각을 하는 거지?(사실 난 너 들으라고 한 소린데)

저는 원래 창의적인 사람인 데다가, 이제는 어느 정도 실력까지 갖추었으니까요. ^ ^;;

웃는 거 보니까 말하는 네 자신도 쑥스럽긴 한가 보구나.

맞다! 질문 있어요. 선생님은 잘난 척 많이 하시잖아요. 그런데 그 '잘난 척 멘트'를 할 때도 왜 진지한 표정으로 웃지도 않는 거죠? 안 쑥스러우세요?

잘난 척하는 게 아니기 때문이다. '잘남'이 내부에 워낙 충만한 나머지, 겉으로 줄줄 흘러내리는 거지.

(앗, 이거 외웠다가 써먹어야 되는 멘트네!) -_-

쓸데없는 거 궁금해하지 말고, 다른 예 하나 더 보자.

폭력 영화가 관객에게 주는 카타르시스의 효과 때문이라고 생각합니다. 그런 장면들을 보면서 관객들은 대리 만족을 느끼게 됩니다.

이건 뭐 짧긴 하지만 괜찮지 않나요? 여기도 어떤 오류가 있나요?

오류라고까지 할 건 없지만 그래도 좀 부족한 감이 있긴 하지. 실제로 이게 대다수 서울대 수험생들의 평균적인 대답이었다.

그렇다면 제가 이 문제에 대해, 이것보다 대답을 잘하면 저도 서울대 갈 수 있는 건가요? ^^;;

그래, 그건 너 좋도록 생각하고…… 부족한 게 뭘까?

글쎄요, 잘 모르겠는데…….

이 대답에 대응하는 문제를 추리해 보면 '영화에 폭력적인 장면이 자주 나오는 이유는 무엇인가?' 이 정도가 될 거다. 폭력을 '미화'하는 원인으로는 좀 약한 답변이지.

그게 그거 아닌가요?

폭력 장면을 미화하지 않고 그대로 찍어도 카타르시스, 대리 만족을 느끼는 건 마찬가지 아닌가? 나라면 그런 추가 질문을 하겠다. 게다가 원래 문제는 영화에만 국한시키지 않고, (일반적인) '허구의 세계'에서 폭력이 미화되는 원인이 무어냐고 묻고 있다. 따라서 너무 영화로만 한정시켜서 대답할 필요는 없지.

아~ 그런 문제가 있었네요.

이 문제에 대한 학생들의 답안에서 흔히 나타나는 논지 이탈의 오류는 이런 것들이었다. 학생들이 원래 주어진 문제를 다음과 같이 바꿔 놓고는, 임의대로 변형시킨 그 문제에 대해서 대답했다는 거지.

1. 요즘 조폭 영화가 뜨는 이유는?

2. 왜(다른 나라가 아닌 하필) '우리 나라에서만' 조폭 영화 붐이 일고 있나?

3. 왜(다른 때가 아닌 하필) '요즘에' 조폭 영화 붐이 일고 있나?

4. 영화에 폭력이 자주 나오는 이유는?

그렇지만 원래의 문제는 '(영화, 소설 등을 포함한 일반적인) 허구의 세계에서 폭력이 미화되는 원인은 무엇인가?' 였지?

☐ 반문 연습

계속 중복되는 얘기지만, 어쩔 수 없다. 어떤 논증이 건전하지 않음을 밝혀내는 가장 손쉬운 방법은 '반례'를 제시하는 것이다! '반례'에 대해선 익히 잘 알고 있겠지?

네! 전제는 만족시키지만 결론을 만족시키지 않는 사례가 반례지요. '우리 청소년들 사이에서 왕따가 심한 원인은?' 이란 문제에 대해서 네가 '요즘 청소년들은 지나치게 폭력적이라서 왕따가 심하다.' 라고 원인 분석을 했다고 치자. 어때, 동의하나?

뭐, 그럴 듯한데요?

그럼 이 주장의 반례를 들어 보자. 우선 'p이면 q이다(p → q)' 의 형태로 문장을 약간 바꿔야겠지.

청소년들이 폭력적이라면(전제) 그 사이에서 왕따가 심하다(결론). 이렇게요?

그렇지. 그럼 그것의 반례는 뭘까?

폭력적인 건 맞지만 왕따가 심하지는 않은 애들이 존재한다면, 그게 반례가 될 수 있겠죠.

그런 애들이 있나?

글쎄요…… 외국 애들도 폭력적이긴 하지만(청소년들이 날로 폭력적으로 되어 가는 건 어느 정도는 전세계적 추세인 것 같아요) 우리처럼 왕따가 심하다는 얘긴

못 들어본 것 같은데요. 왕따가 심한 건 일본이랑 우리 나라뿐 아닌가요? 우리 나라 왕따는 일본의 '이지메'를 직수입한 거라던데.

좋다. 그게 반례가 되는 거다. 그 반례를 교수님이 말하면 네 주장에 대한 반박이 되는 거지. '외국 애들도 역시 폭력적이지만 우리 나라와 같은 왕따는 없다. 그렇지 않나?' 그러나 교수님께 말씀드리기 전에 너 스스로 반문을 해보면 올바른 원인 분석을 위한 검토가 될 거야. 이렇게 말이다. '외국 애들도 폭력적이지만(걔네들은 총기 난사까지 한다던데 - _ -) 적어도 왕따 현상은 없잖아. 그렇다면 청소년들의 폭력 성향이 왕따의 원인이라는 내 분석에 문제 있는 거 아냐?'

🗊 풍부한 사례를 떠올려서 원인 찾는 법

😊💬 　허구의 세계에서 폭력이 자주 미화되는 원인은 무얼까? 전에 우리는 '원인 분석법'을 공부했다. 두 가지 상황을 비교, 대조함으로써 거칠게나마 어떤 현상의 원인을 찾아낼 수 있었지. 그렇다면 어떤 두 가지 상황을 비교, 대조해야 할까?

😊💬 　폭력이 미화되는 상황과 폭력이 미화되지 않는 상황, 이건가요?
폭력이 미화되지 않는 상황이란 게 뭐냐? 폭력이 미화될 수 없는 상황, 즉 현실의 세계를 말하는 건가?

그런 것 같은데요.

그것도 괜찮네. 사실 이 문제는 다음과 같은 문제 의식을 그 바탕에 깔고 출제되지 않았나 싶다.

'(현실에서 폭력은 절대 미화될 수 없는데, 미화는커녕 폭력 행사 자체가 금지되어 있는데) 왜 허구의 세계에서는 번번이 폭력이 미화되는 것인가?'

똑같은 폭력인데 현실의 폭력은 금지되고, 왜 허구의 폭력은 미화되는가? 이게 우리가 비교해야 할 두 대상이다. 그렇다면 현실 폭력과 허구 폭력의 어떤 차이가 '금지'와 '미화'라는 다른 결과를 유발한 거라고 볼 수 있겠지.

아, 그러네요! 그럼 폭력과 관계 있는 현실과 허구 세계의 차이점을 찾아내면 되겠네요!

지금부터는 네가 알아서 해봐라.

그래도 좀 어려운데……. -_-

어떤 문제 유형이든 마찬가지지만, 특히 분석을 요하는 문제를 풀 때는 반드시 풍부한 예를 들어가며 생각해야 한다. 허구의 세계에서, 영화나 소설 등에서 폭력이 미화되는 구체적인 예를 떠올려 보라는 거지.

제가 전에 《인간시장》이란 소설을 읽었거든요. 거기 나오는 주인공은 겁나게 싸움을 잘해서 만나는 모든 나쁜 사람들을 그냥 지나쳐 보내주지 않아요. 최고의 전투력(?)으로 따끔한 맛을 보여주지요. 또 슈퍼맨, 람보, 아놀드 슈왈츠제네거가 나오는 영화 등이 다 그렇죠. 그런 액션 영화의 주인공들은 홀홀단신으로 적진에 뛰어들어서 악의 무리를 철저히 응징하는 정의의 사자, 그 자체죠.

그럼 현실에도 그런 무림 고수들이 실재하나?

아니죠, 그건.

그렇다면 영화나 소설엔 왜 그런 인물들이 자주 등장할까?

사람들의 바람 때문이 아닐까요? 현실에는 그런 정의의 사자가 없으므로 허구의 세계에서나마 있었으면 하는 바람에서죠.

그 정의의 사자가 너 자신이었다면……. 그런 상상도 해봤겠지?

물론이죠. 상상 속에선 학교에서 힘 좀 쓴다고 친구들 괴롭히는 나쁜 놈들도 한 방에 날려 버리죠. 또 유통 기한 지난 과자 팔고선 그거 바꾸러 가면 학생이라고 무시하면서 그냥 쫓아내는 슈퍼 아저씨, 여자친구랑 공원 벤치 같은 데 앉아 있으면 꼭 나타나는 불량배들……. 이런 사람들도 다 혼내 주죠.

ㅋㅋㅋ 여자친구랑 있다가 불량배들한테 망신당한 쓰라린 경험이 꽤 있는 것 같군. ^^;; 그런데 이런 거 물어 봐도 될까? 네 아픈 상처를 건드리는 것 같기는 하지만, 너무 궁금해서…….

상처 다 극복했으니까 괜찮아요. 물어 보세요. 뭔데요?

그 불량배들이 영화에서처럼 꼭 이런 대사와 함께 등장하나? '어이~ 픽쳐 좋은데~.'

아니요. -_-;;; '그림 좋은데~' 이러면서 나타나요. 걔네는 무식해서 영어 몰라요.

그럼 이런 대사는? '혼자만 재미 보지 말고 우리도 좀 끼워 줘라, 엉?'

선생님!!!

(상처 아직 극복 못했는걸?) 그래, 이제 다시 공부하자. 그러니까 네 말은 현실에선 이루지 못한 바람을 상상 속에선 이룰 수 있다는 거잖아. 그 바람이 주로 뭐야?

응징이죠! 나쁜 놈들에 대한 응징.

그렇다면 현실에선 그 응징이 제대로 이루어지지 않는다는 거잖아. 원래 착한 사람은 복을 받고 나쁜 사람은 벌을 받아야 하는데, 현실에선 오히려 그 반대인 경우가 더 많아 보이지. 친일파들은 대를 이어 잘살고, 악덕 기업주들도 대를 이어 잘살거든. 정직하고 성실하게 사는 사람들은 여전히 못사는데, 높은 사람들은 나쁜 짓을 해도 안 잡히거나 잡혀도 금방 풀려나고. 현실은 이렇게 즉각적인 인과응보가 이루어지지 않는 것처럼 보인다. 부조리하고 정의롭지 못한 모순 덩어리! 그래서 상상 속에서나마 이런 사회 모순을 일거에 해결해낼 수 있는 강력한 힘을 가진 주인공(사실은 자기 자신!)을 떠올리게 되는 거지.

바로 그거죠!

그럼 이런 주인공의 격에 가장 잘 어울리는 능력이 뭘까? 주인공이 어떤 능력을 발휘해서, 어떤 방식으로 문제를 해결해야 가장 통쾌하게 느껴질까? 열심히 공부해서 이 다~음에 아주 훌륭한 사람이 돼서 합법적인 방법으로 해결하면 통쾌하게 느껴질까?

아주 지루하게 느껴지겠죠.

그렇지. 뿐만 아니라 스토리를 그렇게 설정하면 주인공이 이 다음에 훌륭한 사람 되다 말고 영화 끝난다. -_- 결국 주인공이 일거에, 가장 후련하게 문제를 해결하도록 하려면 주인공에게 어떤 권능을 불어 넣어 주는 게 가장 좋겠니? 지력? 정신력? 지구력? 인내력? 차력?

^^;; 물론 폭력이죠.

주인공이 행사하는 폭력이 현실의 그것처럼 잔악무도하게 보일까? 아니면 정의롭게 보일까?

정의롭게 보이겠죠, 당근.

이런 허구적 상상력은 자연스럽게 '폭력의 미화'라는 결과로 나타나겠지? 지금까지의 생각을 정리해서 대답하면 된다. 네가 해봐라.

네. ^^ 적어도 평범한 사람들의 눈에는, 현실에 천도란 없어 보입니다. 나쁜 사람이 오히려 더 잘살고 착한 사람은 훨씬 못사는 것으로 보입니다. 즉 정의가

실종된 사회로 보이는 겁니다. 그렇지만 현실의 모순을 해결하기엔 한 개인은 너무나 무기력한 존재일 뿐입니다. 그래서 인간은 상상을 합니다. 정의가 바로 선 세상을, 또 그런 세상을 만들어 줄 영웅적 존재를(이 영웅은 자신과 동일시됩니다). 이러한 개인적 차원의 상상을 대신해 주는 것이 바로 영화나 소설 등의 허구적 대중 예술입니다. 그리고 허구 속의 영웅에겐 당연히 무소불위의 능력이 부여되어야 하고, 정의를 바로 세우기 위해, 즉 사라진 천도 대신 즉각적이고 확실한 인과응보를 실현하기 위해, 이 영웅에게 가장 필요한 능력은 바로 폭력입니다. 악의 무리를 응징하는 폭력은 정의로워 보이기까지 합니다. 이는 자연스럽게 '폭력의 미화'라는 결과로 나타나는 것입니다.

자, 추가 질문이다. 허구의 세계에서 영웅적 인물이 정의를 실현하기 위해선 폭력이 요구되고, 그 폭력의 행사는 정당하게 보일 수밖에 없다고 했다. 그럼 정의로운 영웅이 아닌 조폭이 주인공으로 나오는 영화(최근 우리 나라의 조폭 영화처럼)에서의 폭력 미화는 어떻게 설명하겠어? 그런 폭력은 정의구현을 위한 수단으로 볼 수 없는데?

주인공이 정의로운 영웅이 아니더라도 사정은 마찬가지입니다. 만약 현실의 폭력을 여과 없이 그대로 보여준다면 그건 더 이상 허구의 세계가 아닙니다. 그럴 경우 폭력의 미화는 이루어질 수 없습니다. 그러나 그건 불가능합니다. 영화든 소설이든 허구의 세계에서는 어떤 식으로든 '현실의 가공'이 이루어지게 마련입니다. 이것이 폭력의 미화라는 결과로 나타난다고 생각합니다.

더 구체적으로 얘기해 보겠나? '현실의 가공'에 대해 예를 들어 설명한다면?

요즘 평범한 사람들이 살아가는 모습을 다큐멘터리 형식으로 밀착 취재하는 TV 프로그램들이 인기라고 합니다. 저도 그런 프로그램을 즐겨 보는 편인데,

그 중에 성인 인터넷 방송 제작에 참여하는 사람들을 취재한 것이 있었습니다. 그걸 보고 있자니, 저런 성인 방송은 퇴폐적이고 비윤리적이다라는 평소의 생각이 수그러들면서 저 사람들도 다 먹고살려고 저렇게 힘들게 노력(?)하는구나, 나름대로 고충이 있구나, 그렇다면 나도 그 방송을 좀 봐줘야 하는 것 아닌가, 저렇게 고생해서 만든 건데 하는 생각이 슬며시 들기 시작했습니다.

인간적인 이해의 차원을 넘어서 합리화, 정당화의 차원으로까지 제 감정이 발전되고 있다는 사실을 깨닫고는 저 자신도 놀랐습니다. 만약 아무 여과 없이, 가공 없이 그 사람들의 24시간을 바로 옆에서 지켜봤다면 그런 감정을 느끼지는 않았을 겁니다. 거기에는 어떤 식으로도 '미화'될 여지가 없는 거죠.

그러나 그 프로그램은 있는 그대로의 현실이 아닌, 현실의 가공입니다. 감독이 어떤 불순한 의도를 가지고 있지는 않았다 하더라도 촬영할 장면을 선택하는 것만으로도(그들의 모든 일상을 다 촬영할 순 없으니까) 현실의 왜곡과 변형이 이루어지게 마련입니다. 사진이 현실을 그대로 묘사한다고 해도 현실이 아닌 예술인 것처럼 다큐멘터리도 실제의 현실은 아니라고 봅니다.

하물며 감독이 만들어내는 영화에서 그 가공의 정도는 더할 것이고, 그것이 '폭력의 미화'라는 결과로 나타나게 될 개연성은 훨씬 커지게 됩니다. 뿐만 아니라 상업적인 목적으로 관객에게 대리 만족을 제공하면서 거부감을 덜 느끼게 하기 위해 의도적으로 폭력을 미화하는 경우도 많을 겁니다.

🗐 생활 주변의 다양한 예를 많이 생각하라!

 또 다른 후속 질문이다. 이건 서울대 면접에서 실제로 교수님들이 학생에게 했던 질문이다. 그런 물리적 폭력으로 한정시키지 말고, 더 넓은 의미의 폭력 현상에 해당하는 예를 들어 봐라.

 넓은 의미의 폭력이라구요???

그럼 우선 네 나름대로 폭력의 개념을 정의해 봐라! 어떤 경우에 폭력을 사용하지?

아하! ^^ 불량배들이 보통 '이거 말로 해선 안 되겠네⋯⋯.' 하고 폭력을 사용하는 걸로 봐서 대화가 안 통할 때 폭력을 쓰는 것 같아요.

불량배들을 엄청 많이 만났나 보지? ^^ 그렇지만 대화의 시도도 하지 않고 일단 폭력을 쓰고 보는 경우도 많잖아.

강제로 상대방에게 내 의사를 받아들이게 하려는 목적으로 폭력을 쓴다. 이건 어떤가요?

그거 괜찮네. 폭력의 핵심 요소는 뭐니 뭐니 해도 '강제'라는 단어이다. 상대를 강제하는 힘! 이게 폭력의 본질이란다. 네가 생각하는 '불량배 폭력(?)' 말고, 더 넓은 범위에서 강제하는 힘을 찾아 봐라.

'다수의 횡포'니 '다수의 폭력'이니 이런 말도 들어 본 것 같은데요, 혹시 이런 경우가 아닐까요? 나는 공부를 하고 싶은데 다른 아이들은 '재밌는 얘기 해주세요!' 하고 선생님을 막 조르면서 한 시간 수업 그냥 놀아보자는 분위기로 몰아가고 있다면요, 저는 눈치가 보여서 제 의사를 밝히지도 못한 채 그냥 참고 지나가야겠죠. 만약 그 상황에서 제가 손을 들고 '진도 나가죠.'라고 한다면 애들이 저를 얼마나 재수없다고 생각하겠어요. 이런 상황도 일종의 폭력 아닐까요?

아주 좋은 예를 들었구나. 다른 애들은 다 놀자고 하는데, 너 혼자만 공부하자고 한다는 설정이 상당히 비현실적이긴 하지만. 그럼 이건 어떨까? 다른 애들은 다 진도 나가자고 하는데, 너 혼자만 '이번 시간은 옛날 얘기나 들으면서 그냥 놀았으면 좋겠다.'고 생각하고 있었지만, 분위기에 눌려 말도 못 꺼냈다면? 이것도 다수의 폭력인가?

물론 아니죠.

그 경우 역시 다수의 아이들이 너를 강제한 것이지만 그때는 폭력이란 단어를 쓰지 않지. 또 도서관에서 다른 애들은 다들 시끄럽게 떠들고 있는데 너는 조용한 분위기에서 공부하기를 바란다. 그런데 다수의 기세에 눌려 조용히 하자는 말 한마디 못 꺼낸다면 그건 다수의 횡포라고 볼 수 있나?

그렇지요.

그럼 그 반대의 경우엔? 너는 떠들고 싶었지만 다른 애들이 전부 조용한 바람에 네 의사와는 상관없이 조용히 할 수밖에 없었다면, 그건 폭력이라 할 수 없겠지? 이런 걸로 봐서 폭력이란 단어는 이미 나쁜 편과 좋은 편에 대한 가치 판단이 이루어진 후에 사용되는 단어인 듯하다. 그 자체로 가치 중립적인 단어가 아니라. 그런데 꼭 나쁜 편과 좋은 편, 이 양자의 관계에서만 폭력이 성립될 수 있을까?

친구들 열 명이랑 중국집에 갔는데, 저는 짬뽕을 먹고 싶은데 모두 짜장을 시키는 바람에 어쩔 수 없이 '여기 짜장 열이요!' 하고 외쳐야만 하는 경우라면요, 이땐 짜장 시키면 나쁜 편이고 짬뽕 시키면 좋은 편이라고 가릴 수 없겠죠. ^ ^

너무 사소한 것까지 폭력의 범주에 포함시키는 것 같구나. 그건 네가 '다수의 폭력'의 희생자가 된 상황이 아니라 네 성격이 너무 소심한 탓이지. 탕수육도 아닌 짬뽕 먹겠다는데, 그 말도 못해? ^^;; 썩 적절한 예는 아니지만 그래도 어느 정도의 진실은 반영하고 있는 사례로 볼 순 있겠다. 그럼 지금까지의 생각을 바탕으로 네 나름대로 폭력의 정의를 내려 보자.

폭력은 상대를 강제하는 힘인데, 대개 강제하는 측이 나쁜 편이고 강제받는 측

은 피해자인 경우가 많아요. 그런 가치 판단이 개입되지 않는 폭력은 다수가 자기도 모르게 소수 의사를 억압하는 경우에 해당하지요.

참 소박한 정의구나. ^^;; 그렇지만 이 정의는 교수님께 말씀 드리는 게 아니고 너 혼자 머리 속에 품고 있으면 되는 거니까, 그 투박함이 문제될 건 없지. 이제 그 정의를 바탕으로 넓은 의미의 폭력에 해당하는 예를 들어 보자.

개인이 자기 의사를 자유롭게 말하지 못하게 하는 집단주의적인 사회 분위기 자체가 폭력이지요. 그런 의미에서 왕따도 폭력이구요. 피해 학생에 대한 폭력이란 건 두말할 필요도 없구요. 가해하는 집단의 일부 구성원들에게도 왕따는 폭력이지요.

그건 왜지?

왕따를 시키는 집단 중에도 자기 의사와는 정반대로, 할 수 없이 동참하는 애들도 있거든요. 그렇다고 반대하면 자기가 왕따를 당할 것 같으므로 어쩔 수 없이 따르게 되는 거죠. 그러므로 그 애들도 폭력의 피해자들이라고 봅니다.

오호~ 그건 비교적 참신한 발상인걸!

아! 말하다 보니까 또 생각났는데요, 아주 넓은 의미로 보면 유행도 일종의 폭력 아닐까요? 어떤 옷차림이 유행하면 그걸 따라가야 할 수밖에 없거든요. 하다 못해 바지를 길게 입느냐 짧게 입느냐 이런 것까지 유행인데, 길게 입는 방식이 유행인 때에 나 혼자 짧게 입고 나가면 사람들이 이상한 눈초리로 힐끗힐끗 쳐다보면서 이렇게 수근거리죠. '쟤는 산에서 살다 왔나봐', '지가 무슨 마이클 잭슨이라고, 바지를 짧게 입어?' 그래서 어쩔 수 없이 유행에 따를 수밖에 없으니, 유행은 분명 개인에 대해서 폭력을 행사하는 거나 마찬가지죠.

하지만 그걸 거부할 수도 있는 거 아닌가? 그래! 나 마이클 잭슨이다! 그러면서 그냥 짧은 바지를 고수하면 되는 거잖아.

역시 구세대라 잘 모르시는군요. 개인의 의식적인 노력으로도 대항할 수 없는 경우가 많아요. 바지를 만드는 회사측에서 유행에 맞는 형태로 만들어내기 때문에 개인으로서는 선택의 여지가 없는 거죠.

그럼 줄여 입으면 되잖아!

만약 짧은 게 유행일 때 나 혼자 길게 입고 싶으면요? 그럼 늘려서 입어야 되나? 바지가 뭐 고무인가요?

이 후속 질문 역시 실제 서울대 기출 문제다.

'폭력은 완전히 사라질 수 있겠는가, 아니면 필요악인가? 만일 필요악이라면 어떻게 그 피해를 줄일 수 있겠는가?'

개인간의 관계에서 행해지는 물리적 폭력도 있지만 집단 대 집단, 집단 대 개인의 관계에 작용하는 폭력도 있다고 생각합니다. 집단간의 폭력으로는 전쟁이 있겠고, 이 전쟁을 수행하는 집단인 군대가 있지요. 집단 대 개인 사이의 폭력으로는 경찰력을 예로 들 수 있습니다.

군대나 경찰도 폭력인가?

그들이 갖고 있는 물리적인 힘 자체도 폭력이지만, 그것을 실제로 행사하지 않고 보유하고만 있어도 상대에 대한 '억제력', 즉 상대를 강제하는 효력이 있기 때문에 일종의 폭력이라고 봅니다. 물론 이 경우의 폭력은, 흔히 폭력이란 단어가 풍기는 느낌처럼 불법적인 것이 아니라 합법적인 공권력이겠죠. 따라서 폭력이 완전히 사라질 수는 없다고 봅니다. 인류 역사상 전쟁이 일어나지 않았던 시기가 없었던 사실로 미루어 짐작할 수 있겠죠. 게다가 군대나 경찰이 보유하고 있는 힘의 본질이 폭력이므로 일단 '악'이라고 볼 수는 있겠지만, 그것은 외적으로부터 나라를 보호하려는 '만인의, 만인에 대한 투쟁' 같은 무법천지의 혼란으로부터 벗어나기 위해 꼭 필요하다는 점에서 필요악이라고 볼 수 있습니다.

그럼 그 피해를 최소화할 수 있는 방안은?

그런 물리적인 힘은 실제 사용하지 않고 보유하고 있는 것만으로도 '억제력'이라는 소기의 목적을 달성할 수 있으므로, 일단 최대한 대화와 타협의 시도를 한 후 최악의 경우에만 그 물리력을 발동하는 겁니다. 특히 경찰력의 발동은 시민의 자유와 인권을 침해할 우려가 있기 때문에 그것을 최소화하기 위해서 여러 가지 까다로운 절차를 마련해 두고 그 절차를 준수하도록 만들어야 합니다.

또 아까 말씀드린 예와 같이 사회적 소수자들의 의견을 단지 주류와 다르다는 이유만으로 묵살해 버리는 사회가 있다면, 그 사회를 지배하고 있는 집단주의적 정서 자체가 보이지 않는 커다란 폭력입니다. 이런 종류의 은폐된 폭력은 필요악도 아니고 '불필요악'이라고 생각합니다. 단지 '다르다'는 이유만으로 소수 의견을 차별하고 억압하지 않는 풍토를 만들기 위해서는 교육에 의존할 수밖에 없다고 생각합니다. 원론적인 이야기지만 각 개인의 개성과 창의성을 중시하는 방향으로 교육 개혁, 의식 개혁이 이루어져야 하구요.

 Point

1. 자신이 다뤄 본 주제와 유사한 문제가 출제될 경우나 다양한 내용을 담고 있는 긴 지문이 나올 경우 논지 이탈의 오류를 범하기 쉽다.

2. 논지 이탈을 피하기 위해선 자신의 답변을 스스로 요약, 정리한 후 애초 문제와 잘 호응하는지 검토하라. 의외로 완벽하게 호응하기가 쉽지 않다.

3. 말하기 전에 교수님의 입장이 되어서 자기 답변을 스스로 트집 잡아 보는 것이 좋다.

4. 현실이 그렇지 못하기 때문에 사람들은 허구의 세계에서나마 정의가 바로 서기를 꿈꾼다. 영화나 소설의 주인공은 '천도'를 대신 수행하는 정의의 사자이고, 이들이 휘두르는 폭력은 자연스럽게 정의로워 보인다.

5. 의인이 아닌 조폭이 주인공으로 등장해도 마찬가지다. 허구의 세계에서 이루어지는 폭력은 이미 구역질나는 현실의 폭력이 아니다. 작품의 주제를 형상화하기 위해 선택되고 가공된 허구의 폭력은, 관객에게 이야기 흐름을 이루는 삽화로서 우선 기억될 뿐이다.

6. 사회가 개인을, 다수가 소수를 억압하고 강제하는 힘은 모두 넓은 의미에서의 폭력으로 볼 수 있다.

Part VI 여기까지도 알고 면접장에 들어가면 80점은 맞는다!

05 역술 열풍의 원인은?

🗂 here and now의 원칙

> 최근 우리 사회에 점술 열풍이 불고 있다.
> 젊은이들이 많이 모이는 곳에는 '사주 카페'가 성업중이고, '사주'나
> '주역' 강좌가 인기를 끌고 있으며 인터넷 포털 사이트에는 '점술',
> '무속'이라는 주요 카테고리가 생겨나고 이 분야의 한 달 수입이 수
> 억 원대에 이를 정도라고 한다. 이러한 주술 신드롬의 원인이 무엇이
> 라고 생각하는가?

사회 현상의 원인을 분석할 때 가장 기본적으로 고려해야 할 사항이 바로 'here and now'이다.

'여기서, 지금'이요? 그게 뭐죠?

원인 분석형 문제의 주된 재료는 시사 이슈이다. 시사 이슈란 게 뭐냐? 미국도 아니고 일본도 아닌 우리 나라에서, 과거도 아니고 미래도 아닌 현재,

바로 지금 세인들의 관심을 끌고 있는 특정 사회 현상이 바로 시사 이슈지. 그런데요?

따라서 시사 이슈의 원인을 분석할 때는, 미국도 아니고 일본도 아닌, 하필 이면 우리 나라에서만(here) 왜 그런 현상이 나타나게 된 건지를 설명해 주어야 한다. 또 왜 1980년대, 1990년대에는 없던 것이 유독 지금에서야 (now) 출현하게 된 건지 그 이유 역시 밝혀 주어야 한다.

만약 네 원인 분석에 'here and now', 이 기본적인 두 가지 요소에 대한 규명이 누락된다면, 넌 즉각적으로 교수님들의 반박이나 후속 질문을 받 게 된다.

무슨 뜻인지 대충 알 것 같기는 한데…… 예를 들어서 좀더 구체적으로 설명을 해주시죠. ^ ^;;

다른 예를 들 것도 없이 바로 '지금 우리 사회에 불고 있는 무속 열풍의 원 인은?' 이란 문제에 대해 생각해 보자. 이 문제에 대해 네가 '사회가 불안 하면 사람들은 주술적인 것에 의존하게 된다.' 라고 원인 분석을 했다. 어 떠냐? 여기엔 'here and now' 에 대한 규명이 전혀 나타나 있지 않지?

음, 그렇군요.

네가 교수님이라면 이런 수준의 원인 분석에 대해 어떤 추가 질문을 던지 고 싶을까? 여기에 대답을 잘한다면 넌 'here and now' 의 원칙을 완벽 하게 이해하고 있는 거다.

우선 here에 주목하죠. 사회가 불안하다는 건 우리 나라만의 실정이 아닌데, 즉 다른 많은 나라들도 사회가 불안하긴 매한가지인데, 왜 하필 우리 나라에서 만 점술 신드롬이 일어나고 있는 것인가? 이런 질문을 던지겠어요.

오우~ 완벽해! 게다가 '왜 하필 우리 나라에서만' 이라는 부사구를 적절하게 사용한 부분도 아주 좋았어!

한 학생이 그 후속 질문에 대응하기 위해 '우리 나라 사람들은 다른 나라 사람들과 달리 원래부터 점술에 의존하는 경향이 있다.' 라고 원인 하나를 더 추가했다고 치자. 이번엔 'now' 의 측면에서 어떤 후속 질문을 던져야 할까?

그거야 뭐 아주 쉬운 거죠. ^ ^ 저라면 이런 질문을 하겠어요. 점술 신드롬의 원인으로 너는 우리 사회의 불안과 우리 나라 사람들의 무속 친화적(?) 성향, 이 두 가지를 꼽았는데, 1980년대에 우리 나라는 정치적으로 불안했고, 1990년대 후반 우리 나라는 외환 위기로 IMF 구제 금융을 받으면서 경제적으로 또 매우 불안했다. 그리고 우리 민족의 무속 친화적 성향은(그런 성향이 실재한다는 걸 사실로 받아들인다는 전제하에) 1980년대나 1990년대 후반이나 지금이나 마찬가지일 것이다. 그런데 왜 유독 지금에서야(now) 무속 열풍이 나타나게 된 것인가?(네 원인 분석은 그 부분을 규명해 주지 못하고 있다)

그렇지! 바로 그거야! 그럼 거기에 대해 어떤 원인을 또 추가해야 될까?

2~3년 전부터 본격화된 인터넷 대중화 바람이죠. ^ ^ 1980년대는 물론이고 외환 위기가 불거진 1998년도만 해도 인터넷이 지금처럼 대중화되지는 못했거든요. 현재의 무속 열풍은 인터넷과 결합되어 나타난 현상이니까요.

그래, 이제 네가 'here and now' 의 원리는 완전히 이해했구나. ^ ^ 이 원리는 또 교수님들이 추가 질문을 던지는 전형적인 패턴으로도 볼 수 있다. 이건 뭐 얼마 전에 공부한 내용과도 비슷한 거지만, 단 네가 이 원칙을 염두에 두고 원인 분석을 한다면 적어도 그 두 가지 측면에서는 교수님들로부터 후속 질문을 받을 리 없는 거지.

엥, 고작 그 정도라구요? 'here and now'만 밝혀 주면 완벽한 원인 분석이 되는 게 아니라?

넌 지금 그 원리가 완벽한 원인 분석을 위한 충분 조건은 못 되는 거냐고 묻고 있는데……. 그렇다. 충분 조건은 못 된다. 단지 필요 조건일 뿐이지.

이건 주제에서 좀 벗어난 질문일 수도 있는데, 선생님이 지금 말씀하신 '필요 조건일 뿐 충분 조건은 아니다.' 라는 말, 책 읽다 보면 종종 나오는데요, 전 그게 좀 헷갈리거든요. ^^;;; 충분 조건, 필요 조건…… 그거요.

이렇게 생각하면 쉽다. A가 무엇 무엇을 위한 충분 조건이라는 건 A 하나면 족하다, A 하나면 충분하다(이건 무슨 광고 카피 같은걸 ^^;;)는 뜻이고, B가 무엇 무엇의 필요 조건이라는 건 최소한 B는 기본이다, B조차도 없으면 안 된다, 대충 이런 뜻이지.

자, 연습 문제! 공부를 열심히 하는 건 공부를 잘하기 위한 충분 조건일까 필요 조건일까?

열심히 한다고 잘할 수 있는 건 아니죠. 그러니까 충분 조건이라고 볼 순 없죠. 공부를 잘하기 위해선 다른 조건들도 받쳐줘야 하지만 열심히 해야 한다는 건 기본이니까, 그건 필요 조건이네요. ^^

과연 그럴까? 그건 너 같은 '범인' 들에게만 해당되는 얘기고, 만약 열심히 하건 안 하건 어쨌든 공부를 잘할 수밖에 없는 사람이 존재한다면, 그런 사람에겐 공부를 열심히 해야 한다는 건 공부를 잘하기 위한 필요 조건이 아님은 물론이고 충분 조건도 못 되는 거지. 결국 아무 조건도 아닌 거다. 그저 운명일 뿐.

공부를 잘할 수밖에 없는 운명의 장난…… 아무래도 그런 저주받은(?) 운명을 타고난 사람이 다름 아닌 선생님 본인이다, 뭐 이런 얘기를 또 하고 싶으신 거군요. - -;;;

난 전혀 그런 얘길 한 적이 없지만 정 네가 그렇게 생각하고야 말겠다면 굳이 말리진 않겠다.

🗂 발상법(구체화 - 일반화)

 원인 분석 문제에서 가장 경계해야 할 태도가 무엇이었지?

 순간적으로 떠오르는 생각들을 원인이라고 단정해 버리는 태도요. 그게 이 유형의 문제를 풀 때 학생들이 가장 흔히 저지르는 오류의 전형이라고 하셨지요.

그래서 어떻게 해야 한다고?

자기가 찾은 원인에 대해 스스로 반례를 찾아 보고, 자신에게 반문하는 연습을 해야 한다고…….

그렇지. 잘 기억하고 있구나. 그런 상황을 염두에 두고 신중하게 원인 분석을 해보자. 역술 열풍의 원인이 뭘까?

너무 막연한데요. --;;

그렇게 막연할 땐 구체적 사례로부터 생각을 시작하는 게 낫지. 구체적 사례를 떠올리고 그걸 또 일반화해 보고, 그러다 보면 해결의 실마리를 찾을 수 있게 되는 경우가 많단다.

결국 또 그거네요. ^^ 구체화와 일반화! 그럼 우선 사람들이 점을 보러 가는 구체적 사례를 한번 생각해 볼게요. 인생의 중요한 결정을 앞두고 역술인들의 고견(?)을 구하기 위해 점집을 찾는 경우가 있어요.

인생의 중요한 결정이란 게 뭐지?

결혼이나 선거, 사업, 시험 등이죠. 심심풀이 땅콩으로 재미삼아 점을 보는 경우를 제외하면 사람들이 비교적 비싼 복채를 내면서까지 점을 보는 목적은 결혼하기 전에 배우자와의 궁합을 알아보거나 선거에 출마하기 전이나 시험을 보기 전에 당락을 알고, 사업을 하기 전에 성공 여부 등을 점술가들에게 물어 보기 위해서인 것 같아요.

또 다른 사례는 없을까?

글쎄요.

이런 게 있잖아. 하는 일마다 다 잘 안 되어, 답답해서 점집을 찾는 사람들.

아, 맞다! 그런 경우도 있었지. ^^ 시험에 계속 떨어지거나 사업에 계속 실패하거나 연속적으로 안 좋은 일(사고나 질병)을 당하면 무속인을 찾아가서 도대체 왜 그런 건지 물어 보는 사람들이 많죠.

그런데 그런 이유로 점집을 찾는 사람들은 사실 역술인이 어떤 얘기를 할지 어느 정도는 미리 알고 있는 경우가 많다.

그게 무슨 말이죠?

네 아이큐가 너무 나빠서 시험에 계속 떨어지는 거다, 설마 이런 심한 말을 할 것이라고 예상하는 사람들이 있을까? 아니지. 그들은 이런 말을 해주기를 이미 기대하고 있는 거지. '6·25 때 빨갱이한테 맞아 죽은 사돈의 팔촌 있지? 그 귀신이 붙었어. 아주 찰싹 붙어서 안 떨어질려 그래. 굿 한번 크게 해야 돼!'

ㅋㅋㅋ 맞아요. ^^

그럼 이제 위 두 가지 유형의 사례를 일반화해 보자. 첫 번째 유형은 어떻게 일반화할 수 있을까?

그런 유형은 미래의 일(결혼, 선거, 시험, 사업)이 어떻게 될지 역술인들에게 물어 보는 경우인데요, 원래 그런 종류의 일들은 자기 노력 여하에 따라 달라지는 것이지 미리 결정되어 있는 건 아니거든요. 그러니까 그런 사람들은 자신감이 없고 자기 미래에 대한 비전을 갖고 있지 못한 나머지 미래에 대한 불안에 떨고 있는 사람들이라고 일반화할 수 있겠죠.

그래, 좋다. 두 번째 유형은?

두 번째 유형의 사람들은 일이 자꾸 잘못되는 책임을 자기 자신이 아닌 귀신에게로 돌리고 싶어하는 사람들이죠. 시험에 자꾸 떨어지거나 사업에 계속 실패한다면 그 사람 자신에게 어떤 문제가 있을 확률이 높은데도 그걸 인정하지 않고 억울하게 죽은 조상의 귀신탓을 하는 셈이니까요. 즉 이 유형의 사람들은 자기 인생이 자꾸 꼬이는 원인도 무속인이 찾아주기를 바라고, 그에 대한 해결 역시 무속인이 해주기를 바라는 것으로 볼 수 있어요. 그런 의미에서 이런 사람들은 자기 인생의 난관을 헤치고 나가기 위한 판단이나 결정을 무속인의 손에 양도하고, 그럼으로써 선택에 따르는 책임까지 전가하려는, 의존적인 유형으로 볼 수 있어요.

here and now의 원리에 따른 원인 보강

그럼 이제 사람들이 점술에 의존하는 이유가 다 나왔네. 그렇지?

네. ^^ 첫째는 미래에 대한 불안감 때문이고, 둘째는 책임 전가의 성향 때문이죠.

그렇다면 요즘 우리 나라에서 역술이 성행하는 원인도 거기서 찾을 수 있겠네.

그만큼 우리 나라 사람들이 미래에 대한 불안감을 많이 느끼기 때문이라는 건 가요?

그렇지. 그럼 우리 나라 사람들이 불안감을 많이 느끼는 이유는 무엇일까?

정치도 그렇고 경제도 그렇고, 불안 요소가 너무 많잖아요. 교육 제도만 해도 언제, 어떻게 바뀔지 모르잖아요. 그래서 우리 사회를 예측 불가능한 사회라고 들 하는 것이고.

그래, 거기에다 약간 보충을 하자면, 국가의 일관된 정책이나 이념의 부재 도 사회 혼란의 주요 원인이다. 법과 제도에 의한 통치가 아닌 사람에 의한 통치, 즉 인치적 전통이 옛날부터 강했기 때문에 정권이 바뀌면, 대통령이 바뀌면, 장관이 바뀌면 그간의 정책 기조가 전면적으로 다 바뀌어 버리는 경향이 심하지. 이런 경향을 좋게 말하면 '정체되지 않고 역동성이 있다.' 고도 할 수 있겠지만, 어쨌든 확실한 건 우리 사회가 선진국처럼 전반적으 로 성숙되어 있지 못하다는 사실이다.

그리고 또 다른 원인은요?

어? 그렇게 생각나는 대로 툭 내뱉어 버리면 안 된다고 했는데?

네. -_-;;; 제가 찾은 원인을 'p → q'의 조건 명제 형태로 바꾸면, '사람들이 불 안감을 많이 느끼면 점술에 의존하는 경향이 있다.' 이렇게 됩니다.

거기에 기본적으로 'here and now'가 드러나 있나?

아니요. ^^;;

그럼 어떻게 해야지?

우선 here의 관점에서, 사회 불안은 우리 나라만의 실정도 아니고 어떻게 보면 현대인이 불안을 느끼는 건 인간 소외와도 관련되는 전지구적, 보편적 현상일 수도 있는데 왜 유독 우리 나라에서만 점술 신드롬이 일어나고 있는 것인가, 라는 반문을 스스로에게 해봐야겠죠.

그런 반문을 해보니까 어떤 원인을 추가해야 한다는 생각이 들지?

우리 나라 사람들이 다른 나라 사람들과는 달리 원래부터 점술에 의존하는 경향이 있기 때문이 아닐까요? 즉 우리 민족의 무속 친화적(?) 성향 때문에, 불안감을 느끼면 사람들이 유달리 무속에 쉽게 의존하게 된다는 거지요.

우리 민족이 무속 친화적 속성을 갖고 있다는 뜻인가? 그렇게 보는 근거는 뭐지?

한민족의 핏속에 대대로 샤머니즘적 기질이 전승되어 왔는지는 객관적으로 확인할 수 없지만, 우리의 전통 문화에 무속의 색채가 짙게 배어 있음은 부인할 수 없습니다. 무형문화재 중 상당수는 신에 대한 제의와 관련되어 있고 세시풍속, 놀이, 민요, 설화 등은 신을 끌어들이지 않고는 설명이 어려울 정도지요. 강남의 귤을 강북에 옮겨 심으면 탱자가 된다는 말이 있듯이, 어떤 외래 종교도 우리 나라에 들어오면 원형 그대로 보존되지 않고 기복적 성격이 가미되어 '한국적'으로 토착화되기 마련입니다.

이런 한국식 토착화에 결정적 역할을 하는 것이 바로, 무속이 지닌 '현세 구복적' 성격입니다. 내세에 의존하지 않고 현실에서 복을 구하는 토속 신앙에 익숙한 우리 나라 사람들이, 모든 외래 종교를 우리 식으로(현세 구복적 성격으로) 가공하게 된다는 뜻이지요. 그만큼 샤머니즘적 요소가 오늘날까지 은연중에 강한 영향력을 행사하고 있는 것입니다.

이런 사실들로 미루어 볼 때 우리 나라 사람들이 점집을 찾는 것은, 그 사람의 학벌, 사회적 지위, (심지어는!) 종교 등의 조건과 상관없이 문화적으로는 그리 어색한 일이 아니라는 거지요.

좋다. 그럼 이제 또 무엇을 해야지?

이제는 now를 해결해야지요. ^^

왜 하필이면 지금에서야(now) 그런 현상이 나타나는가에 대한 원인 규명을 할 차례죠. 이제 스스로에게 반문을 던져 보겠습니다.

'점술 신드롬의 원인으로 우리 사회의 불안과 우리 나라 사람들의 무속 친화적 (?) 성향, 이 두 가지를 꼽았는데……. 1980년대에 우리 나라는 정치적으로 불안했고, 1990년대 후반에는 외환 위기로 IMF 구제 금융을 받으면서 경제적으로 또 엄청 불안했다. 그리고 우리 민족의 무속 친화적 성향 역시 1980년대나 1990년대 후반이나 지금이나 마찬가지일 것이다. 그런데 왜 유독 지금에서야 (now) 무속 열풍이 나타나게 된 것인가? 1980년대나 1990년대 초반엔 그런 현상이 없다가.'

아까 한 걸 그대로 써먹는구나. ^^ 어쨌든 무속 열풍이 왜 하필 지금에서야 나타나야만 하는 거지?

이것도 아까 배운 걸 그대로 써먹을게요. ^^;;;

2~3년 전부터 본격화된 인터넷 대중화 바람이죠. ^^ 1980년대는 물론이고 외환 위기가 불거진 1998년도까지만 해도 인터넷이 지금처럼 대중화되지는 못했거든요. 현재의 무속 열풍은 인터넷과 결합되어 나타난 현상이니까요. 처음 문제에 나오는 사주 카페나 인터넷 포털 사이트의 점술 메뉴가 엄청 잘 팔린다는 것도 다 컴퓨터와 관계있는 거잖아요.

이쯤에서 지금까지 한 얘기들을 정리해 보라고 하실 거죠? ^^

1. 우리 사회에 팽배한 미래에 대한 불안감
2. 우리 민족의 무속 친화적 성향

3. 인터넷의 활성화

이 세 가지 원인이 결합되어 현재의 점술 신드롬이란 현상을 만들어낸 것입니다. 여기엔 'here and now'도 다 드러나 있구요. 그러니까 완벽한 원인 분석인 거죠? 에헴. ^^

아직 아닌데.

엥, 아직도 뭐가 부족한가요?

네가 아까 사람들이 점술에 의존하는 이유 두 가지를 찾았는데, 첫 번째가 미래에 대한 불안감 때문이었고 두 번째가 사람들의 의존적 성향, 책임 전가 성향 때문이었다. 네가 지금까지 한 원인 분석은 첫 번째 이유인 미래에 대한 불안감으로부터 시작해서 'here and now'의 원리를 이용, 그걸 보강한 것뿐이다. 즉 두 번째 이유인 사람들의 책임 전가 성향은 전혀 다뤄지지 않았다는 거지. 그건 왜 쏙 빼놓지?

아, 맞다! 그렇네요. ^^;; 하지만 몰라서 그랬지 일부러 빼먹고 넘어가려 했던 건 아니에요.

그런 의도로 보이는데? 너 원래 IQ는 좀 달려도 JQ만큼은 누구에게도 안 달리잖아.

JQ요? 그게 뭐죠? EQ까지는 들어 봤는데…….

JQ는 잔머리 지수이지. ㅋㅋㅋ

(꾹 참자…… ;;;) 제가 IQ까지 뛰어나다는 사실을 지금부터 보여 드리죠!

그럼, 한국 사람들은 유독 남에게 책임을 전가하려는 기질이 강해서 인생의 문제에 대한 원인 진단과 그 해결조차 역술인에게 맡겨 버리는 경우가 많다. 그것이 역술 열풍에 대한 또 하나의 원인이다. 이런 식으로 말하면 되나요?

그럼 교수님이 아마 이런 질문을 하실 것 같은데. 우리 나라 사람들이 책임 전가 성향이 강하다고 보는 근거는?

얼마 전 종교계를 중심으로 '내 탓이오!' 운동까지 일어난 것을 보면 알 수 있지요. 또 '잘 되면 내 탓, 잘 못되면 조상 탓', '핑계 없는 무덤 없다', '목수가 연장 나무란다' 등의 속담들도 있잖아요. 이런 것들이 다 책임을 남에게 떠넘기고 이리저리 핑계대길 좋아하는 고약한 습성이 우리에게 있다는 증거지요. 정치판만 봐도 알 수 있어요. 여당과 야당이 서로에게 잘못의 책임을 떠넘기려고만 하지, 책임을 지겠다는 쪽은 없잖아요.

음, 소박하지만 괜찮은 논거인데. ^^

그것뿐이 아니에요. 우리 고유의 '체념'이란 정서가 있잖아요.

그게 어쨌다는 거지?

체념은 '포기'와는 그 뉘앙스가 다르죠. 포기는 자기 능력 밖의 일임을 인정하는 '항복 선언'인데 반해, 체념은 완전히 항복하는 것도 아니고 그렇다고 계속 시도하는 것도 아닌 어중간한 상태, 그냥 자기 관심 영역 밖으로 대상을 밀어 놓은 상태를 말하는 것 같아요. 즉, 자기 능력 부족을 인식하거나 인정하지 않고 일이 제대로 안 된 책임을 전가해 버린 후의 심리 상태! 그게 바로 체념이죠.

책임을 누구한테 전가했다는 거야?

운명이죠! 그게 내 운명이려니, 팔자 소관이려니 하는 순응적 태도요.

이야~ 아주 그럴 듯하다. 설마 네 독창적인 생각은 아니겠지?

국어 시간에 비슷한 얘길 듣긴 했지만 그건 체념이 아니라 '한'에 관해서였죠. 이건 순전히 제 생각이에요.

그래? 그렇다면 그건 다 내 덕분이다. 너도 알지? ^^;;

물론이죠. --;

그래 이제 우리 나라 사람들에게 책임 전가의 기질이 어느 정도 있음을 인정해 주마. 그렇다면 왜 그런 기질을 갖게 되었을까?

그 정도야 뭐 아주 쉬운 추리죠. 서양 사람들은 개인주의적인 데 반해 우리 나라 사람들은 좀 집단주의적이잖아요. 나보다는 우리라는 말이 많이 쓰이고, 또 실제로도 나 개인보다는 우리라는 공동체를 우선시하는 경향이 있고요. 게다가 우리 조상들은 여러 사람들의 공동 작업을 필요로 하는 농업을 주 생업으로 삼아 왔어요. '여러 사람의 책임은 그 어느 누구의 책임도 아니다.'라는 말처럼, 많은 일을 공동으로 했기 때문에 일이 잘 못되어도 그 책임을 다른 사람들에게 돌리기가 쉬웠던 거겠죠. 실제로도 그 책임 소재를 정확히 파악하기가 쉽지 않았던 측면도 있을 테고. 그러다 보니 공동으로 한 일의 결과가 안 좋으면 남 탓으로 돌리기 쉽고, 혼자 한 일까지도 잘 안 되면 그 책임을 조상이나 귀신, 풍수, 운명에게로까지 돌리게 되었을 테구요.

우와~ 너 갑자기 왜 그러냐? 무섭다.

ㅋㅋㅋ 이 정도 가지구 뭘요. ^^; 제 IQ를 고려하면 이것도 사실 불만족스러운 대답이거든요.

🗂 정리/후속 질문

  그럼 이제 최종적으로 정리해 보자. 최근 우리 나라에 주술이 유행하는 이유는?

  다음 네 가지 요인의 조합이 그 원인이죠.

1. 사회 불안으로 인한 미래에 대한 불안감

2. 무속 친화적 문화

3. 최근의 인터넷 대중화 현상

4. 우리 민족의 책임 전가 성향

그럼 그 무속 신드롬 현상이 좋은 걸까, 나쁜 걸까?

단정적으로 말하긴 어렵지만, 기본적으로 좋은 것은 아니라고 생각해요. 무속에 의지하는 건 문제를 정면 돌파하겠다는 의지가 없는 거잖아요. 게다가 자기 인생을 좌우할 수도 있는 중요한 결정을 점괘에 맡겨 버린다는 건 비합리적일 뿐만 아니라 비겁하다는 느낌이 들거든요. 주체적인 결단을 내리고 그에 대한 책임도 스스로 지는 것이 용기 있는 태도겠죠. 또 원인 분석에서 밝혔듯이 무속의 유행은 불안전하고 예측 불가능한 시대상의 반영이므로 당연히 좋은 것은 아니죠.

그렇지만 모든 일에는 다 긍정적·부정적 영향이 있고 순기능과 역기능이 있게 마련이다. 그러니 이러한 양면을 공평하게 고려해 줘야겠지? 긍정적인 면도 한번 생각해 보라는 거지.

절망과 불안에서 헤어나기 힘든 사람들에겐 무속이 의지할 대상이 되어 줄 수 있겠죠. 그것마저 없다면, 아무것도 의지할 게 없다면 자살이라는 극단적인 행동도 할 수 있지 않을까요? 시어머니로부터 겁나게 구박받는 옛날의 우리 며느리들에겐 걷어찰 강아지라도 있었기 때문에 스트레스를 풀어가며 그 고된 시집살이를 견딜 수 있었던 것이겠죠. 또 무속에는 민족 문화의 원형이 많이 담겨져 있잖아요. 무속에 대한 세인의 관심이 증가하면 민족 문화의 보존과 계승에 어느 정도 도움이 되겠지요.

수고했다. 많이 늘었는데. ^^

이렇게 직접적으로 칭찬받는 건 정말 처음이에요. T.T

 Point

1. 사회 현상의 원인을 분석할 때는, 그 현상이 왜 하필 우리 나라에서만(here), 또 1980, 1990년에는 없던 것이 왜 유독 지금에서야(now) 나타나게 된 건지를 밝혀 주어야 한다. 이것이 'here and now의 원리'이다.

2. 무속 열풍의 원인을 분석하기 위해, 우선 사람들이 점을 보러 가는 구체적 사례를 떠올려 본다.
① 미래의 일(결혼, 선거, 시험, 사업)의 향방을 역술인에게 묻는 경우
② 자기 인생이 자주 꼬이는 이유를 주술적인 방식으로 알아내고 또 해결하고 싶은 경우

3. 따라서 사람들이 점술에 의존하는 이유는 크게 다음 두 가지로 볼 수 있다.
① 미래에 대한 불안감
② 책임 전가 성향

4. 3-①을 'here and now'에 따라 보강하여 다음의 두 가지를 더 추가한다.
③ 우리 민족은 무속 의존적 성향을 갖고 있다.
④ 최근에 인터넷이 급격히 대중화되었다.

5. ①, ②, ③, ④의 조합이 바로 최근 주술 신드롬의 원인이다.

06 한류의 원인과 전망, 대책

반문을 잘하는 방법

> 최근 중국에서 일고 있는 한류 열풍은 우리 나라의 산업에까지 영향을 주고 있다. 이에 따라 한류 열풍을 적극 이용해서 현재의 경제 위기에서 벗어나자는 주장과, 한류는 중국의 개방화와 경제 성장으로 인한 일시적인 현상일 뿐 좀더 숙고해야 한다는 주장이 맞서고 있다. 이에 대한 자신의 생각을 각각 말하시오.
>
> – 서울대 기출

외양은 찬반 양론형처럼 보이지만 사실은 원인 분석형 문제지. 한류의 원인이 무엇인가에 따라, 한류는 그 실체가 불분명한 한때 유행 같은 것이라고 답할 수도 있고, 실체가 있으며 지속 가능하다고 답할 수도 있다. 한류에 대해서는 많이 들어 봤을 테니, 비교적 쉬운 문제지?

네, 좀 어려운 걸 내주시지. ^^

이렇게 쉬운 듯한 문제는, 그 후속 질문이 까다롭다는 걸 명심해라. 괜히 칭찬을 했구나. 25초 만에 자만을 떨다니. 아무튼, 대답해 봐라.

우선 한류의 원인을 분석해 볼게요. 그건 당연히 우리 나라의 대중 문화가 중국의 대중 문화보다 우수하기 때문이죠. 문화는 물과 같아서 높은 데서 낮은 데로 흘러가게 마련이니까요. 한류의 '류'란 단어에 이미 문화를 물의 흐름으로 보는 전제가 깔려 있다고도 봅니다.

우리 문화가 중국 문화보다 우수하다? 우수하다든지 열등하다든지, 어느 쪽으로라도 판단을 내리기 위해선 어떤 기준이 있어야 할 텐데, 그 기준은 뭐지?

문화의 세련된 정도 아닐까요?

우리 문화가 더 세련됐다? 세련됐다는 건 또 무슨 뜻이지? 구체적으로 말해 봐라.

아무래도 서울 사람들이 시골 사람들보다 더 세련됐잖아요. 그런 의미죠.

도회적인 분위기를 말하는 건가?

그렇죠. 그 비슷한 거죠.

서울 사람이랑 일본의 동경 사람을 비교하면 누가 더 세련됐을까?

인정하긴 싫지만…… 동경 사람들이라고 봐야겠죠.

왜?

일본 문화를 우리가 주로 수입하잖아요.

지금 네가 동어 반복을 하고 있다는 걸 알고 있니?

네? 왜요?

방금 너는 중국이 우리 문화를 수입하는 이유(즉 한류의 이유)가 우리 문화가 중국 문화보다 우수하기 때문이라고 했다. 우수하다는 것은 곧 세련됐다는 뜻이고. 그리고 더 세련됐다고 볼 수 있는 이유는 중국이 우리 문화를 수입하기 때문이라며? 그러면 계속 돌고 도는 순환 논증 아닌가? 중국이 우리 대중 문화를 수입하는 이유는 우리 문화가 더 세련됐기 때문이고, 세련됐다고 볼 수 있는 근거는 또 중국이 우리 문화를 수입하기 때문이라는 거니까.

아, 그러네요. ^^;; 취소하고 다시 할게요. 우리 대중 문화가 중국의 문화보다 우수하다고 볼 수 있는 기준은 좀더 서구적이기 때문이에요. 자존심이 상하긴 하지만, 그게 현실이지요. 서구 대중 문화가 전반적으로 더 우수한 건 사실이잖아요.

우리 문화가 우수한 이유를 보다 서구적이기 때문이라고 했는데, 그럼 서구 문화가 우수하다는 건 누가 보증해 주지? 그리고 각 나라의 문화를 놓고 우열을 가릴 수 있다고 했는데, 그렇다면 우리의 보신탕 문화는 서구의 음식 문화보다 우월한가, 열등한가?

-_-;;

문화 상대주의의 반대 개념인 문화 보편주의의 입장을 따를 경우, 서로 다른 두 문화를 비교해서 우열을 가릴 수 있다는 결론이 나온다. 네가 그런 주장을 하길래 보신탕이 우월하냐 열등하냐를 물어 본 거야. 뿐만 아니라 문화는 높은 곳에서 낮은 곳으로 일방적으로 흘러간다는, 너와 같은 주장을 하게 되면 다음과 같은 반론에 봉착하게 되지.

'그렇다면 인도 같은 후진국 문화가 미국 같은 선진국으로 흘러 들어가는 현상은 어떻게 설명할 수 있을까(이거 실제 서울대에서 나왔던 후속 질문이다)?'

아, 처음에 우리 대중 문화가 더 우수해서 그렇다는 전제하에 시작하니까 엄청나게 꼬여 버리네요. -_-;; 처음부터 다시 할게요.

한류의 원인을 분석해 보면, 중국은 우리 나라와 역사적으로 많은 접촉을 해온데다가, 같은 유교 문화권이라는 이유로 정서적으로도 비슷한 점이 많기 때문에 우리 문화가 쉽게 유입된 거지요.

너도 좀 이상하다고 느껴지지? 우리가 공부한 거 있잖아. 스스로 반례를 들어가며 검토해 보는 절차! 그 절차에 따라서 검토해 보자.

어? 그럼 전 시간에 배운 'here and now'는 안 써먹나요?

그건 원래 반문을 통해 반례를 찾는 절차에 포함되어 있는 거다. 다만 너무나 기본적이고 중요해서 절대로 누락되어서는 안 되겠기에 'here and now'라는 이름을 붙여 특별히 더 강조한 것뿐이지 반문을 통해 반례를 찾다 보면 '왜 하필 우리 나라인가?(here)', '왜 유독 지금인가?(now)' 이 두 가지 이유가 자연스럽게 밝혀지게 되어 있단다.

네, 알겠습니다. 그럼 이제 해볼게요.

'역사적 배경이나 정서가 유사하면(두 문화 사이에서) 문화 전파가 일어난다.' 제 생각을 이런 조건문의 형태로 바꿔 보았습니다. 전제(역사적 배경이나 정서가 유사)는 만족시키면서 결론(문화 전파가 일어남)은 만족시키지 않는 사례가 반례이므로 다음과 같이 반문을 해봅니다.

반문 ① 역사적 배경이나 정서가 유사하면 꼭 문화 전파가 일어나는가? 그럼에도 불구하고, 문화 전파가 안 일어나는 사례(반례)도 있지 않은가?

반례 ① 홍콩은 역사적 배경이나 정서가 중국과 유사함에도 불구하고, 문화가 중국에 잘 전파되지 않았다('한류'는 있어도 '홍콩류'는 없으니까).

here   역사적 배경, 정서가 유사할 경우 문화 전파가 일어난다면, 홍콩
          도 우리 나라처럼 중국과의 유사성이 강한데 홍콩 문화는 중국
          에 잘 전파되지 않고, 왜 하필 우리 나라 문화만 전파되는가?

그런데 반례가 이거 하나뿐인가? 'now'를 중심으로도 생각해 봐라.
아, 이거 말씀하시는 거죠? ^^

반문 ② 역사적 배경이나 정서가 유사하면 '어느 때라도' 꼭 문화 전파
          가 일어나는가? 그럼에도 불구하고, 문화 전파가 안 일어났던
          '시기'도 있지 않은가?

반례 ② 우리 나라와 중국의 역사적 배경이나 정서가 유사하기는 1980
          년대나 1990년대나 마찬가지다. 즉 1980년대에도 유사성이 있
          었지만 문화 전파가 일어나지 않았다(1980년대에는 '한류'가
          없었으니까).

now   우리와 중국의 역사적 배경이나 정서가 유사하기는 1980년대
          나 1990년대나 마찬가지인데, 왜 1980년대에는 문화 전파가
          일어나지 않다가 유독 1990년대에 들어서야 '한류'라는 문화
          전파가 일어났는가?

두 가지 반문에 대해 각각 반례가 있다는 건, 아직 완전하지 않다는 증거
지. 그러니까 네가 찾은 원인을 수정하거나 보강해야 한다. 해봐라.

📦 반례로부터 더 정확한 원인을 알아낸다!

😊💬　　네. 우선 첫 번째 반례부터(here) 생각해 볼게요. 홍콩의 경우는 얼마 전 중국 본토로 편입되면서 매력이 없어져 버렸습니다. 중국 입장에서는 이제는 홍콩이 자기네 땅덩어리 중 하나가 됐거든요.

😊💬　　중국이 홍콩으로부터 느낄 수 있었던 문화적 매력이란 게 뭐지?

중국으로 반환되기 전까지 홍콩은 영국령이었기 때문에, 사회 구성원은 중국인이지만 사람들의 의식이나 문화는 서구적이었습니다. 그런 면에서 홍콩은 동 · 서 문화의 완충 지대였다고 할 수 있고, 그런 데서 오는 묘한 이질감, 서구적 세련됨이라는 매력을 가지고 있었지만 지금은 그 가치를 잃어 버렸습니다.

그럴듯한 얘기구나. 그 생각을 바탕으로, 이제 무엇을 해야 하나?

원인을 보강해야죠. 양국 사이의 유사성만으로는 문화 전파 현상을 충분히 설명할 수 없다는 걸 알았으니까요. 수용하는 측이 상대 대중 문화에 대해 매력을 느껴야만 전파가 일어날 것 같아요. 이건 중국이 우리 문화는 받아들이지만 홍콩 문화는 받아들이지 않는다는 데서(here) 착안한 생각입니다.

그 매력이란 게 뭘까? 좀 구체적으로 말해 보자.

여러 가지로 얘기할 수 있습니다. 문화 사대주의에서 비롯된 막연한 동경도 될 수 있겠고, 단지 신기한 것에 이끌리는 호기심도 될 수 있겠지요. 그것이 더 좋아 보이고 세련되어 보인다는 호감도 매력에 포함되겠죠.

다음, 두 번째 반례(now)를 놓고 어떤 생각을 할 수 있니?

양국 사이에 유사성이 있다고 해서 항상 문화 전파가 일어나는 건 아니라는 겁니다. 1980년대에도 중국과 우리 사이에 유사성이 있기는 했지만, 그때는 중국이 지금처럼 개방되지도 않았고 경제력도 떨어져 문화적 욕구가 강하지 않았습니다. 특히 대중 문화의 주축을 이루는 것은 상업성인데, 기본적 생계조차 어렵다면 문화에, 특히 외래 대중 문화에 눈돌릴 여유가 없었겠죠. 이런 점으로 봐서 아무리 유사성이 있고 상대 문화에 호감을 가질지라도, 수용하는 측의 경제력이 뒷받침되지 않아 외래 대중 문화에 대한 소비 욕구가 없다면, 한류와 같은 외래 문화 수용 붐이 일어나기란 불가능하겠지요.

지금까지 말한 것을 종합해서 그 원인을 다시 말한다면?

① 문화를 주고받는 나라들간에 역사적으로나 정서적으로 어느 정도의 유사성이 있어야 하고 ② 수용하는 측의 외래 문화에 대한 소비 욕구가 있어야 하고 ③ 어떤 이유에서든지 수용하는 측이 상대 문화에 대한 매력을 느껴야 합니다.

이제 내가 묻는 질문에 스스로 대답할 수 있을 것 같구나. 그렇다면 중국에서 일본 문화의 선풍이 일어나지 않은 이유는 뭘까?

③번의 조건을 충족시키지 못하니까 그런 거지요. 중국인들은 일본인들에 대해서 역사적인 이유로 상당한 거부감을 느낀다고 들었습니다. 그러니 당연히 매력을 못 느끼는 거죠. 중국인들의 반일 감정은 우리 나라 사람들의 반일 감정 못지않다고 하더군요.

몽골이나 베트남 등에서의 한류도 중국과 거의 같은 맥락으로 이해할 수 있겠지. 좀 의외인 것은 대만에서도 한류 열풍이 강하게 일고 있다는 사실이다. 중국이나 몽골, 베트남은 우리보다 경제력이 떨어지는 나라들이고 최근 개방화 정책을 펴면서 경제 발전에 박차를 가하고 있다는 점에서 하나의 카테고리로 묶일 수 있지만, 대만은 우리보다도 잘사는 나라 아닌가? 그러니 뭔가 특별한 이유가 있을 듯한데?

대만의 한류 열풍의 원인은 특히 ③번 조건의 '매력'이 큰 역할을 하는 듯싶어요. 원래 대만 대중 문화의 주류는 일본이었다고 합니다. 그래서 대만은 '리틀 도쿄'라 불릴 정도였고, 젊은층 중에는 일본 대중 문화의 세례를 받은 '합일족'들이 많았다고 하거든요. 대만 TV에서 높은 시청률을 차지하는 건 대개 일본 드라마였고요. 그런데 매양 변화가 없는 일본 문화에 식상해진 대만 사람들이 그 대안으로 한국 문화를 찾게 되었다는 겁니다. 한국 문화에는 일본 문화가 가지고 있지 않은 정열이나 힘 같은 역동성이 느껴진대요. 더욱이 한국 문화는 일본 문화에 비해 그 사용 대가로 지불해야 할 비용이 적다는 것도 무시 못할 원인이라 하구요.

일본 문화에 식상해 있는 대만 사람들의 입맛에, 참신한 우리 문화가 어필하게 된 거다, 그것도 싼값을 무기로? 결국 일종의 틈새 시장을 파고들었다는 거군.

그런 성격이 크다고 할 수 있지요. 또 일본 대중 문화 스타들은 대만에서 TV 드라마나 영화, 음반이 팔려도 대만에 직접 가서 팬 사인회를 해주거나, 홍보 활동을 거의 하지 않는다고 합니다. 그런데 우리 나라 스타들은 홍보 활동도 잘 해주니까 더 좋아하게 되는 거구요.

우연적인 여러 조건들이 절묘하게 맞아떨어져서 '틈새'가 생겼을 때 그 타이밍을 놓치지 않고 잽싸게 파고드는 것이 '틈새 전략'이다? 그렇다면 그 틈새는 곧 메워지게 마련이고 따라서 한류는, 적어도 대만의 한류는 금방 사그라들 한때의 유행 정도에 불과하다는 건가?

그럴 수도 있지만 안 그럴 수도 있겠죠. 우리가 일본의 전철을 밟아 다양한 컨텐츠를 제공하지 못하거나 새로운 것을 추구하지 않고 정체된다면 밀려나는 거고, 그 반대이면 오래도록 자리 보전하는 거지요. ^^

중국이 우리 문화에 대해 느끼는 매력에 대해서는 구체적으로 언급하지

않고, 호감이나 호기심 등의 추상적인 단어로 대충 때우고 넘어갔는데 그
것도 구체적으로 설명해 봐라.

🗇 배경 지식이 많을수록 답변이 윤택해진다

🙂💬 (그걸 기억하고 있었다니! 지독하군. -_-) 대중 문화의 중심은 아무래
도 서구에 있습니다. 특히 그 중에서도 미국! 우리 나라나 중국이나 대중 문화
측면에서 보면 여전히 '변방'이나 다름없지요. 그러니 중국의 궁극적 지향도 결
국엔 미국 문화에 있겠죠. 그렇지만 중국은 미국에 대해선 일종의 라이벌 의식
도 있고 반미 감정도 있기 때문에 미국 문화를 직수입하지는 않는 것입니다. 그
래서 왠지 친근하게 느껴지는, 그러면서도 서구의 요소를 동양적으로 잘 갈무리
해낸 우리 문화를 찾게 되는 것 아닐까요? 냉정히 말하면 우리 대중 문화는 서
양의 것을 복제해서 재생산한 것이니까요. 물론 그렇다고 해서 우리 문화에 독
창적 요소가 전혀 없다는 건 아니지만 대개는 그렇다는 거지요. 중국 십대들이
진짜 열광하는 부분은 우리 나라 가수들의 뛰어난 댄스와 랩 실력이라고 합니
다. 그런데 이건 미국에서 들어온 문화잖아요.

🙂💬 우리 대중 문화가 가지고 있는 서구적 요소가 매력이다? 또 다
른 요소는 없을까?

우리 나라에 대해 중국인들이 느끼는 부러움도 큰 요소가 아닐까요? 변방에 있
는 조그만 나라가 식민 지배에서 독립하고 얼마 있다 큰 전쟁까지 치르고도 짧
은 기간 동안 주목할 만한 경제 발전을 이루어냈잖아요. 게다가 세련된 대중 문
화까지 발전시켰으니, 그 과정을 쭉 지켜본 중국 입장에선 우리가 이룬 것들을

부러워할 것 같습니다. 우리 나라와 우리 민족에 대한 선망어린 분위기가 없었다면, 그렇게 전면적인 한국 대중 문화 붐이 중국 땅에서 일어나기 힘들었겠죠. 일부 문화 요소가 유입될 수 있었을진 몰라도.

아무래도 넌 한류 열풍이 한때에 그치지 않으리라고 낙관하는 듯한데, 그 이유는 무엇이지?

한류의 원인을 분석해 보면 한류의 향후 전망에 대해서도 어느 정도 예측이 가능하리라고 봅니다. 제가 찾은 세 가지 원인 중에 첫 번째인 중국과 우리 나라 사이의 유사성은 앞으로 크게 변할 리가 없다는 거죠.

두 번째, 중국인들의 외래 문화에 대한 욕구도 경제가 더 발전하면 할수록 점점 더 강해지지, 약해지지는 않을 거라는 겁니다. 물론 이건 중국 경제가 더욱 성장하리라는 예측을 전제로 한 것입니다.

문제는 세 번째 원인, 즉 중국이 우리 문화에 대해 느끼는 '매력' 부분인데, 이건 좀 가변적입니다. 원래 대중 문화는 좀 변덕스럽잖아요. 그런 데다가 우리 문화가 그들에게 더 이상 매력적이지 않게 느껴질 수도 있는 거고.

어떤 경우에 그렇게 될 수 있다는 거지?

그야 물론 싫증 날 때지요. 매양 똑같은 것만 보다 보면 당연히 식상함을 느낄 것입니다.

더 구체적으로 예를 들어 설명하면?

한류 중 음악을 예로 들죠. 따지고 보면 중국의 한류를 주도하는 건 우리 나라 대중 가요 가수들이고, 그 중에서도 특히 댄스 가수들입니다. 그들의 춤과 랩, 외모가 잘 통하는 거지요. 그렇지만 댄스 음악 일변도로 지속되다간 곧 싫증을 느끼게 될 수 있습니다. 우리가 몇몇 스타에만 의존하고, 스토리 구성도 엇비슷한 '홍콩 느와르'에 곧 싫증 났듯이요. 그렇더라도 중국이 문화의 모델로 삼을 만한 나라는 우리 나라 아니면 일본밖에 없는데, 일본에 대해선 워낙 뿌리 깊은 반일 감정을 가지고 있으므로 중국이 쉽게 '선수 교체'를 단행할 것 같지는 않습니다. ^^ 그러니까 한류가 그리 쉽게 사그라들지는 않으리란 얘기죠.

그렇지만 한류가 중국 전역에, 모든 계층에 강하게 어필하고 있는 것은 아니다. 외국 문화에 경도되어 있는 신세대 계층이 한류 열풍을 주도하는 거지. '어린애들'을 주 타깃으로 하는 한류가 과연 그렇게 큰 산업적 가치가 있을까? 한류의 경제적 가치가 너무 과장된 것 아니야?

제가 얼마 전에 TV에서 봤는데, 한류에 열광해서 스타를 만나러 한국까지 찾아오는 등, 스타에 대한 사랑이 한국 상품의 구매로 직접 이어지는 계층은 '소황제'라고 불리는 소위 '있는 집' 자식들이랍니다. 그런데 중국은 워낙 인구가 많아서 이런 '소황제' 수만 따져도 엄청나다고 하네요. 걔네들이 언제까지나 십대로 머물러 있지는 않을 테고, 곧 생산과 구매의 주체로 떠오른다는 거지요. 게다가 한류에서 비롯된 '고급', '세련'이라는 우리 나라 국가 이미지가 그대로 우리 상품으로 전이되어 한국산 휴대폰이나 TV 등 전자 제품이 엄청난 고가에 팔리고 있답니다. 여기서 그치지 않고 옷, 신발, 액세서리 등 패션에서부터 우리 게임 소프트웨어까지 선풍적인 인기를 끌고 있다죠. 이런 점들로 미루어 한류가 유행 수준은 이미 넘어선 거라고 봅니다. 다소 과장됐지는 모르지만 그 산업적 가치도 무시할 수 없는 수준이라는 거지요.

그럼, 한류를 지속시키고 발전시키려면 어떻게 해야 할까?

아까도 잠깐 말씀드렸지만, 그 경로를 더욱 다변화해야겠지요. 10대 위주에서 2, 30대까지로 대상을 넓히고, 댄스 음악 위주에서 다양한 장르로 확대시키고요.

그건 여러 부문을 우리가 다 잠식해서 단물을 쏙 빨아먹겠다는 심보인데,

과연 중국이 우리가 원하는 대로 해줄까? 중국인들은 자존심 세기로 이름 난 민족이다. 서방에 대한 태도에서도 그런 게 느껴지지 않니? 우리가 볼 때 타당해 보이는 충고도(중국 인권 문제에 대한 서방의 비판) '중국인에게 적합한 방식은 따로 있다.'는 논리로 거부하는 등, 중국은 외교에 있어서 다소 고압적인 자세를 견지하고 있다. 2008년 올림픽 유치 결정이 난 후에 우리 나라에서 있었던 '보신탕 공방' 같은 것을 사전 차단하려는 의도로 서방 기자들을 데리고 다니면서 개 사육 농장 따위를 '견학'시킬 정도지. 이렇게 자존심 강한 중국인들이 한류를 언제까지 두고 보기만 할까? 그들 입장에서 보면 한류란 일종의 문화 잠식인데.

그럼 어떻게 해야지요?

호혜주의 원칙에 입각해 점차 쌍방향 교류로 나아가야겠지. 모든 관계가 그렇듯이 문화 영역에서도 일방적으로 주기만 하거나 받기만 하는 관계는 오래 지속될 수 없을 테니까.

그렇다면, 그런 방향으로 나가도록 정부가 적극적으로 개입해야 한단 말인가요?

한류를 만드는 데는 아무 역할도 하지 않던 정부가 뒷북을 치고 나선다는 것도 우스운 일이다. 국가가 나서면 중국 측의 거부감을 살 수도 있으니까, 그저 민간에서 알아서 하도록 지원을 잘 해주고 방향 제시만 해주면 되겠지. 그런데 왜 내가 너한테 대답을 하고 있는 거지?

Point

1. 완벽한 원인 분석은 단번에 나오지 않는다.

최초 자신의 분석을 놓고 교수님의 입장이 되어 집요하게 트집 잡아 보고, 즉 반례를 찾아 보고, 그 반례로부터 원인을 보강해야 한다.

'원인 분석 – 반례 찾기 – 원인 보강'의 절차를 자기 머리 속에서 거친 후 비로소 교수님 앞에서 입을 열어라!

2. 최초 원인 분석 : 역사적 배경이나 정서가 유사하면 문화 전파(한류)가 일어난다.

① here 중심의 반례 : 중국과의 유사성으로 따지면 홍콩이 으뜸인데 홍콩 문화가 아닌, 왜 유독 우리 문화만(here) 중국에 전파되는가?

② now 중심의 반례 : 우리의 역사적 배경이나 정서가 중국과 유사한 것은 어제, 오늘의 일이 아닌데, 왜 하필 지금(now)에서야 '한류'라는 문화 전파가 일어나고 있는가?

3. 반례 ①로부터의 원인 보강

홍콩은 이제 더 이상 중국에게 매력적이지 않다!

→ 수용하는 측이 상대 대중 문화에 대해 매력을 느껴야만 문화 전파가 일어난다.

4. 반례 ②로부터의 원인 보강

1980년대, 1990년대 초까지만 해도 중국은 경제적인 이유로 외래 대중 문화에 눈을 돌릴 여유가 없었다.

→ 문화 전파가 가능하려면 수용하는 측이 외래 문화에 대한 소비 욕구를 느껴야만 한다.

5. 정리

'한류'와 같은 대중 문화의 전파가 일어나기 위해서는,

① 문화를 주고받는 나라들간에 어느 정도의 유사성이 있어야 하고

② 수용하는 측이 상대 문화에 대해 매력을 느껴야 하며

③ 수용하는 나라 대중들의 외래 문화 향유 욕구가 있어야만 한다.

Part VI 여기까지도 알고 면접장에 들어가면 80점은 맞는다!

07 유머 감각을 가진 로봇

◻ 범위가 큰 대상이라면 '분석'이 좋다!

[유머 감각을 지닌 로봇을 만들고자 한다. 어떻게 해야 할까?]

  참 막연한 문제네요. -_-;;

  우선 무엇을 해야 할까?

유머 감각의 근원이 무엇인가? 어떤 상황에서 인간이 웃게 되는가? 웃음을 유
발하는 원인이 무엇인가? 이런 것들을 우선 분석해야 될 것 같은데요.

그렇지. 관건은 바로 '분석'이지. 이 기회에 분석에 관해 다시 한번 생각해
보기로 하자. 분석이 뭐지?

종합의 반대말이죠. ^^;;;

그럼 종합은 뭐냐? 분석의 반대말이죠. 이거는 안 된다.

(눈치는 빨라가지고 --;;;) 종합은 합치는 거죠. 그럼 분석은 쪼개는 거네요, 뭐.

그렇지. 아주 단순하지만 틀린 말은 아니다. 분석을 해야만 하는 상황은 언제지?

그 대상의 범위가 크고 추상적일 때요.

그렇다. 한마디로 막연할 때지. 과학자들이나 철학자들은 분석을 너무나도 즐기는 사람들이다. 우리가 지금까지 원인 분석을 했는데, 그 절차를 다시 한번 되돌아보자.

어떤 현상에 대한 원인이 될 수 있는 것들은 사실 너무나 많다. 원인은 시간상으로 결과(현상)에 앞서 있게 마련이거든. 그 모든 것들을 일단 '원인 후보'라고 부르기로 하자. 이 무수히 많은 원인 후보들 중에서 우리는 직관에 의해 또는 경험적 지식에 의존해서 진짜 원인이라고 의심되는 것들을 몇 개 골라내지. 그런 연후에 스스로 반문해 보고 반례를 찾아보는 과정을 반복해서 진짜 원인을 찾아 나가는 거다. '나'를 놓고 분석을 한다면 어떻게 할 수 있을까?

'나'라면 선생님을 말하는 건가요?

그래, 네가 한번 해봐라.

선생님이란 인간(?)을 분석하자면 우선 이걸 빼놓을 수가 없겠지요. 잘난 척하기를 즐긴다.

잠깐! 그런 부분은 너무 주관적으로 치우칠 수 있으므로 나의 신념, 생각, 성격 이런 요소는 다 제거하고 객관화할 수 있는 물리적 요소만을 대상으로 해보자.

(아깝다. 절호의 찬스였는데. --;;;) 우선, 서울에 거주하는 25세 남자 대학생, 정확히 말하면 휴학생이죠. 지금은 이곳 지방에 내려와 있지만.

그럼 그 조건만 다 충족시키면 그게 곧 '나'인가?

(이 물음은 반례를 찾고자 하는 질문, 즉 반문이지?) 물론 아니죠. 지금은 지방에 있지만 원래 거주지는 서울인 25세 남자 휴학생 손들어봐! 그러면 전국적으로 수천 명은 손들 테니까.

그래, 바로 그거다. 딱 한 명만, 바로 나 혼자만 손들 수 있는 조건을 찾아내는 것이 바로 분석이지.

그러자면 조건이 너무 많이 붙는 거 아닌가요?

그러니까 중복되지 않게, 간결하게 '나'를 딱 집어 가리킬 수 있는 특징적인 조건을 찾아야지. 그게 바로 좋은 분석이 되는 거야. 네가 지금까지 제시한 조건들은 너무 평범한 것들 아니니?

특징적인 게 뭐 있을까요? 아! 맞다. 선생님 군대 면제받았죠?

왜 그렇게 생각하지? 군대 가서 엄청나게 고생했는데, 너 혹시 강원도 철원이라고 들어 봤어?

당연히 들어 봤죠. 철원 쪽 군대면 진짜 고생 많이 하셨겠네요. 거기 최전방이잖아요.

네가 좀 아는구나. 근데 철원에서 서쪽으로 쭈욱~ 가면 '서울'이라고 나온다. 나 거기서 군생활했는데…….

-_-;; 군대마저 편한 데로 갔다와서 그러시군요?

그렇다니? 무슨 말이지? 그리고 서울에 있는 부대라고 해서 편하다고 생각하면 안 되지. 서울에 군인이나 군인 가족들이 주로 들러 몸과 마음을 재충전하는 군인 호텔이 있거든. 내가 거기 관리병으로 근무하면서 겁나게 고생 많이 했다. 오죽하면 '공수 특전 수색 호텔 관리병'이라는 별명이 붙었겠니!

아~ 그게 특징이네요. 웬만해선 그렇게 편한 부대로 배치받기 어렵잖아요. 서울 거주 25세, 남자, S대 휴학생으로서 군인 호텔 관리병으로 근무하다 3개월 전에 제대한 사람! 이 조건에 해당하는 사람 손들어 봐! 그러면 거의 손드는 사람 없겠죠?

아, 맞다! 진짜 특이한 거 생각났어요. 선생님은 아직까지 휴대폰이 없는 데다가 삐삐를 가지고 다니잖아요! ㅋㅋㅋ 진작 이거 할걸 그랬네. 삐삐 가지고 다니는 사람 손들어봐! 그 조건만으로도 거의 손드는 사람 없을 텐데. 이제 선생님이라는 사람에 대한 분석이 다 끝났어요. ^^

좀 이상한 분석이긴 했지만……. --;; 그래, 분석이란 바로 그런 거다. 어떤 추상적인 대상을, 여러 요소로 잘게 썰어서 그 특징을 밝혀내는 것. 그런 분석 방법을 이용해서 이 문제를 해결해 보자.

⬜ 웃음이 발생하는 사례를 다양하게 떠올려 본다

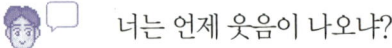 너는 언제 웃음이 나오냐?

너무 막연한데요. 웃음이 나오는 상황을 일일이 다 분석할 수도 없는 노릇이고.

네가 지금 그걸 일일이 다 할 필요는 없다. 다른 사람이 해놓은 걸 가져다 써먹어도 될 텐데?

그런 작업을 누가 했을까요? 아무도 안 했을 것 같은데.

코미디 장르라는 게 있잖니. 그 장르가 바로 웃음을 유발하는 상황을 분류해 놓은 것이 아닐까?

아~ 그렇군요. 그런데 코미디 장르 구분이 어떻게 되는지 잘 모르거든요. ^^;;;

세분화하면 더 많은 장르가 나올 수 있겠지만, 지금 여기서는 간단하게 말로 웃기는 스탠딩 코미디와 몸짓이나 표정으로 웃기는 슬랩스틱 코미디, 이 두 가지를 놓고 생각해 보자.

그래도 도저히 생각이 안 나요! T.T

안 되겠군. 웃기는 얘기 하나 해줄 테니 여기서 힌트를 얻어라.

이야~ ^ ^

나는 그날 밤 자정이 다 된 시간에 차를 몰고 집에 가고 있었다. 그런데 갑자기 배가 아프기 시작했고 도저히 참을 수 없는 지경에 이르렀다. 그래서 하는 수 없이 길가에 차를 세우고 근처 공중 화장실을 찾아 들어갔는데, 그 늦은 시간에도 화장실 첫째 칸의 문이 닫혀 있는 거였다. 누가 있군 하면서 나는 그 옆 둘째 칸에 들어가 볼일을 보고 있었다. 그때 들려오는 느끼한 목소리…….

첫째 칸 : 안녕하세요?

나는 약간 주춤했다. 화장실에서 볼일 보다 옆 칸에서 볼일 보는 사람과 대화를 나누게 되다니……. 그래도 대답을 안 하면 더 어색할 것 같아서 말을 받아 주었다.

나 : 네…… 안녕하세요.

첫째 칸 : 지금 뭐하세요?

나 : (음…… 화장실에서 이것 말고 뭘하겠냐) 집에 가려고 하는데요…….

그 다음 첫째 칸에서는 그 남자의 이런 말소리가 들려 왔다.

첫째 칸 : 해옥 씨, 제가 좀 있다 다시 전화 드릴게요. 어떤 놈이 옆에서 제

가 해옥 씨한테 하는 말에 대답을 하구 있어서요.

푸하하해! 정말 웃겨요~ ^0^

이거 고전적인 유머인데……. 아무튼, 여기서 웃음을 유발하는 요소가 뭘까?

엄청 웃긴 실수를 했잖아요. 그러니까 웃기죠. ^^ ㅋㅋㅋ

또 순환 논증이네. 웃기니까 웃기다?

터무니없는 실수를 한 얘길 들으면 웃기는 경우가 많거든요. 그런 부분에서 어떤 해답을 찾을 수도 있을 것 같은데.

그렇지. 실수는 무엇을 전제로 하지?

그게 무슨 말이죠? 전제로 하다니요?

실수란 말은 그 자체로 성립할 수 있는 게 아니잖아. 정상적인 행동이 있어야만 실수라는 개념이 성립하겠지? 마치 안티 사이트처럼.

아~ '안티 xxx'라면 그 'xxx'가 있어야만 그에 대한 안티가 성립한다는 거죠? 실수도 정상 행동이 먼저 있고 난 후에야 존재할 수 있는 것이고. 정상 행동과 실수와의 차이에서 웃음이 발생한다는 건가요?

그래, 비슷한 것 같구나. 사람들은 어떤 얘기를 들을 때 으레 정상 행동을 먼저 떠올리지. 그런데 그 얘기가 듣는 사람이 가진 선입견, 즉 정상 행동에 대한 기대를 저버리게 되면 거기서 웃음이 터지는 거지. 얘기를 듣는 사람의 기대와 실제 이야기 사이의 반전, 불일치 같은 것이 있어야만 웃음이 발생하지 않겠어?

아~ 어떤 두 가지 요소가 있는데, 하나는 듣는 사람의 선입견이고 다른 하나는 그 이야기의 실제 내용이에요. 그런데 이 두 가지 요소 사이에 부조화나 불일치가 생기면 웃음이 발생한다, 이런 얘기군요.

이렇게 생각해 볼 수도 있겠지. 웃음의 원인으로 우리가 찾아낸 것이 '두 요소간의 반전'이지? 이것이 웃음의 진짜 원인이라면, 원인이 달라지면 결과도 달라질 테니 '두 요소간의 반전'이란 원인을 제거하고 나면 웃음이 발생하지 않아야만 하겠지?

그렇겠죠, 뭐.

그럼 아까 그 얘기에서 '두 요소간의 반전'을 없애고 얘길 한다면 전혀 웃기지 않겠지? 그렇게 얘기를 해봐라. 하나도 안 웃기게.

좀 자신이 없는데요. 제가 워낙 잘 웃기는 스타일이라⋯⋯. 하지만 한번 해보죠. 이 얘기에서 '두 요소' 중 하나는 청자의 일반적인 기대이고, 다른 하나는 청자의 기대를 저버리는 이야기의 스토리입니다.

우선 듣는 사람은 이렇게 기대를 하겠죠. '아하~ 화장실에서 볼일 보면서 옆 사람이랑 대화를 했다는 거군.' 그러나 실제 이야기는 그 기대를 철저하게 배반하죠. '그게 아니라, 옆 사람은 단지 핸드폰으로 다른 사람과 통화를 하고 있던 것이다!' 이 양자간의 불일치를 없애서 스토리를 재구성하면 다음과 같습니다. '내가 화장실에서 볼일을 보는데 옆 칸 사람이 '안녕하세요'라며 말을 걸어와서 나도 대꾸를 하고, 그렇게 우린 서로 볼일을 보면서 대화를 계속 나눴다. 이 얼마나 웃기는 상황이냐! 화장실에서 옆 사람이랑 얘기를 하다니! 하하하.'

어때요? 반전이 없어지니까 안 웃기죠? 또 이런 스토리 구성도 가능하겠죠.

'내가 화장실에서 볼일을 보는데 옆 칸 사람이 '안녕하세요'라고 말했다. 설마 볼일 보면서 옆 사람한테 말을 거는 놈이 있을까 싶어서, 나한테 한 말이 아니라 핸드폰에 대고 한 말이겠거니 생각했다. 그런데 역시나 핸드폰으로 통화를 하고 있는 것이었다. 정말 웃기는 놈이다. 볼일 보면서, 그것도 여자랑 통화를

하다니. 하하하.'

이것도 전혀 안 웃기죠? 이런 걸로 봐서 '반전'이 웃음의 원인임에 틀림없는 것 같아요.

이제 슬랩스틱 코미디에 대해서도 우리의 가설이 성립하는지 볼까? 슬랩 스틱이란 배우가 몸짓이나 표정으로 관객을 웃기는 코미디 장르라고 했다. 여기에서도 어떤 두 요소 사이의 반전이 웃음을 유발하는 원인인가?

그렇죠. 옛날 우리 나라 코미디 중에 극중의 어떤 배우가 다른 배우를 때려서 웃음을 유발하는 것들이 많았는데, 여기서 때리는 배우가 아닌 맞는 배우가 주로 주인공이었어요. 즉, 때릴 때보다는 맞을 때 사람들이 더 많이 웃는다는 거죠. 관객을 더 많이 웃기는 사람이 주인공 역할을 맡잖아요. 왜 때릴 때보다 맞을 때 관객들이 더 많이 웃을까를 생각해 봤더니, 맞을 때 배우가 짓는 우스꽝 스러운 표정이나 과장된 행동이 일반적으로 친숙한 장면이 아니라는 점에서 두 요소간의 불일치가 성립하는 거지요. 관객들은 사람들이 맞았을 때 짓게 마련인 고통스런 표정이나 행동을 기대하고 있었는데, 막상 배우들의 표정이나 행동은 이 예상을 뒤엎는 익살스럽고 과장된 것이거든요.

아주 설득력 있는 가설이군. 그 가설대로라면 웃음을 유발하는 두 요소간의 불일치 중 어느 한 요소는 대개 관객의 예상, 기대, 선입견 같은 것들이 되겠지?

그렇겠지요.

그렇다면 지적 능력이 아주 떨어지는 사람이 있어서 코미디를 볼 때 앞으로 전개될 장면을 전혀 예상하지 못한다면, 그런 사람에겐 코미디가 안 통하겠네. 그렇지?

물론이죠. 그런 걸로 봐서 유머도 일종의 지적인 활동이군요. 개그맨들을 보면서 저는 왠지 그 사람들이 머리가 좋을 것 같다고 생각했었거든요. 그러고 보니 남을 잘 웃기려면 머리가 좋아야 할 것 같아요. 관객들의 생각을 미리 예상하고, 그 예상을 뒤엎는 어떤 무언가를 또 생각해내야 하니까요. 그것도 한참 있다 생각하면 안 되고 그 자리에서, 즉석에서 생각해내야 하잖아요. 타이밍을 놓치면 안 되니까.

슬랩스틱에서 웃음의 원인을 정리하면 '일상적인 몸짓이나 표정에 익숙해 있는 관객의 시각을, 배우의 동작이나 표정이 배반하는 데서 웃음이 유발된다.' 라고 할 수 있겠군.

◪ 사고 실험으로 가설을 검증할 수도 있다!

🙂💬　네 주변의 친구들이나 연예인 중 안 웃기기로 정평이 난 사람들을 떠올려서 이 가설이 맞는지 다시 한번 확인해 보자.

🙂💬　영화 배우들 중에 유머와는 전혀 거리가 멀고, 잘생기고 분위기만 있는 사람들이 있잖아요. 그런 사람들은 늘, 대중들이 그들에게 갖고 있는 기대와 예상(멋있고 분위기 있는)에서 벗어나지 않는 말과 행동, 표정만을 보여주기 때문에 기대를 뛰어넘는 반전이랄 게 없고 그러니까 웃기지 않는 거지요.

또 제 친구 중에 웃기려고 노력은 엄청 많이 하지만 안타깝게도 전혀 안 웃기는 스타일이 하나 있거든요. 그 친구는 웃기는 얘기를 할 때 결정적인 대목에서 자기가 미리 웃으면서 얘기를 해버려요. 그러니까 못 웃기는 것 같아요. 말하는 사람은 전혀 안 웃으면서, 오히려 심각한 표정을 지으면서 웃기는 말을 해야 더 웃기잖아요. 그 친구가 하는 말이 재미가 없는 이유는, 친구의 웃음이 듣는 사람에게 '이 대목에서 뭔가 웃기는 얘기가 나온다.' 라고 예고해 주는 역할을 함으로써 반전의 충격을 완화시켜 주기 때문인 것 같아요. 반대로 심각한 표정으로 얘기할 때 더 웃기는 이유는, 그 사람의 엄숙한 표정과 코믹한 스토리간의 불일치, 부조화가 원래 웃음의 요소에 가세해서 웃음을 더 증폭시키기 때문이구요.

그 원인 분석이 옳음을 지지해 주는 사례가 또 없을까?

앗! 생각났어요. 예전에 옷 로비 사건에 대한 청문회가 열렸을 때 앙드레 김의 본명이 김봉남이란 사실이 알려져서 굉장히 웃겼잖아요. 만약 임현식 아저씨 같은 코믹 배우의 본명이 사실은 임봉남이었다고 밝혀졌더라면 그렇게 웃기지는 않았을 것 같아요. 왜냐하면 우리가 평소 임현식 아저씨에 대해 갖고 있는 이미지와 그 본명(임봉남)이 유발하는 느낌이 크게 충돌하지 않기 때문이죠.

반면에 앙드레 김 선생님은 세계적인 패션 디자이너라서 평소 우리는 그에 대해서 엘레강스하고 그레이스한 이미지를 갖고 있었는데, 그분의 김봉남이란 본명의 어감이 우리의 기대를 보기 좋게 깨버렸기 때문에 폭소가 터졌던 것이구요.

그럼 이제 원래 문제로 돌아가서, 로봇에게 유머 감각을 심어 주려면 어떻게 해야 할까?

우선 어떤 말을 듣거나 어떤 장면을 보았을 때 그에 걸맞는 예상을 하거나 이미지를 떠올리는 능력, 즉 선입견을 갖는 능력을 로봇에게 만들어 줘야 할 것 같아요. 그리고 자기 예상의 범위를 벗어난 말이나 행동, 표정을 접했을 때도 그로부터 어떤 이미지를 떠올리는 능력을 만들어 줘야겠지요. 만약 앙드레 김에 대해 우아, 고상이라는 선입견을 갖지 못하거나, 김봉남이란 이름에서 촌스럽다는 이미지를 떠올리지 못한다면, 로봇이 청문회장에 있었다고 해도 웃음이 나올 이유는 없는 거니까요.

그리고 어떤 이미지를 상상해 내려면 경험이 있어야 해요. 선생님에 대해서 '지성적'이란 이미지를 떠올리려면 선생님을 접해 본 경험이 있어야 하듯이요. ^ ^;; 그러니 로봇에 온갖 종류의 경험 데이터를 입력해 두어야겠지요.

아주 잘했다! 특히 나를 이용한 비유는 엄청나게 유효 적절했다고 본다.

🗂 반례를 통해 원인 수정하기

🧑💬   네가 찾은 웃음의 원인을 조건문으로 하면 다음과 같다. '예상과 그 예상을 뒤엎는 반전이 있으면 웃음이 유발된다.' 또는 '익숙한 이미지와 익숙하지 않은 이미지 사이의 불일치, 부조화가 존재하면 웃음이 유발된다.' 이에 대한 반례가 없을까?

🧑💬   반례가 있네요. -_- 예상을 뒤엎는 반전이 있다고 해서 꼭 웃음이 뒤따라야 하는 건 아닌 것 같은데요. 오히려 공포나 충격의 감정이 생길 수도 있어요. 마찬가지로 비일상적인 어떤 장면이나 우리에게 익숙하지 않은 이미지가 반드시 유머의 근원이 되는 것도 아니구요. 오히려 경악의 근원이 될 수도 있죠. 9·11 비행기 테러 장면은 우리에게 매우 낯선 이미지이지만 웃음이 아닌 공포를 불러일으켰어요.

반전과 불일치가 똑같이 존재해도 어떤 때는 웃음이 나고 어떤 때는 경악을 불러온다! 어떤 미묘한 차이가 웃음이냐 공포냐의 향방을 결정해 준다는 건데, 그 미묘한 차이가 뭘까?

각 개인의 경험에서 비롯된 순간적인 판단 아닐까요?

구체적으로 예를 들어서 말해 봐라.

길에서 어떤 사람이 꽈당 하고 엉덩방아 찧는 모습을 보면 일단은 웃음이 나오 잖아요. 그런데 머리부터 바닥에 부딪치면서 넘어진다면 그걸 본 사람들은 웃기 보다는 걱정을 하게 되겠지요. 엉덩방아 찧는 건 별로 안 다치지만 머리를 부딪 치면 크게 다친다는 사실을 경험으로부터 알 수 있고, 순간적으로 판단하게 되 잖아요. 이게 웃기는 상황인지, 심각한 상황인지를, 즉 경험에 의해서 이것이 웃 음을 유발하는 상황인지, 걱정스런 상황인지를 순간적으로 파악하게 되고, 그 판단에 부합하는 쪽으로 반응의 향방이 결정된다는 거지요.

그 가설을 지지하는 또 다른 예가 없을까?

옛날에 영화관에서 〈펄프 픽션〉이란 영화를 본 적이 있었는데, 영화가 시작하고 대략 한 시간 정도 경과할 때까지 저를 비롯한 다른 관객들은 그 영화의 내용에 대해 웃어야 할지, 심각하게 받아들여야 할지를 결정하지 못했던 것 같아요. 아 주 엽기적, 폭력적이었고 반전에 반전을 거듭하는 내용이었지만 영화관 안에는 웃음소리도 없었고, 그렇다고 해서 경악의 탄성이 들리는 것도 아니었죠. 그저 조용했어요. 그런데 한 시간이 경과하면서 저와 다른 관객들은 그 상황에 대한 판단을 내릴 수 있었어요. 이건 전적으로 웃어야만 하는 상황이라고. 그 이후로 영화관 안엔 박장대소가 끊이지 않았어요.

그 영화 내가 봤을 때도 그런 분위기였는데, 네가 봤을 때도 그랬단 말이 야? 혹시 내가 볼 때 너도 거기 어디 있었던 거 아니야? 그런데 그 영화 볼 때 나도 미성년자였는데, 그럼 넌 도대체 몇 살 때 그 영화를 본 거니? 그 거 미성년자 관람불가 영화인데…….

헤헤, 제가 원래 옛날부터 늙어 보였거든요. ^ ^;;

이제 하던 얘기 마무리해 봐라.

네. 그러니까 사람들은 일단 이 상황이 웃어야 하는 건지, 공포나 경악의 감정을 가져야 하는 건지를 암암리에 판단하게 됩니다. 그리고 이 판단을 좌우하는 것이 바로 각 개인의 경험이지요. 예상과 그 예상을 깨는 반전, 이 두 가지 요소가 똑같이 주어져도 웃어야 하는 상황이란 판단이 서면 웃게 되고, 놀라거나 걱정해야 하는 상황이라고 판단하면 공포에 떨거나 경악하게 되는 것 같아요.

코미디 프로를 볼 때나 공포 영화를 볼 때 사람들은 판단을 하지 않고도 그 상황의 성격(웃어야 하는지 아닌지)을 이미 알고 있기 때문에 거기에 맞는 반응을 보이지요. 즉 웃거나 경악하거나 둘 중 하나예요. 그러나 코미디도 아니고 공포 영화도 아닌 현실에선 개인의 경험이 모두 다르기 때문에 그 경험에 입각한 상황 판단 역시 다를 수 있습니다. 그러므로 행인이 길에서 심하게 넘어지는 장면을 똑같이 목격한 사람들이라도 그들의 반응은 제각각이지요. 어떤 사람은 웃고, 어떤 사람은 걱정하고, 또 어떤 사람은 처음엔 웃다가 나중엔 심하게 다치지 않았을까 하며 걱정하게 됩니다.

정리하면, 사람은 경험에 의해서 상황의 유형을 판단하고, 이 판단은 의식적이기보다는 무의식적이고 순간적인 판단이라고 볼 수 있습니다. 그 판단의 결과 웃기는 상황이라면, 또 앞에서 말한 웃음의 조건이 충족된다면 사람은 웃게 되는 것 같아요.

다시 로봇 문제로 돌아가면, 로봇이 대면하게 되는 상황의 유형을 판단할 수 있는 알고리즘과 로봇이 그런 판단을 내릴 수 있는 재료로서의 다량의 경험 데이터를 입력시켜야 하겠지요.

네 말대로라면, 어떤 두 요소 사이의 불일치는 웃음을 유발할 수도 있고, 경악과 공포를 유발할 수도 있는데, 그 불일치를 경험했을 때 사람이 순간적으로 상황 판단을 하게 되고, 그 판단의 결과에 따라서 웃거나 경악하거나가 결정된다는 거지? 그렇다면 만약 누가 갑자기 '악!' 하고 소리 지르면서 네 앞에 나타난다면 그건 네 예상을 뛰어넘는 반전이라고 볼 수 있겠지?

그렇겠죠.

그럼 일단 두 요소간의 불일치라는 조건은 갖춰진 셈이고, 이후 순간적인 판단에 의해서 웃어야 하는 건지 놀라야 하는 건지가 결정된다는 건데……. 사실 그런 상황이면 사람들은 대부분 다 놀라게 된다. 그렇지?

그렇지요.

그럼 판단에 의해서 웃음과 놀람, 이 두 반응 중 어느 한쪽을 선택한다는 건 틀린 가설이 아닌가? 백이면 백 다 놀라지, 그런 상황에서 웃는 사람은 못 봤는데.

반전이란 요소가 그렇게 순간적으로 나타날 때는 판단할 시간적 여유가 없기 때문에 거의 반사적으로 놀람의 반응을 나타내는 게 아닐까요? 그리고 아까 말씀드렸듯이 웃음이란 지성적 활동이기 때문에 웃기 위해선 생각할 약간의 시간적 여유가 필요합니다. 그런 경우에는 시간적 여유가 주어지지 않았기 때문에 우선 반사신경의 작용에 의해서 놀라게 되는 것 아닐까요? 이런 경우를 상상해 볼 수 있거든요. 똑같은 상황인데 나를 놀라게 한 그 사람이 엄청 웃기게 생긴 가면을 뒤집어쓰고 '악!' 하면서 나타난다면 우선은 반사적으로 놀라지만 곧바로 웃게 되지 않을까요?

그래 비교적 괜찮네. 수고했다. ^^ 우만구만

Point

1. 말로 웃기는 유형과 표정·동작으로 웃기는 유형으로 나누어 웃음이 발생하는 사례를 다양하게 떠올려 본 결과, 다음과 같은 일반화가 가능하다.
① 이야기를 듣는 사람들이 갖게 되는 선입견과 기대, 그것에 어긋나는 실제 내용 간의 부조화, 불일치가 웃음의 원인이다.
② 일상적인 몸짓이나 표정에 익숙해 있는 관객의 시각을 배반하는, 배우의 익살 스런 동작이나 표정이 웃음의 원인이다.

2. 이 가설의 설득력을 더하기 위해 실례를 들어 본다.
멋있기만 하고 안 웃기는 영화 배우, 자기가 미리 웃는 바람에 못 웃기는 주변 친 구, '앙드레 김'과 '김봉남'의 반전.

3. 이 가설의 반례를 찾아 본다.
반례 : 예상을 뒤엎는 반전이 반드시 웃음을 유발하는 건 아니다. 공포·경악의 감정을 불러일으킬 수도 있다(9·11 비행기 테러 장면의 예).

4. 반례로부터 원인을 보강한다.
각 개인은 고유한 경험으로부터 상황의 유형(울어야 하는지, 놀라야 하는지)을 순 간적으로 판단하게 되고, 그 판단에 부합하는 반응(웃든지, 놀라든지)을 하게 된 다.

5. 여기에 해당하는 실례를 들어 본다.
길에서 넘어지는 장면을 대할 때 사람들의 반응 유형, 영화 〈펄프 픽션〉을 볼 때 의 경험, 극장에서 여럿이 볼 때 더 재미있게 느껴지는 코믹 영화, TV 오락 프로 그램의 방청객, 과장되게 웃을 줄 아는 진행자와 패널들, 자막, 웃음소리 등의 장 치들.

6. 이처럼 '입증례'와 '반례'를 찾아가며 자신의 가설을 검증하는 절차는 머리 속에서만 진행되는 일종의 실험(사고 실험)으로 볼 수 있다.

Part VII

이것마저도 알고 면접장에 들어가면 85점까지 맞는다!

기본 지식에 대해 알면 엄청 유리하다!

실전 면접에서 자기 주장의 입증례로서 혹은 상대 주장의 반례로서 '싱가포르'만큼 자주 등장하는 것도 드물다. 교수님이든 학생이든 '싱가포르'를 참 즐겨 이용한다. 그렇기 때문에 싱가포르에 대해선 좀 자세히 알아둘 필요가 있다. '싱가포르'라는 강력한 논거 앞에 무력해진 경험이 있는가?

싱가포르를 주목하라

🗄 아아, 싱가포르!

👤💬　어떤 사태에 대한 해결 방안을 묻는 문제가 종종 나온다. 그때 그 원인이 무엇인지를 묻고 해결 방안을 물을 수도 있고, 그냥 해결 방안을 묻는 경우도 있다. 그런데 이 둘 중 어느 경우이든지 우선 문제 상황의 원인을 제대로 찾아내야 그로부터 해결 방안이 자연스럽게 도출된다. 그러므로 문제에서 해결책만을 요구한다고 해서 무턱대고 해결책만을 생각해서는 안 된다는 거지. 알았니?

👤💬　네! 그런데 해결 방안 문제가 제게는 엄청 어렵게 느껴지거든요. 그냥 단순하게 생각할 수도 있겠지만, 그러자니 너무 상투적인 대답만 나오잖아요.

해결 방안 문제에 대한 상투적인 대답이란 게 아마 이런 거겠지? 첫째, 제도에 의한 해결. 둘째, 개인의 의식 변화에 의한 해결. 예를 들어 노인 문제도 제도적 장치와 함께 사람들의 의식이 개선되면 다 해결될 수 있고, 성차별 문제도 제도 개혁, 의식 변화면 다 해결되고.

우와~ 정확해요. 어떻게 아셨어요?

너뿐 아니라 다른 아이들도 대부분 그처럼 원론적이고 상투적인 대답을 하는 경향이 있지. 게다가 교과서에 그렇게 나오잖아. 사회 문제를 해결하는 방법에는 크게 두 가지가 있는데, 하나는 제도에 의지하는 것이고 또 하나는 개인의 의식 변화에 호소하는 것이다……. 그러니까 아이들은 배운 대로, 그야말로 교과서적인 대답을 하는 거지. 그런데 경우에 따라선 이 둘 중 어느 하나를 옹호해야만 하는 상황이 발생하는데, 바로 그 상황에서 문제가 발생한다.

무슨 문제요?

예를 들어 요즘 인터넷의 익명성으로 인한 폐해가 사회 문제시되고 있지? 게시판에 각종 허위 정보, 근거 없는 비방, 욕설 등이 난무하는 실정이거든. 그래서 모든 인터넷 게시판을 실명제로 하자, PC방에 화상 카메라 설치를 의무화하자는 등의 의견이 대두되고 있어. 심지어 웹 사이트 운영자가 자율적으로 인터넷 내용물에 등급을 부여하게끔 하자는 의견까지 있지. 그런데 네가 이런 규제에 반대한다는 내용의 답변을 하고 있는데, 교수님이 다음과 같은 질문을 던지셨다고 치자.

'그렇다면 이러한 부작용을 없애기 위해서는 어떻게 해야 하는가?'

요 대목이 바로 해결 방안을 묻는 문제지. 그럼 아마 너는 답변의 일관성 유지를 위해서라도 이런 식으로 대답할 거다.

'국가에 의한 인위적 규제는 일시적으로는 효과가 있을지 모르지만 근본적인 해결책은 될 수 없습니다. 개개인이 진정으로 각성해야만 그런 폐해가 사라지고 올바른 인터넷 문화가 정착될 수 있습니다. 따라서 제도적 규제보다는 의식 개혁 쪽으로 방향을 잡아서 대대적인 캠페인을 벌이도록 해야 합니다.'

이것도 참 상투적인 대답이지?^^ 그럼 아마 교수님은 이렇게 반론을 펼치실 거다.

'제도에 의한 규제를 하다 보면 자연스럽게 의식 전환도 이루어지지 않을까? 싱가포르를 봐라. 싱가포르에서는 담배꽁초나 휴지, 껌 등을 거리에 버리는 건 말할 것도 없고 껌을 씹는 행위에도 과중한 벌금(우리 돈으로 약 30만 원)을 물리는 제도를 시행해서 세계에서 제일 깨끗하고 쾌적한 나라를 이뤄냈다. 진정한 의식 개혁이 이뤄지지 않았다면 이런 상태가 지속될 수 없을 테니, 싱가포르의 예가 바로 '제도가 의식을 선도' 한 사례 아니겠어.'

이러면 넌 어떻게 대답할래?

두 가지 방법이 있어요. 하나는 그냥 막무가내로 우기는 겁니다. ^^;;

싱가포르 사람들의 마음속에는 여전히 길거리에서 껌을 씹고 싶다는 욕망이 꿈틀거리고 있을 것입니다. 다만 벌금이 너무 비싸서 그렇게 못하는 것뿐이죠. 고로 진정한 의식 개혁이 이루어졌다고는 볼 수 없습니다. 벌금만 내리면 분명히 다들 껌 씹고 다닐 겁니다.

두 번째는…… 이건 더 심하게 우기는 겁니다. --;; 친구 따라 강남 갑니까? 싱가포르는 싱가포르고 우리는 우립니다!

둘 다 터무니없지만 그래도 두 번째 것이 덜 터무니없구나. 어때? 싱가포르 사례 앞에 맥을 못 추겠지?

정말 그렇네요.

게다가 집단 토론형 면접에서 어떤 애가 싱가포르 예를 끄집어내면, 그래서 한 마디 반론도 못하고 눌려 버린다면 어떻겠어?

교수님도 아닌, 같은 수험생한테 눌리면 자존심 꽤나 상하죠.

그럼 어떻게 대처해야 할까?

이런 식은 어떨까요? 그렇게까지 해서 깨끗한 거리를 얻는 게 과연 무슨 의미가 있을까? 좀 더럽더라도 그보다는 자유로운 한국이 훨씬 좋다.

가만 보니 네가 선동적인 언사에는 약간의 소질이 있는 것 같구나. 깜빡하면 그냥 넘어가겠는걸. 그러나 그건 논지와 동떨어진 대중 선동일 뿐이다. 원래 문제가 뭐였지? '제도가 의식을 바꿀 수 있는가?' 였다.

교수님은 제도가 의식을 선도할 수 있다고 주장하면서, 싱가포르를 그 예로 드신 것이다. 거기에 대해 반박하고 싶다면 너는 싱가포르를 그 예로 볼 수 없다고 주장해야 한다. 그런데 방금 전 네 말의 요지는 뭐지? 싱가포르의 예는 어쨌든 바람직하지 않다는 얘기를 한 거다. 그나마 네 주관적인 견해일 뿐이고. 결국 넌 제도가 의식을 바꿀 수 있다고 인정한 셈이다. 다만 완전히 굴복하지는 않겠다는 반항의 몸부림으로 이런 사족을 달았지. '그래도 난 그게 싫다. 어쨌든 싫다.'

별 거 아닌 거 가지고 그렇게 한 보따리나 비판을 하시다니……. --;;; 그것도 참 능력이네요.

별 거 아닌 게 아니란다. 토론은 길거리에서 벌어지는 말싸움이 아니다. 그런데 대부분의 학생들은 마치 말싸움하듯 토론을 하곤 하지. 말싸움에선 상대 공격에 대해 즉각적으로 응수를 못하면 지는 거잖아. 무슨 말이든지 얼른 하기는 해야겠고, 그러다 보면 논지와 상관없는 얘기나 상대에 대한 인신 공격으로 흐르게 되고, 결국엔 완전히 다른 주제로 싸움이 끝나 버리지. 접촉 사고로 언쟁이 시작되어도 대개는 이렇게 끝나잖아. '당신, 그렇게 잘났어? 잘났으면 얼마나 잘났어!'

ㅋㅋㅋ 맞아요. 또 이런 것도 있죠. '너 몇 살이나 먹었어!'

논리는 없고, 승부욕만 겁나게 강한 스타일! 이런 스타일의 애가 지지 않으려고 얼핏 관련 있어 보이는 아무 얘기나 끌어들여서 응수를 하다 보면, 그 토론은 그야말로 난마처럼 꼬이게 마련이지.

혹시 제가 그런 스타일이라고 생각하시는 건 아니겠지요? ^^;

왜? 스스로 뭐 찔리는 거 있나 보지?

🗂 그건 평범한 제도가 아니다!

👦💬   그럼 어떻게 해야 되죠?

👦💬   '제도가 의식을 선도한다.'는 명제에서의 '제도'란 보편적이고 상식적인 수준의 강제력과 처벌 규정을 가진 제도를 일컫는 것인데, 싱가포르의 제도는 그런 차원을 넘어선 '과잉 제도'라고 논박하는 거다.

무슨 말인지 하나도 모르겠어요.

예를 들어 보자. 어떤 수능 대비 문제집에 이런 광고 문구가 실려 있다.

'작년 수능 문제 90% 적중, 신화 창조!'

ㅋㅋㅋ 흔히 볼 수 있는 광고죠. ^^

그런데 알고 보니 90% 적중이 사실이긴 한데, 그 문제집은 총 2000권짜리 한 질로 되어 있었고, 모든 페이지 수 총합이 30만 페이지에 달하고, 그 중엔 120만 개의 문제가 수록되어 있는 것이었다.

--

결국 문제 120만 개만 풀면 수능 문항의 90%는 적중시킬 수 있다는 얘기지. 또 서울대 가는 '비법'을 알려준다고 해서 들어 봤더니, '10년 동안 하루에 두 시간씩만 자고 계속 공부만 하면 된다. 그게 비법이다.'라고 한다면, 이런 식의 적중과 비법을 과연 실질적인 '적중', '비법'이라고 할 수 있겠니?

물론 없지요. ^^

또 이런 상상을 해보자. 네가 길거리에서 침을 뱉었다. 그랬더니 갑자기 사이렌이 울리면서 어디선가 경찰차 수십 대가 나타나서 널 포위하고 헬기 다섯 대가 네 머리 위로 떠오르고, 수백 명의 경찰 특공대원들이 너를 에워싼 채 총을 겨누었다. 그리고 그 중에 대장이 앞으로 나와서 이렇게 말하는 거다.

'너 침 뱉었지?'

하하하하하……

이처럼 기초 질서 위반시 '5분 대기조 경찰특공대 10개 중대 출동 후 체포'라는 제도가 있다면 당연히 시민들의 의식 자체를 변화시킬 수도 있다. 그러나 그건 우리가 일반적으로 말하는 제도가 아니다. 제도 이상의 그 무엇이지. 따라서 싱가포르의 사례는 '제도가 의식을 선도한다.'는 주장의 예가 될 수 없다. 어느 마을에서 자기네는 빈대를 잘 잡는 제도를 갖고 있다고 자랑하길래 들어 봤더니만 '초가 삼간 다 태우면 된다.'는 거였다. 그럼 이 제도도 제도인가?

그건 좀 지나친 과장에 바탕한 증명 아닌가요?

그럼 이렇게 대답하면 될까?

'물론 과장이긴 하지만 큰 문제가 있다고 보진 않는다. 만약 싱가포르와 우리 나라의 벌금의 액수만을 단순 비교해서 얘기하는 거라면 문제가 될 수 있다. 벌금이 대여섯 배 정도 비싼 걸 가지고 비상식적인 제도 운운하는 건 분명 과장이다. 그러나 껌을 버린 것도 아니고, 씹고 있었다는 행위만으로도 중벌금을 부과할 수 있게 하는 제도를 일관하고 있는 과도한 강제와 인권 침해적 요소는 분명 보편적인 민주주의 가치와 충돌한다. 따라서 그런 제도는 비상식적인 제도라고 볼 수 있다. 우리는 지금 과도하게 인권을 침해하거나 자유를 억압하지 않는 범위 내에서 적절한 강제력을 갖는 제도가 의식을 선도할 수 있는지에 대해 토의하고 있는 것이다. 고로 싱가포르의 제도는 우리의 논의에 포함시킬 수 없다.'

그런데 좀 이상한 게 있어요. 싱가포르 사람들이 좀 특이한 게 아닐까요? 그런 위압적인 제도가 별탈 없이 잘 운용되고 있는 걸로 봐선, 우리 나라 사람들과는 확실히 다른데요? 한용운님의 〈복종〉이란 시처럼 '남들은 자유를 사랑한다 하지마는, 나는 복종을 좋아하지요.' 이렇게 생각하는 사람들인가요?

오우~ 인문적 교양을 은근히 드러내는 수법이로군! ^^ 아주 좋은 방법이다. 주어진 문제에 대한 답을 잘하는 것도 중요하지만, 교수님과 대화하는 과정에서 네가 능력 있고 자질 있음을, 특히 가능성 있음을 '드러내 보이면' 꽤 성공한 거다. 그렇지만 잘난 척하면 안 된다!

그건 잘난 척한 게 아니라, 제 내부에 충만한 인문적 교양이 줄줄 넘쳐 흐른 것이거든요. ^^;;

어디서 많이 듣던 소린데?

🗇 제도가 혼자 한 것도 아니다!

🧑💬 그처럼 위압적인 제도가 별탈 없이 운용되는 걸로 보아 싱가포르 사람들이 좀 특이한 게 아니냐는 네 의문은 지금부터 나올 내용과 관계가 깊다.

'제도가 의식을 선도한다.'는 주장의 근거로 교수님은 싱가포르 사례를 드셨다. 어떻게 반박할까? 이것이 현재 우리의 논점이지. 만약 싱가포르의 경우에 제도 혼자서 의식을 선도한 것이 아니라, 제도 이외의 다른 무엇이 개입되어 있었는데 그것이 원래 드러나 보이지 않는 성질의 것이라 우리가 그 존재를 알아차리지 못한 것뿐이라면, 싱가포르는 부적합한 사례로 판명되는 거지. 그럼 적절한 반론이 되는 것이고.

🧑💬 아하! 싱가포르 사람만의 어떤 특질이나 그 나라만의 특수성이 가세해서 제도가 의식을 선도하도록 도운 거라면, 싱가포르의 사례로부터 '제도가 의식을 변화시킨다.'는 명제를 일반화할 수 없다, 그런 얘기군요. 그리고 아까 제가 한 질문(싱가포르 사람들은 그런 강압적 제도에 왜 저항하지 않나?)이 싱가포르만의 어떤 특수성과 관계가 된다는 것이구요. 그렇죠?

이해가 제법 빠르구나. ^^

어떤 요인이 있을까요?

그걸 규명하기 위해선 싱가포르에 관한 기본적인 지식이 필요하다. 싱가포르는 아주 작은 나라다. 인구 약 300만, 면적은 646㎢에, 남북 길이 23㎞, 동서로는 42㎞밖에 안 되는 도시 국가이지. 남북으로는 말할 것도 없고 동서로도 마라톤 코스가 채 나오지 않는다. 그러나 1인당 국민 총생산이 3만 달러가 넘는 선진국이다. 특기할 점은 이 작은 나라에 여러 인종이

뒤섞여 살고 있고 공용어도 영어, 만다린(표준 중국어), 말레이어, 타밀어 네 가지나 된다는 사실이지. 약 150년 간 영국의 식민 지배를 받았고, 3년 간 일본의 지배를 받았으며, 1965년 말레이시아 연방으로부터 독립한, 짧은 역사를 갖고 있는 나라지. 인종의 80퍼센트 가까운 비율을 중국인들이 점하고 있고, 나머지는 말레이인, 인도인, 기타 인종의 순이다. 종교 또한 불교(도교), 이슬람교, 기독교, 힌두교, 기타 종교 순으로 다양한 양상을 보인다.

제 생각엔 국민의 동의가 없었다면 그런 강압적 제도를 만들고 시행하는 것이 불가능했을 것 같거든요. 즉 아주 엄격한 법에 대한 사회적 합의가 이미 이루어진 상태였다는 거지요.

그럴듯한 추리다. 좀 구체적으로 말해 봐라.

싱가포르는 세계적인 교역 국가잖아요. 관광 국가이기도 하고. 그렇기 때문에 지나치게 엄격한 법을 집행해서라도 깨끗한 도시, 쾌적한 환경, 부패 없는 공직 기강, 완벽한 치안을 유지하는 편이 외국 관광객, 자본 등을 끌어들이기에 유리할 테고 결국엔 국민 모두에게 이익이 된다는 합의가 이루어졌다는 거지요.

그래 아주 좋다! 또 다른 건?

싱가포르는 항구 도시잖아요. 항구는 그 특성상 자칫 마약, 성매매, 도박 등 각종 범죄와 퇴폐의 온상으로 전락하기 쉽죠. 그런 사태를 방지하기 위해서라도 아주 강력한 법이 필요하다는 데 정부와 국민의 이해가 맞아떨어지지 않았을까요?

그것도 좋네. 또 뭐 없을까?

두 가지나 했으면 된 거 아닌가요? 저에게 너무 많은 걸 요구하는군요. ^^;;

역사적 맥락에서도 찾아볼 수 있을 것 같은데? 싱가포르는 나름대로 험난

한 근대와 현대를 거쳐 왔다고 볼 수 있지. 영국 식민지, 일본 식민지를 거쳐 1965년에 독립했어. 부존 자원 하나 없는 아주 작은 섬나라에, 심리적 구심점도 없는 다인종, 다민족 국가이지. 이처럼 고난의 역사를 겪은 신생 독립국들이 흔히 그렇듯이 싱가포르 정부는 개인보다는 공동체를 우선시하는 권위주의적 통치 방식을 선택하고, 그것이 '생존'을 위한 불가피한 선택임을 국민들에게 '유포'시켰을 테고, 또 국민도 거기에 호응했겠지. 여기까지는 우리 나라의 1970년대 상황과 비슷하다고 볼 수 있다. 게다가 양국은 각각 박정희와 리콴유라는 제왕적 지도자가 독재 권력을 행사했다는 점에서도 유사하다(박정희와 리콴유는 종종 서방 언론에 의해 비교되었는데, 그 둘은 실제로 서로에 대해 강력한 라이벌 의식을 가지고 있었다고 한다). 그러나 여기서부터 양국은 전혀 다른 길을 걷게 되지. 우리 국민들은 군사 독재 시절부터 끊임없이 민주화 요구를 해오다 1980년대에 이르러서는 민주화 항쟁이 봇물처럼 터졌으며, 1990년대 후반에는 IMF 외환 위기를 맞는 등 굴곡의 시간을 보냈지. 이에 비해 싱가포르는 동남아 경제 위기에도 불구하고 지금까지 고도 성장을 지속해 오고 있다.

한 가지 놀라운 것은, 싱가포르 사람들은 150년 간 영국의 식민 지배가 자신들에게 긍정적 영향을 주었다고 평가한다는 사실이다. 우리 나라에서 일본이 우리 나라 근대화에 긍정적 역할을 했다는 소릴 했다간 일제의 앞잡이로 찍혀 완전히 매장당할 텐데…….

그런데 이상한 건 지금은 우리 나라 사람들 대부분이 '일제'를 선호한다는 사실이죠. 역사에 관한 한 극렬한 반일 감정을 불태우면서도.

더 이상한 건 친일파들이 안 쫓겨나고 대대로 기득권을 행사해 오고 있다는 사실이지. 다시 싱가포르 사람들 얘기로 돌아가자. 그들이 독재 권력 하에서도 큰 소요 없이 평탄한 시간을 보내왔다는 것도 우리에겐 참 생소하게 느껴지는 부분이다. 그런 사실들로 미루어 싱가포르 사람들의 정치 성향이 상당히 체제 순응적이라고 추측할 수 있는데, 이 근거는 싱가포르 국민의 80퍼센트가 중국인이라는 점 때문이지.

중국인들은 세계에서 가장 실용주의적인 사람들로 알려져 있다. 실용주의는 관념보다는 실천을 중시하고, 실천의 결과가 유용하다면 그것이 곧 진리이고 옳은 것이라고 보는 생각의 체계라고 할 수 있지. 나라에서 하자는 대로 했더니 좋은 결과가 나오더라는 경험에 바탕한 국민의 신뢰는 국가 정책에 더 큰 힘을 실어 주었을 것이고, 그 정책은 또 지속적인 경제 발전을 가져옴으로써 국민의 더 큰 신망을 얻는, '긍정적 피드백'이 지금까지 계속 되고 있는 것이지. 실용주의에 입각한 싱가포르 국민들의 정부에 대한 신뢰가 물론 그 피드백 작용의 최초 형성에 큰 몫을 했을 테고.

결론적으로 싱가포르만의 지리적 특성과 역사적 배경, 인종적 특성, 정부의 능력과 청렴결백성 등 여러 요인이 맞물려 강압적 법과 제도도 기꺼이 수용하겠다는 사회적 공감대가 형성되었다는 사실을 간과해선 안 된다. 싱가포르는 제도만으로 의식을 변화시킨 것이 아니다. 따라서 이러한 저간의 사정은 무시한 채 강압적 제도만을 '벤치 마킹'해서는 싱가포르에서와 같은 효과를 거두기 어렵다는 거지.

제가 정리해 볼게요.

첫째, 싱가포르의 제도는 우리가 보통 말하는 '제도' 이상의 의미를 갖는 것이다. 둘째, 싱가포르는 순수하게 제도만으로 국민의 의식을 개조시킨 것이 아니다. 그 제도의 수립과 실행 자체를 가능하게 한 광범위한 사회적 공감대가 형성되어 있었다.

'제도가 의식을 변화시킨다.'는 주장을 하며 싱가포르의 사례를 들 때 이에 반박하고 싶다면 이런 요지로 말하면 된다는 거지요?

단 좀더 간명하게 답해야 한다. 여기서 내가 하는 얘기들은 네 이해를 돕기 위해 풀어서 길게 늘린 것이고, 실제 답변할 때는 좀더 짧고 명확하게 해야지.

네! 그런데요, 갑자기 생각나서 하는 질문인데 싱가포르 사람들은 과연 행복할까요? 언론이나 방송에 대한 정부 검열이 당연하게 여겨질 정도로 시민에 대한 감시가 제도화되어 있는 사회라는데, 깨끗하고 안전한 도시에서 질서 정연하고 풍족한 생활을 영위한다지만, 사는 게 좀 재미없고 그렇지 않을까요?

그건 문화에 대한 판단과도 같은 것이 아니겠어? 그 사회 구성원이 아닌 외부인의 입장에선 섣불리 추측하거나 단정할 수 없는 거지. 그러나 그에 비하면 우리 나라 사람들이 확실히 재미나게 사는 것 같기는 하다. 늘 시끌시끌하고 분주하게. ^^ 그래서 다른 아시아 사람들이 우리 나라를 동아시아의 '라틴'이라고 하나 보다. 우린구만

Part VIII

이것까지 읽고 면접장에 들어가면 90점 맞는다!

선배들의 생생한 면접 체험기

★ 면접 체험기에 이름을 밝히지 않은 학생들은 '우만구만' 카페의 닉네임을 그대로 사용하였습니다.

긴장하지 말고 침착하게

- 서울대 법학부 수시 전형
- 지중해

면접 시간은 오후 2시부터였습니다. 사범대와 공대에 지원한 동료(?)들을 오전에 떠나 보내고 홀로 숙소에서 시간을 기다리는 그 마음……. 자신이 직접 겪어 보지 않으면 알 수 없죠.

12시 반. 숙소를 출발해서 택시 타고 1시 반쯤에 법과대학 17동 건물에 도착했습니다. 대기실에 들어가니 이른 시간인데도 많은 학생들이 면접 자료를 보고 있었습니다. 조금이라도 일찍 와서 기다리려는 게 수험생의 마음 아닙니까.

조교들은 정말 친절했습니다. 대기실에서 안내하는 내내 그분들의 얼굴에서는 웃음이 떠나지 않았습니다. 아마도 수험생들의 긴장을 풀어 주려는 마음이었던 것 같습니다. 그 덕에 긴장이 조금씩 풀리기 시작했습니다. 면접 때 긴장하면 망친다는 건 당연지사니까 나의 경우엔 참 다행스런 일이었습니다. 1시간쯤 기다리자 차례가 돌아왔습니다.

"문제지 3장 중에 아무거나 고르세요."

추첨이 아니라 보고 고르는 것이었는데, 그냥 쉽게 답할 수 있는 문제를 선택했습니다. 7분쯤 생각할 시간을 가지고 면접실로 들어갔습니다. 물론 노크를 하고. 교수님 두 분이 계셨습니다. 나이가 지긋하신 분과 젊지만 약간 깐깐해 보이는 분이었죠.

"안녕하십니까?"

"예. 앉아서 문제를 읽고 답해 주세요."

"전 3번 문제를 선택했습니다.

'어떤 지역에 홍수가 나서 인명과 재산의 피해가 심각하다. 자신이 이 지역의 수해를 구호하는 책임자라면 어떤 구호 대책을 세울 것인지 우선 순위를 세워서 말하시오.'

저는 먼저 인명 구조에 최선을 다할 것입니다. 사람의 생명만큼 중요한 것은 없으니까요. 군장병, 소방대원, 공무원을 총동원하여 고립되어 위기에 처한 사람은 물론이고, 사라진 실종자와 익사자까지도 모두 찾아낼 것입니다. 실제로 9·11 미국 테러 참사가 발생했을 때 피해 상황이 언론에 늦게 보도된 것으로 알고 있습니다. '사람의 생명이 소중한 것이지 피해 정도를 알아보는 것이 중요한 게 아니다.'라는 생각으로 구호에 임했기 때문이라고 합니다. 저 역시 그들과 같은 생각을 가지고 있습니다.

다음은 수해 지역의 물을 빼서 피해민들이 빨리 생업으로 돌아갈 수 있도록 할 것이고, 마지막으로 수해의 원인을 철저히 조사하여 만일 관리 소홀로 인한 인재로 밝혀졌을 경우 관련자 처벌을 통해 앞으로의 피해를 줄일 것입니다."

"예. 피해 복구는 그런 식으로 하면 되겠고, 수해를 예방하는 방법에는 어떤 것이 있을까요?"

"상습 수해 지역을 중심으로 말씀드리겠습니다. 이 지역은 주로 하천을 끼고 있거나, 주변보다 지반이 낮아서 집중호우나 장마 때마다 피해를 입는 곳입니다. 따라서 하천 주변에 둑을 더 높이 쌓아 최고 수위를 높이고, 도시 내의 하수도를 정기 정검하여 막히는 일이 없도록 해야 할 것입니다. 또……."

그때 젊은 교수가 말을 막았습니다.

"예. 수해가 일어날 때마다 각 신문사나 방송사에서 수재 의연금을 모집합니다. 이 점에 대해서는 어떻게 생각하십니까?"

"피해의 고통을 서로 나누자는 점에서 좋은 일이라고 생각합니다."

"방송사마다 이런 행사를 벌여서 한 사람이 이중으로 돈을 낸다거나 하는 비효율성도 있을 수 있는데, 이 점은 어떻게 하면 좋겠습니까?"

"(3초 간 생각) 정부가 중심이 되어 신문사나 방송사가 후원하는 형식은 어떻겠습니까? 일단 공공기관이 하는 만큼 일관성이 있고, 또 의연금의 투명성이나 공정성이 확보되어 국민들의 호응도 더 높아지지 않을까요? '의연금이 과연 올바른 데 쓰여지고 있는가?' 하는 의혹도 사라지게 될 것입니다."

"음…… 정부가 나서면 국민들의 호응이 더 좋아진다는 말이지……. 그렇다면 수재 의연금말고 다른 경우는 어떤가? 백혈병에 걸린 아이들을 도와준다든가 하는 일도 정부가 나서야 할까?"

"의연금을 모금하는 것은 십시일반이라는 차원에서 좋은 일입니다. 다만 제가 중요시하는 것은 의연금의 투명성과 공정성이 보장되어야 한다는 점입니다. 교수님께서 말씀하신 경우도 기초자치단체가 앞장 설 수도 있는 일 아니겠습니까?"

"음……."(여기까지 젊은 교수님)

"자기소개서를 보니까, 책을 아주 많이 읽었다고 되어 있군요. 200여 권을 읽었다고 했는데, 특히 《삼국지》를 감명 깊게 읽었다고 했군요. 그렇다면 《삼국지》에서 작가가 전하려고 하는 메시지는 무엇입니까?"

"(갑작스런 질문에 잠시 생각) 쓰여진 배경이나 그 당시의 사회를 감안했을 때, 아무래도 국가나 조국에 대한 충성 또는 지도자가 가져야 할 야망과 비전을 전하려고 하는 것 아니겠습니까?"

"그렇다면 유교적 가치관을 전하려고 하는 것 맞습니까?"

"예……."

"감명 깊게 읽은 책을 보면 《공자가 죽어야 나라가 산다》라는 책도 있는데, 주요 내용이 무엇입니까?"

"저자는 유교 윤리가 현대 사회에서는 더 이상 가치를 잃어 버렸다고 보고 있습니다. 그 예로……."

"그렇다면 두 책의 내용이 완전히 상반되는 것인데, 두 가지 책을 모두 감명 깊게 읽었다고 하는 이유는 무엇입니까?"

"동양 사회의 가치관이 아직까지 남아 있는 우리 사회의 청소년들이 《삼국 지》를 읽고 감명받는 것은 어찌 보면 당연한 것입니다. 제가 《공자가 죽어야 나라가 산다》라는 책을 감명 깊게 읽은 이유는 과거와는 변화된 현대 사회에서 과연 어떻게 유교 윤리를 적합하게 변화시켜 적용할 수 있을까 하는 점을 제 스스로 생각해 볼 수 있었기 때문입니다."

"음…… 좋습니다(이 말을 들었을 때 나는 희색이 만연했다). 지금 2초가 남았 는데, 됐습니다. 잘했습니다. 나가 보세요."

"감사합니다."

9분 58초 간의(원래 10분인데 2초를 남겼으니까) 긴 기초 소양 면접은 이렇게 끝이 났습니다. 이제 한 차례가 끝났을 뿐인데 머리가 어지러웠습니다. 전공 소양 면접실은 바로 옆이었습니다. 이번에는 문제지를 덮어놓고 선택하라고 했습니다. '모르는 거 걸리면 끝장인데…….' 하는 심정으로 눈 딱 감고 뽑았는 데, 운 좋게도 인터넷 발달에 따른 저작권 문제에 관한 것이었습니다.

'문제 2. 2001년 한 음반 회사에서 1970년 가수의 노래를 수수료를 받고 인 터넷상에서 다운로드시켜 주는 형식으로 판매했다. 그러자 그 가수는 인터넷 상의 판매는 계약서에 없었던 것이므로 자신의 동의를 얻어야 한다고 주장한 다. 이에 대해 어떻게 생각하는가? 또 인터넷을 통해 노래와 서적을 다운시킬 경우 발생할 수 있는 문제는?'

어제 숙소에서 잠시 자료를 봤던 내용이었습니다. 역시 7분쯤 생각 시간을 가지고 면접실로 들어갔습니다. 이 방에도 교수님은 두 분이셨는데, 두 분 모 두 나이가 지긋하셨습니다.

"안녕하십니까?"

"예. 몇 번 문제입니까?"

"2번입니다. 그 노래에 대한 권리는 노래를 부른 가수들에게 있는 것이므로, 가수들의 권리를 인정하여 그들의 동의를 얻어야 한다고 생각합니다. 또 인터넷상에서 노래와 서적을 다운로드할 수 있을 경우 저작권의 문제가 발생할 것입니다."

"가수와 음반회사가 계약을 맺을 시에는 인터넷에 대한 내용이 포함되지 않았을 텐데……. 계약서에 없는 내용임에도 가수의 권리를 존중해야 하는가?"

"사회의 변동에 따른 융통성이 중요합니다. 그 계약서의 원래 목적은 음반 판매에 관한 서로의 권리를 위한 것이므로 인터넷을 통한 판매 시에도 가수들의 동의를 얻어야 하는 것입니다."

"계약서에는 내용을 그렇게 자세히 적지 않아. 그냥 두루뭉실하게 '회사가 음반을 판매하여 얻은 이익은…….' 이렇게 적어 놓는다고. 그렇다면 가수가 계약서에 동의를 한 것만으로도 인터넷상에서의 판매를 인정한 것이나 다름없는 것 아닌가?"

"그렇지 않습니다. 계약서의 경우 확실하지 않은 내용은 그 사회에 비추어 해석할 필요가 있는데, 그 당시에는 레코드판이나 테이프가 노래를 판매하기 위한 수단이었으므로 계약서는 이런 종류의 판매 방법만을 의미했다고 볼 수 있습니다. 이제는 사회가 변하여 새로운 방법의 유통 경로가 생겨났으므로 계약서의 내용을 수정할 필요가 있습니다."

"그래도 계약을 할 때는 자세히 적지를 않는데……."

"서로의 권리를 문서상으로 기록하는 만큼 계약서는 세부 내용까지 고려하여 계약문을 작성해야 합니다. 그렇지 않기 때문에 우리 주위에서 계약서 문제가 자주 발생하는 것입니다. 계약서를 대강 적는 것은 없어져야 합니다."

"그렇다면 CD로 1970년대 노래를 판매할 경우에도 가수의 동의를 얻어야 하나?"

"같은 맥락으로 생각해 볼 때 그렇습니다."(교수님께서 이때 나를 보고 웃으셨습니다)

"음…… 그리고 인터넷에서의 노래 판매를 금지하면 부작용도 있지 않을까? 정보의 공유 문제에서 볼 때 문제가 될 것이고, 또 다운해서 들어보고 노래가 좋으면 더 좋은 노래를 창작해낼 수도 있지 않을까?"

"정보화 사회에서 중심이 될 지식 산업의 저작권은 반드시 존중되어야 합니다. 저작권은 그들의 수입원이요, 창조성을 발휘하기 위한 촉진제이므로, 이를 존중하지 않을 경우 정보화 사회 전체의 발전에 해를 끼칠 수도 있습니다. 노래를 다운해서 MP3에 저장하여 들고 다니는 것은 음반과 CD를 사서 들고 다니는 것과 같은 효과가 있습니다. 바로 이 점이 문제가 되는 것입니다. 가수의 수입이 줄어들게 되니까요.

그런데 인터넷상에서 노래를 제공하는 사이트는 두 가지 종류가 있습니다. 하나는 요즘 문제가 되는 '소리바다'와 같이 다운로드해서 들을 수 있는 사이트이고, 또 하나는 '벅스 뮤직'이나 '아이 MBC'와 같이 노래만 들을 수 있는 사이트가 그것입니다. 후자와 같은 사이트는 인터넷상에서 노래만 들을 수 있으므로 정보의 공유를 보장할 수 있고, 교수님께서 말씀하셨던 것처럼 더 좋은 노래를 창작할 수 있습니다. 그러면서도 노래를 다운시켜 가수들의 수입을 줄이는 것이 아니므로 저작권의 문제도 생기지 않을 것입니다. 따라서 저작권 문제를 발생시키는 '소리바다'는 폐지되는 것이 옳을 것입니다."

"그렇다면 가수가 길거리에 자신의 노래를 틀어놓는 것도 문제 삼으면 어떻게 할 것인가?"

"노래를 판매하는 것이 아니므로 아무런 문제가 생기지 않습니다. 이런 것까지 문제 삼는다면 정보의 공유에 큰 문제가 생길 것입니다."

"그럼, 판매하지 않으면 괜찮다는 말인가?"

"(잠시 생각) 예, 그렇습니다."(여기서 교수님께서 또 웃으셨습니다)

이때 10분이 다 되었음을 알리는 벨이 울렸습니다.

"수고했습니다. 퇴실하세요."

"예. 감사합니다."

이렇게 20분 간의 길고 긴 면접은 끝이 났습니다.

나의 경험을 통해 후배들에게 전할 메시지는 다음과 같습니다.

첫째, 절대 긴장해선 안 된다. 긴장하면 입이 굳고 사고가 굳으니까.

둘째, 교수님들의 행동에 신경을 꺼야 된다. 나는 교수님들의 파격적인 모습에 적잖이 당황했지만 후배들은 그러지 말기를.

셋째, 교수님이 말을 끊는다고 당황하지 마라. 시간이 없어서 그러는 것일 뿐이다. 면접 시간은 칼같이 지키거든.

넷째, 수시가 끝나면 정시 준비를 위해 최선을 다해야 된다. 당연한 말 같지만 실제로 겪어 보면 공부가 잘 안 된다. 괜히 붙은 것 같고 마음이 들뜬다. 하지만 절대로(!) 그러면 안 된다.

대구 심인고등학교 신승민 선생님 제공

자신감 있게 나를 드러내자

– 포항공대 물리학과 수시 전형
– 하 걸

포항공대의 면접은 일반 면접이 아니라 오히려 전문적인 면접에 더 가깝습니다. 수학 30분, 과학II(물리, 화학, 생물) 30분, 인성 면접 30분, 기타 교수님과의 자연스런 대화 30분 등 한 사람당 2시간의 시간을 내어서 평가받게 됩니다.

이미 이런 사실을 알고 있었기 때문에 며칠 전부터 물리II를 정리하려고 했지만 학교 공부도 있었기에 그만 문제집의 1/3만 본 채 면접장으로 출발하였습니다. 포항 가는 고속버스 안에서 문제집을 다 볼 요량이었죠.

하지만 고속버스를 타고 얼마 지나지 않아 잠이 들었습니다. 버스 내의 공기가 탁한 데다, 좌우로 흔들리다 보니 피로가 쌓였거든요. 1시간 40여 분의 여행(?) 동안 1시간 정도 잠을 잔 후에, 40분 동안은 물리II 문제집을 봤습니다. 중요한 개념을 알고 넘어 가는 것이 중요하기 때문에 문제보다는 개념의 이해에 더 신경을 썼죠. 헉! 그래도 문제집의 절반 정도밖에는 보지 못했습니다(미리 해둘걸 ^^;;).

드디어 포항공대 대강당에 도착! 대강당에는 여러 문구가 붙어 있었습니다.

"대구과학고 파이팅!", "한성과학고 파이팅!", "경기과학고 파이팅!"

그렇지만 이런 문구들에 기죽는 것은 나에게 하나도 이로울 것이 없다고 생각했습니다. 무엇보다도 자신에게 당당하고 최선을 다한다면 두려울 게 없다는 신념을 가져온 저입니다. ^^;;

12시부터 오리엔테이션이 있었습니다. 오리엔테이션의 내용은 떨지 말고, 동네 형님과 학문에 관해 토론하듯이 그렇게 면접을 보라는 것이었습니다. 오리엔테이션이 끝난 후 준비해 둔 우황청심환과 신경안정제를 먹었습니다. 다른 학교 면접 때 가슴이 울렁거려 제대로 말을 하지 못해서 당황한 경험이 있었거든요.

포항공대 입시는 정원이 적기 때문에 면접할 인원도 적고, 그 때문에 개개인에게 많은 시간이 할애되었습니다. 면접은 오후 1시부터 시작됐습니다. 앞서 말한 대로 수학 · 과학 선택 · 인성 면접 각각 30분, 기타 대화 30분이었죠. 30분이 길게 느껴질 줄 알았는데, 정말 빨리 지나갔습니다. 물리학과는 오후반에 10명이 면접을 보았습니다. 순서대로 하면 제가 제일 끝번이라서 첫 면접인 수학이 4시 30분에 있었습니다.

면접 시간이 늦어진 대신에 저에게는 좋은 시간이 생겼습니다. 그 시간에 현대 물리 부분을 상세히 공부했지요. 슬릿 실험은 증명을 다 해보고, 특히 보어의 원자모형도 처음부터 완전히 설명을 해보았죠. 또 단진동에 대해 공부했습니다. 그 시간이 나중에 그렇게 도움이 될 줄 그때는 몰랐습니다.

수시 모집의 진행 요원은 물리학과에 근무하는 직원이었습니다. 그분은 긴장하고 있던 우리에게 좋은 이야기도 해주시고, 먹을 것도 갖다 주시면서, 편안하게 면접을 볼 수 있도록 많은 도움을 주었습니다. 또 화장실도 같이 가야 했지요. 어떤 여학생이 손을 들고 물었습니다.

여학생 : 저 화장실에 가고 싶은데요…….

진행요원 : 허허허~ 여학생은 어쩌지? 따라갈 수도 없고……. 이래서 포항공대는 여학생을 많이 선발해야 해. 그래야 이럴 때 도움받지!

사람들이 한두 명씩 면접장으로 향하고 마지막에 대구에서 온 모군과 부산에서 온 나, 이렇게 두 명만 남았습니다. 교육제도와 학교에서의 성적 등등 진행요원과 많은 대화를 나누었고, 자연스런 대화가 오갔습니다. 그 때문에 면접에 적지 않은 도움을 받았습니다.

4시에 저 혼자 남았고 마지막으로 정리를 한 후 면접장 근처로 향했습니다. 학생들이 대기하는 장소는 교수님들의 휴게실이었죠. 그곳에는 물리학에 관련된 세계적인 논문들이 빼곡히 책장에 꽂혀 있고, 기타 여러 책들이 정말 많이 있었습니다. 그곳에 계시던 다른 진행요원과도 많은 대화를 나누었습니다. 다들 긴장을 풀어 주시고 잘 대해 주셔서 편안한 분위기에서 면접에 들어갈 수 있었습니다.

4시 30분에 면접이 시작되었습니다. 그 15분 전에 5분 간 문제를 보여주고, 생각할 시간이 10분 주어집니다. 문제를 받자 처음에는 막막했지만 차근차근히 생각하고 문제를 다시 돌려 드렸습니다.

진행요원 : 다 봤어?

나 : 예…….

진행요원 : 알겠어?

나 : 예, 조금요.

진행요원 : 시간 다 되기 전에 돌려준 건 자네가 처음이네.

문제는 다음과 같았습니다.

1-1. $\cos 3x$를 $\cos x$에 관해 나타내시오.

1-2. $\cos 20°$가 유리수가 아님을 증명하시오.

2. $y = x + \sin x$

3. 바둑판에 바둑알이 있는데 임의의 전우좌후 방향으로 6번을 이동할 수 있

다고 할 때 바둑알이 이동할 수 있는 모든 위치는?

드디어 면접장으로 들어갔습니다. 똑똑!

교수님들 : 네.
나 : 반갑습니다.

면접장에는 whiteboard가 있었습니다. 1번은 알고 있던 문제라 교수님께서 그냥 답만 적으라고 하셨습니다($\cos 3x = 4\cos^3 x - 3\cos x$, 삼각함수의 공식에서 유도됩니다). 2번 문제는 $\cos 20°$를 $\frac{a}{b}$라 두고 시작해서 교수님들의 추가 질문이 이어졌습니다.

나 : 2번 문제에 대한 답을 해보겠습니다. 먼저 1-1 문제에서 x자리에 20을 대입해서 정리해 줍니다. 그러면 $1/2 = 4\cos^3 20° - 3\cos 20°$가 됩니다. 앞에서 만약에 $\cos 20°$를 유리수라고 가정하면 $\frac{a}{b}$라고 둘 수 있습니다.
교수님 : a는 뭐고 b는 뭔가?
나 : a와 b는 둘다 정수이고 b는 0이 아닙니다.
교수님 : a와 b의 공약수를 말해 보게.
나 : 1입니다. 위 식을 정리하면 $\frac{1}{2} = \frac{4a^3}{b^3} - \frac{3a}{b}$ 입니다. 양변에 2을 곱하면 $b^3 = 8a^3 - 6ab^2$이 됩니다. 즉, $b^3 = 2(4a^2 - 3b^2)a$가 됩니다.

여기서 잠시 생각이 나지 않았습니다. 그러자 교수님께서 저에게 힌트를 주셨죠.

교수님 : 그 식에서 양변에 a를 나누어 보게. $\frac{b^3}{a}$가 나누어지는가, 안 나누어

지는가?

　나 : 나누어지지 않습니다. 왜냐하면 $\frac{b}{a}$ 가 나누어지지 않으므로 $\frac{b^3}{a}$ 도 나누어지지 않습니다. 그런데 위의 식에서는 나누어지는 것으로 나타나므로 처음의 가정이 잘못되었다는 것을 알 수 있습니다. 따라서 $\cos 20°$ 는 유리수가 아닙니다.

　이렇게 해서 넘어갔습니다.

　나 : 2번 문제는 $y - x$ 를 T라고 치환하면…….

　교수님 : 그렇게 하는 게 아닌데……. 그래프를 그려 생각해 보게. 거기서 어떻게 생각하는 게 좋겠나?

　나 : 회전시켜서 생각해 보면 될 것 같습니다. 일차 변환이고 −45° 회전 변환입니다. $x,\ x',\ y,\ y'$

　교수님 : 그래, 그거야! 그렇게 해보게.

　그 다음에는 변환된 그래프를 구하는 것이 아니라 x', y' 를 이용해서 적분을 이용해야 한다는 것을 지적해 주셨습니다. 시간이 없어서 마지막 문제로 넘어갔습니다.

　나 : 마지막 문제의 그래프를 그려보면,

나 : 이런 모양이 됩니다.

교수님 : 왜 그렇지?

나 : 6번 이동 가능하므로 이렇게 저렇게 하면(동작으로 설명함) 짝수의 위치만을 갖게 됩니다.

교수님 : 그렇다면 그 위치를 함수꼴로 나타내 보게.

나 : (잠시 생각한 후) 바둑돌의 시작점을 $x-y$ 좌표평면의 원점이라 두면 $|x|+|y|=6$입니다.

교수님 : 그 안쪽 모양의 식은?

나 : $|x|+|y|=4$입니다.

교수님 : 또 그 안쪽에는?

나 : $|x|+|y|=2$입니다.

교수님 : 중간점은?

나 : …….

교수님 : 똑같은 형태로 표현해봐~!

나 : $|x|+|y|=0$입니다.

교수님 : 앞의 문제 풀이가 확실하지 못했네. 잘했네. 수고했어.

나 : 고맙습니다.

교수님 : 자네 고향이 어딘가?

나 : 부산입니다.

교수님 : 부산에서 태어났나?

나 : 네.

교수님 : (웃으시며) 사투리가~~

나 : 하하하…… 고치려고 하는데 잘 되지 않습니다. ^^;;

그리고 수학 면접장을 나왔습니다. 물리 면접 시간은 5시 30분이었습니다.

그래서 30분의 여유 시간이 또 생겼죠. 포항공대에서는 부정 시험을 막기 위해 항상 관리위원이 따라다닙니다. 수학 면접을 마친 저는 한 관리위원님과 함께 포항공대 공학관 컴퓨터실에서 30분 동안 있었습니다.

관리위원 : 학교가 어디야?

나 : 부산에 있는 금성고등학교입니다.

관리위원 : 시험은 잘 봤어요?

나 : 전에 할 때는 떨었는데, 오늘은 많이 떨지 않았습니다.

관리위원 : 만약 포항공대에 붙는다면 학기가 시작되기 전까지 3개월 동안 뭐하겠나?

나 : 수학능력시험을 준비하고 있어서 물리 과목을 심층적으로 공부하지 못했습니다. 그래서 물리 공부를 먼저 하고 싶습니다. 또한 대학에 들어가면 영어 공부의 중요성이 커질 것이므로 영어 공부를 할 것입니다. 이 학교에 선배가 한 명 있는데, 영어 공부를 못하면 수업 따라가기가 어렵다는 이야기를 들었습니다.

관리위원 : 그래, 그래. 영어 공부를 해야지.

그렇게 말하시는 그분은 조그마한 영어사전과 영어책을 들고 다니시면서 보고 계셨습니다. 틈틈이 시간을 이용하는 모습이 정말 좋아 보였습니다.

다음은 물리 과목 면접 시간이었습니다. 수학 면접에서는 문제를 미리 보여주고 생각할 시간이 주어졌으나, 물리 면접에서는 예비 시간 없이 바로 면접장에 들어갔습니다.

나 : 반갑습니다.

교수님 : 어~ 그래. 학교가 어딘가?

나 : 부산에 있는 금성고등학교입니다.

교수님 : 그 학교의 정원은 몇 명쯤 되는가?

나 : 문과와 이과 합쳐서 490명이고, 이과는 290명 정도 됩니다.

교수님 : (성적 자료를 보시고) 이 정도 점수면 상당히 좋은데, 학교에서 등수는 얼마 정도 되나?

나 : 계열에서는 1등입니다.

교수님 : 물리학과가 1지망이고 컴퓨터공학과가 2지망이군. 학생들은 보통 1지망에 컴퓨터공학과를 지원하는데, 자네는 왜 위와 같이 지원했지?

나 : 그리 큰 상은 아니지만 컴퓨터에 관련된 자그마한 상을 받았습니다. 그래서 2지망에 지원한 것인데, 물리 쪽에 더 많은 흥미를 가지고 있습니다. 컴퓨터를 잘하는 것은 물리 공부를 할 때에도 도움이 될 수 있을 것 같다고 생각되었습니다.

교수님 : 포항공대 이외에 다른 대학교에도 수시모집을 지원한 곳이 있는가?

나 : (잠시 망설이다가, 그래도 진실을 말해야 하겠기에) 서울대학교도 지원했습니다.

교수님 : 만약 서울대학교와 포항공대에 같이 합격한다면 어떻게 하겠는가?

나 : 포항공대 결과가 발표나면, 서울대학교에는 면접 보러 가지 않겠습니다.

교수님 : (끄덕끄덕) 가시광선의 파장을 말해보게.

나 : (헉~!) 적외선이 2.5에서 25이므로 가시광선은 그보다는 약간 짧을 것입니다.

교수님 : 단위가 뭔가?

나 : (기본 단위를 묻는 줄 알고) 미터입니다.

교수님 : 허허허~ 그 정도면 라디오파나……

나 : 헉~ 그 미터 뒤에 10의 마이너스 몇 승이 있는데 자세히는 모르겠습니

다. 순서는 외우고 있는데, 정확한 수치는 잘 알지 못합니다.

교수님 : 가시광선의 파장은 $0.5\,\mu m$ 이네. 다음은 화이트 보드에 문제를 풀어야 하네.

나 : (자리에서 일어나서 화이트 보드로 향함) 네.

교수님 : 번지점프대가 있다고 해보세. 그 번지점프대의 높이를 X라 두세. 그리고 번지점프를 위한 고무줄(?)의 길이를 L 이라고 하세. 그리고 사람의 무게를 mg라 할 때 이 사람의 가속도의 그래프를 그려 보게.

나 : 일단 사람이 L의 길이보다 더 적게 내려갔을 때는 가속도는 g가 됩니다. 그리고 L의 아래 부분에 갔을 때는 고무줄에 의한 탄성력을 받게 됩니다. 그렇게 되면 그래프는 이러한 모양이 됩니다.

그렇게 해서 그렸습니다. 그래프에 대해서 교수님께서는 아무 말씀이 없으시더군요.

교수님 : 그것의 운동은 어떤 모양이 되는가?

나 : 단진동의 형태가 됩니다.

교수님 : 바로 그것을 물어 보는 걸세. 단진동을 함수로 나타내 보게.

나 : (그래프를 그린 후) 변위를 X라 두고 변위의 최대값을 A라 두면 $X = A\sin\theta$ 입니다. 단진동이 원래 등속 원운동에서 한쪽 면의 모습이기 때문에 $\theta = \omega t$ 가 됩니다. 따라서 $X = A\sin\omega t$ 가 됩니다.

교수님 : (끄덕끄덕) 그렇다면 그 위의 그래프에서 L 과 L_1 의 길이와 L_1 과 L_2 사이의 길이 중 어느 것이 더 큰가?

나 : (계산중)

교수님 : 복잡한 계산 하지 말고, 간단히 생각해 보게.

나 : 이것이 이렇게 되고 저것이 저렇게 되니까…….

교수님 : kinetic energy와 potential 에너지를 이용해서……

나 : 저 키네틱 에너지가 무엇입니까(potential 에너지는 알고 있었음)?

교수님 1 : 아차~ 운동에너지!

교수님 2 : 저, 이렇게 되면 시간이 모자라겠는데요. 넘어가죠?

교수님 1 : 그래.

교수님 1은 교수님 2의 스승 같았습니다. 즉, 교수님 2는 교수님이라기보다 조교 같은 이미지였습니다.

교수님 : 그 다음 문제로 여기 이것을 보게.

영의 간섭 실험이었습니다. 그런데 일반 영의 간섭 실험과는 다르게 슬릿이 3개 있었습니다. 참고로 이런 모양이었습니다.

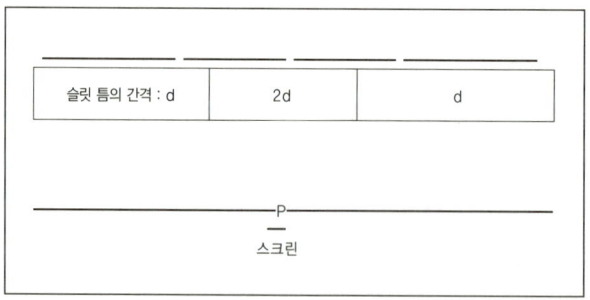

교수님 : 일단 중간의 슬릿을 무시하면 영의 이중 간섭 실험이 됩니다. 그럴 때 중간에서는 무늬가 어떻게 나오나요?

나 : 경로차가 0이므로 보강 간섭으로 밝은 무늬가 됩니다.

교수님 : 보강 간섭이 일어나는 조건은?

나 : 경로차가 반파장의 짝수배가 되는 경우입니다.

교수님 : 소멸 간섭이 일어나는 조건은?

나 : 경로차가 반파장의 홀수배가 되는 경우입니다.

교수님 : 지금 이 경우에서 스크린의 가운데 지점의 밝기는 어떻게 되겠는가?

나 : 먼저 가운데 있는 슬릿에서 단일 슬릿에 의한 회절이 일어나므로 밝게 됩니다.

교수님 : 단일 슬릿에 의한 회절은 무시하게.

나 : 음…… 이쪽의 파장과 저쪽의 파장은 같고, 경로차가 어쩌고 저쩌고…….

교수님 : 슬릿을 수직으로 반으로 나누면 이중 슬릿이 2개가 있는 형태가 되네. 가운데의 밝기는 어떻게 되겠는가?

나 : 점점 스크린이 멀어진다면 밝았다가 어두워졌다가 그렇게 될 것입니다.

교수님 : 확실한가?

나 : 네.

교수님 : 이중 슬릿 실험에서 보강 간섭이 일어나는 곳에서의 밝기는 어떻게 되는가?

나 : 가운데에서 가장 밝고 옆쪽으로 멀어지면 어두워집니다.

교수님 : 왜 그렇게 되는가?

나 : 가운데가 가장 가까운 거리가 됩니다.

교수님 : 그래요. ^^

이렇게 해서 물리 면접이 끝났습니다. 모든 면접의 마지막이었기 때문에 면접이 끝나는 것을 교수님들께서도 좋아하셨습니다. 그리고 진행요원을 따라서 아래층으로 갔습니다. 구술 고사만 있는 줄 알았는데 인성 면접도 있었습니다. 그곳에는 정말 마음 착해 보이는 분이 계셨습니다. 이전 학교와는 다르게 떨지 않았기 때문에 나름대로 기분이 좋은 상태였습니다. 그래서 인성 면접에서는 더욱더 자신감 있게 저를 드러낼 수 있었습니다.

나 : 반갑습니다.

마음 착해 보이는 분 : 네~ 오늘 면접 잘 봤어요?

나 : 네. 전에 할 때는 많이 떨렸는데, 교수님들께서 워낙 편하게 대해 주시니까 안 떨고 잘 봤습니다.

마음 착해 보이는 분 : 학교가 어디예요?

나 : 부산에 있는 금성고등학교에 다닙니다.

마음 착해 보이는 분 : 자기 소개를 해보세요.

나 : 저는 부산 수정산의 정기를 받고 태어났으며 지금 현재 부산의 금성고등학교를 다니고 있습니다.

마음 착해 보이는 분 : 하하~ 그쪽 근처에서 태어났나 보죠?

나 : 네.

마음 착해 보이는 분 : 그럼 학교 소개를 해보세요.

나 : 저희 학교는 47년(?)의 역사를 가지고 있습니다. 앞쪽에는 부산항이, 뒤쪽에는 수정산이 있어서 배산임수의 지형을 갖추고 있습니다. 맑은 날이면 대마도도 보입니다. 좋은 학교입니다.

마음 착해 보이는 분 : 요즘 부산대의 이전을 부산시가 반대하고 있다는데, 그것에 대해서 말해 보세요.

나 : 이전 반대는 부산시보다는 부산대 앞의 상인들이 훨씬 더 강력합니다. 부산대는 장전동에 있습니다. 그곳은 장사가 아주 잘 되는 곳이죠. 부산대는 제2 캠퍼스를 부산에서 좀 떨어진 곳으로 정하려고 합니다. 그런데 상인들은 캠퍼스의 확장을 이전으로 잘못 알고 있습니다. 부산대 장전동 캠퍼스는 사라지는 것이 아니고 그대로 있습니다. 다만 확장, 즉 제2 캠퍼스를 만들 뿐입니

다. 그런데 상인들은 확장을 이전으로 잘못 받아들이고 자신들의 상권 위축에 대해 걱정하고 있습니다.

마음 착해 보이는 분 : 그렇군요. 나는 부산 사람들이 다 반대하는 줄 알았는데 아니군요. 아무래도 부산이 좁다 보니까 점점 확대해 나가는 것이겠죠.

나 : 네, 기장도 얼마 전에 부산이 되었습니다.

마음 착해 보이는 분 : 기장이 어디죠?

나 : 동해안의 그…….

마음 착해 보이는 분 : 아, 네~

나 : 계속 확장해 나가다가 포항까지 포함할지도 모릅니다. 하하하.

마음 착해 보이는 분 : 하하하. 오늘 수고 많이 하셨어요. 이제 다 끝났습니다. ^^

나 : 저 꼭 합격해서 다음에 다시 찾아 뵙겠습니다.

마음 착해 보이는 분 : 하하하~

그런데 건물 안의 구조가 이상해서 좀 헤매고 다녔죠. 당황하고 있는 저에게 누군가 길을 가르쳐 주어 물리학과 선배들과 물리학과 교수님이 있는 곳으로 갔지요. 거기에서는 편안한 대화를 할 수 있었습니다.

나 : 반갑습니다.

교수님 : 반갑습니다. 저기 앉게. 뒤쪽에 앉아 있는 사람들은 물리학과 선배님들이야.

나 : 네.

교수님 : 자네는 학교가 어딘가?

나 : 부산의 금성고등학교입니다.

교수님 : 어~ 오늘은 부산 사람이 많네.

나 : 저도 그런 이야기를 앞에서 많이 들었습니다. ^^;;

교수님 : 나도 예전에 부산에 살았었는데. 예전에 부산의 중앙중학교를 다녔어.

나 : 저는 그 근처의 개성중학교를 나왔습니다.

교수님 : 그래, 왜 물리학과를 선택했나?

나 : 처음에는 수학에 관심이 있었습니다.

교수님 : 수학과? 아니면 과목?

나 : 수학 과목입니다. 그런데 고등학교에 들어와서 물리라는 과목을 접하고, 그 과목에 흥미를 느꼈습니다. 그래서 공부해 보고 싶다는 생각이 들었습니다.

교수님 : 포항공대 물리학과의 장점이 뭐라고 생각해요?

나 : 뛰어난 학생과 훌륭한 교수님 그리고 좋은 시설이라고 생각합니다.

교수님 : 허허허~ 칭찬 들으니 좋구만. 자네 같은 사람이 훌륭한 학생이 되는 거지. 하하하. 1차에 붙은 것만도 대단해. 내 생각 같아서는 모두 다 합격시키고 싶지만. 자네가 붙을지 안 붙을지 모르겠지만, 앞으로 훌륭한 학생이 되어 주게. 그리고 혹시 E-mail 있나?

나 : 네.

교수님 : 홈페이지에 가면 나와 우리 학생들의 이메일 주소가 있을 거야. 궁금한 거 있을 때 메일을 보내주면 친절하게 답장을 보내 줄 거야. 집에 갈 때는 어떻게 가나?

나 : 네, 고속버스 터미널에서 갑니다.

교수님 : 고속버스 터미널로 가면 안 되고, 시외버스 터미널로 가야 돼. 포항은 반대라서.

나 : 올 때는 고속버스 터미널에서 타서…….^^;;

교수님 : 그래, 오늘 수고 많이 했어. 잘 가고 합격하길 빌겠어.

나 : 네, 안녕히 계세요. 고맙습니다.

그렇게 해서 오늘의 모든 면접은 끝났습니다. 벌써 7시가 가까워 오고 있었죠. 어두워진 거리를 걸으며, 버스를 타기 위해 포항공대 동문으로 향했습니다. 어두운 하늘 아래 가로등 불빛과 기숙사에서 새어나오는 불빛, 그리고 앞에 있는 아파트의 불빛들이 한데 어우러져 묘한 분위기를 이루었습니다.

면접할 때 편하게 대해 주신 분들이 기억납니다. 그리고 물리 면접을 하고 나왔을 때 시험 잘 봤느냐고 자상하게 물어봐 주신 노교수님도 꼭 다시 한번 뵐 수 있으면 좋겠다는 생각을 했습니다.

집에 돌아오면서 대학이란 곳이 학문을 위한 장소뿐만 아니라 좋은 사람들이 살아가는 마음 따뜻한 곳이라는 것을 깨달았습니다. 그리고 꼭 대학 생활을 하고 싶다고 생각했습니다.

마음을 비우는 게 최선

– 서울대 사범대학 수학과학교육계 정시 전형
– 임진영

한 학교에서 이미 떨어진 후였기 때문에, 다시 면접을 보려니 긴장이 많이 되었습니다. 게다가 대기실은 어찌나 치열한지, 막판에 공부에 열중하는 아이들에다가 히터까지 빵빵하게 나와 답답해서 견딜 수가 없었습니다. 다행히도 순서가 세 번째라 빨리 볼 수 있었죠.

조교님과 함께 이동하여 책상에 앉아 문제를 보니 정말 막막했습니다. 알던 것도 기억이 안 나더군요. 수학 2문제와 물리 3문제를 앞에 두고 10분 동안 발만 동동 굴렀습니다. 조교님들이 긴장하지 말라고 하셨지만 그게 어디 말처럼 쉬운 일입니까?

어떡해…… 어떡해…… 수학 문제만 쳐다보다가 6분을 까먹었습니다. 물리라도 먼저 풀려 했더니 문제가 너무 길어서 눈에 들어오지도 않았습니다. 어찌어찌해서 10분을 다 말아먹고 풀이 종이는 반도 못 채운 채 들어갔습니다. 그런데 교수님이 다섯 분이나 계시는 거예요. T_T

다들 굳은 얼굴에 무척이나 근엄해 보이셨죠. 억지로 웃으면서 실물 화상기에 풀이 종이를 올려놓고 면접을 시작했습니다. 그 중 가장 잘생기셨던 수학 교수님이 1번을 설명해 보라고 하셨습니다.

로피탈의 정리를 쓰면 간단히 풀 수 있는 문제였지만, 도저히 생각이 나지 않아 그래프의 비율로 설명했습니다. 허접 그 자체였죠. 그런데 나중에 들은 말로는 로피탈의 정리를 쓰면 고등학교 과정이 아니라고 점수를 많이 안 준다

더군요. 기억 안 난 게 차라리 다행이었습니다.

2번은 미분 가능을 증명하는 거였는데, 전 그게 연속이 전제되어 있는 줄로만 알았습니다. 교수님이 물론 태클을 거셨죠. 그래서 급하게 연속의 정의를 설명하고 도함수를 구하려고 무지 버벅거렸습니다. 결국 교수님이 그만 하라고 하셨습니다. 정말 난감했습니다.

그래도 미소를 유지하며 물리 문제를 풀려고 했습니다. 노교수님이 앉아 계셨는데 2번에서 막혔습니다. 전자의 이동에 의한 전류의 발생에 대한 거였는데, 저는 갑자기 자기력의 발생을 언급한 것이었죠.

그랬더니 교수님께서 "학생의 견해는 참으로 참신하구먼. 근데 그건 어느 책에서도 볼 수 없는 내용이었지?" 하고 말씀하시는 것이었습니다. 모든 교수님들 비웃음.

저는 울고만 싶었습니다. 그래도 억지로 웃으면서 저의 견해가 잘못됐음을 인정하고 3번을 다시 고쳤죠. 왜냐하면 3번이 2번과 연관된 문제였거든요. 온도가 커지면 전류의 크기가 어떻게 되느냐는 거였는데, 저는 얼토당토않은 대답을 써놓았습니다. 고치니까 왜 고치냐고 하시데요. 그래서 제가 잘못 생각했었다고 말씀드렸습니다.

그러자 왜 그러냐고 물으시더군요. 그래서 온도가 커지면 전자들이 활발하게 운동하기 때문에 전자의 충돌이 많아져서 저항이 커지고, 그렇게 되면 전류가 작아진다고 하니 정말 그렇게 생각하느냐고 물으셨습니다. 그땐 맞았는지도 모르고 그렇게 생각한다고 확신 있게 말했죠. ^^; 그리고 나왔습니다.

얼마나 절망스러운지 자포자기 상태가 됐어요. 교직 적성은 보고 싶지 않았지만 억지로 가서 봤습니다. 포기하니까 저절로 마음이 편해지더군요. 그래서 교수님들이 이의를 제기하실 때마다 제 의견을 강하게 주장할 수 있었습니다. 전공보다 교직과 인성이 훨씬 더 편했어요. 분위기도 그렇고. 전공 소양은 제가 나갈 때 교수님들이 비웃듯이 웃고 계셨거든요. 하지만 교직과 인성은 일관되게 제 주장을 펼치고 반박할 수 있었습니다.

　그날 이후 망쳐 버린 면접 생각에 하루하루를 우울하게 보냈습니다. 저에게는 수능 볼 때보다 더 힘든 하루였거든요. 그래서 합격이라는 말을 들었을 때는 정말 펑펑 울었습니다. 그 동안 마음 고생한 것이 막 떠올랐거든요.

　이제 면접에 임하실 후배님들, 무엇을 하든지 마음을 비우는 게 제일 좋은 것 같아요. 전 지금도 제가 교직 적성 때문에 붙은 거라고 생각하고 있거든요. 전공은 반도 못 맞았으니까요. 모두 후회 없이 최선을 다하시길 빕니다. 파이팅!!^^

기초적인 내용들도 대답 못하고

- 서울대 자연과학대 자연과학부 정시 전형
- 예비 자대생

　면접날 12시 반쯤 대기실에 도착했습니다. 의대 · 치대 · 수의예과 그리고 자대가 모두 같은 대기실에 모였습니다. 그리고 각 조가 다른 면접실에 배정되었습니다. 5조 두 번째이든 8조 두 번째이든 거의 동시에 면접을 본다는 것이지요. 저는 4번째였습니다. 대기실을 떠나 면접실 복도로 인솔되었을 때, 제 앞의 1명은 의자에 앉아 대기하고 있고, 또 1명은 문제를 풀고 있었습니다. 복도는 생각보다 춥지 않더군요.

　복도에 앉은 아이들은 정말 열심히 공부하고 있었습니다. 저도 공부하면서 준비해 온 음료수와 샌드위치 등을 주섬주섬 챙겨 먹었습니다. 지겨워지려는데 드디어 제 앞의 아이가 면접실에 들어가고, 제가 문제를 받았습니다.

　기본 소양은 3개 중에 1개를 선택하는데 전 한류 열풍을 선택했습니다. 전공소양에서는 심화 과목 1, 일반 과목 2개를 선택하는데, 심화 선택은 물리로 했죠. 각 과목의 선택권은 있었으나 과목 내에서 문제의 선택권은 없었습니다. 일반 선택은 수학과 지학을 하려고 했는데, 수학이 어려웠습니다. 그래서 풀다 못해 조교 언니에게 생물 문제로 바꿔달라고 했지요. ^^;

　제 앞의 아이가 25분이 조금 못 되어 나왔습니다. 드디어 제 차례였죠.

나 : 안녕하십니까?

교수님들 : 그래, 앉게.

작은 방에 교수님들 네 분이 앉아 계셨고, 그 앞에 탁자가 있었습니다. 전 교수님들 맞은편에 놓인 푹신한 의자에 앉았습니다. 제 바로 오른쪽 옆에 계시던 젊은 교수님을 교수님 1, 그리고 반시계 방향으로 돌아가며 2, 3, 4라고 하겠습니다.

교수님들 : 먼저 기본 소양 문제.
나 : 예. 한류 문제를 선택했습니다.
교수님 1 : 문제를 먼저 읽게.
나 : 예.

요지는 우리 문화가 동아시아 문화의 주도권을 잡을 수 있으니 잘 이용해야 한다는 것이었습니다. 생각해 보면 정말 단순한 단답형으로 대답했습니다. 중간에 말도 막혀서 한 번 횡설수설하기도 했죠.

교수님 1 : 그런데 말이야, 한류 열풍을 일으키고 있는 우리 문화가 우리의 전통 문화라고는 할 수 없지 않나? 미국 문화를 그대로 수용해서 중국의 입맛에 맞게 전달하고 있다는 의견에 대해서는 어떻게 생각하지?
나 : 우리 대중 문화가 주체성이 부족한 것은 사실이지만, 미국 문화를 그대로 모방하고 있다고 생각하지는 않습니다. 대중의 입맛에 맞게 주체적으로 수용하고 있다고 생각합니다.

순간 질문의 요지가 그게 아니었고, 정말 비논리적인 답변을 했다는 생각이 들었습니다.

교수님 1 : 그래?

교수님들 : 그럼 심화 선택.

나 : 예, 물리를 선택했습니다. 문제를 읽을까요?

교수님 1 : 그래.

나 : 1번, 도선 내에서 운동하는 전자의 순간가속도를 구하라. 도체의 가속도
는…….

교수님들 : 여기에 쓰게(종이와 펜을 밀어 주심).

나 : 예. 여기에서 $ma = qed$ 라는 식에 q에 e를 대입하면 전자의 순간가속
도가 나옵니다.

사실 순간가속도를 구하라는 것이었기 때문에 틀릴 거라고 생각했으나, 그
냥 단순하게 풀어 버렸습니다. 교수님들은 별 지적이 없으셨습니다. 알고 보니
d를 지우는 것이었나 봅니다.

나 : 2번, 왜 전자는 처음의 속력으로 계속 운동하지 못하고 속력이 감소하는
가? 전자가 이동할 때, 도선 내의 원자들과의 마찰력에 의해 운동에너지가 감
소합니다.

교수님 2 : 그럼 속도가 계속 감소하나?

나 : 아닙니다. 저항력과 전기력이 평형이 되는 점에서 멈춥니다.

교수님 2 : 그래, 그것까지 이야기해야지.

나 : 예. 3번, 도선의 온도가 높아지면 전류의 흐름은 어떻게 되는가? 도선
내의 온도가 높아지면, 저항 내의 원자들의 움직임이 활발해져 전자의 움직임
을 더 많이 방해하기 때문에 전류가 느려질 것 같습니다.

나중에 생각해 보니 선팽창과 연결시켜서 풀어야 하는 것이었습니다. 그러
나 교수님들은 일단 끄덕여 주시더군요.

나 : 4번, 구형 물체에 음전하가 어떤 식으로 분포하는가? (종이에 그림을 그리며) 구에 전하가 분포할 때는, 서로간의 척력에 의해 이런 식으로 분포하게 됩니다. 만약 도체 내에 전자가 들어갈 때에도 이런 식으로 전기장이 분포해서 벡터로 합성해 보면, 척력에 의해 전기장이 상쇄가 되어 0이 됩니다.

이거 우만구만에서 세 번이나 거론됐던 문제인데 나왔더군요. 그럼에도 제대로 풀지 못했습니다……. ㅜㅜ 도체 안에 들어간 전자 이야기는 하지 말걸 그랬습니다. 그냥 상쇄되는 게 아니라 밀려서 표면으로 이동하는 것이었는데…….

나 : 5번, 이때 도체 내부와 표면의 전기장은? 그러므로 도체 내의 전기장은 0이 되고, 힘의 평형에 의해 외부에도 전기장은 0이…….
교수님들 : (동시에) 응? 외부에도 0이 된다고?
나 : (당황해서) 아닙니다. 전체적으로 마이너스 전기장(이런 말이 있었나…-..-)을 띠게 됩니다.

이런 바보 같은 말을 하고 말았습니다. 치명적이지요.

교수님들 : 일반 선택은 뭔가?
나 : 예, 지학입니다.
교수님들 : 그래, 지학을 해보게.
나 : 1번 지구의 반지름은 얼마인가? 모른다고 가정하고 알고 있는 내용을 이용해서 구해 보라. (종이에 쓰면서) 여기에서 에라토스테네스의 원리는 거리와 각을 모르므로 적용을 못했고요, 다른 방법으로 풀어 보겠습니다. 제가 예전에 비행기를 타고 터키에 간 일이 있는데, 비행기 시속이 평균 $900 km/h$ 였습니

다. 그리고 터키까지 대략 8시간이 걸렸고요. 또 터키와 우리나라의 시차는 대략 5시간입니다. 그런데 지구 한 바퀴의 시차는 24시간이기 때문에, $2\pi\gamma : 900 \times 8 = 24 : 5$ 라고 놓으면, 반지름이 $6000\,km$ 가 나옵니다.

교수님들 : (크게 웃으시며) 허허, 딱 맞네.

교수님 1 : 문제집에서 본 거 아니에요?

나 : 아닙니다. 터키 가는 비행기에서 봤던 겁니다.

교수님들 : 근데 정말 딱 맞네…….

교수님 1 : 맞췄겠죠. 그런데, 여기에서 오차가 날 수 있는데?

나 : 예, 적도 위에서 평행하게 가는 것이 아니기 때문에 오차가 생깁니다.

교수님 1 : 그렇지. 이런 식으로 기울어져 가면 말야.

나 : 2번 해양의 총 면적을 구하라. 겉넓이는, $\frac{4}{3}\pi\gamma^3$ 이라는 공식에…….

교수님들 : 아니, 부피가 아니라 겉넓이…….

나 : 예? 아, 겉넓이를 구하는 공식은 $4\pi\gamma^2$ 입니다.

교수님들 : 그렇지.

나 : 여기 r 에 6000을 넣고, 바다의 면적은 지구의 70%니까, $\frac{70}{100}$ 을 곱하면 됩니다. 다음 3번, 평균 해심은 얼마인가? 바다의 깊이를 잘 몰라서, $11\,km$ 라고 잡아 봤습니다.

교수님 2 : (웃으시며) 그건 제일 깊은 깊이인데…… 바다의 평균 깊이는 $4\,km$ 야.

나 : 예…… 지구과학 선택이 아니라서요. 그럼 4번, 바다의 부피를 구하여라. (종이에 쓰면서) $\frac{4}{3}\pi \times 6000^3 - \frac{4}{3}\pi \times 5996^3$ 을 빼주면 나옵니다.

사실, 그렇게 해서 나오는 건 육지 부피까지 포함이었습니다. --;

교수님 2 : 그냥 평면이라고 생각하고 구하면 쉽지 않나?

나 : 예, 그러면 바다의 평균 깊이 $4\,km$에다 6000을 곱해 주면 됩니다.

웬 6000을 거기다 곱해⋯⋯ - -; 어쨌든 교수님들은 그냥 넘어가 주셨습니다.

교수님 2 : 아니, 자네가 세운 식이 틀리는 건 아니네. 오히려 그게 더 정확할 수 있지.
나 : 예⋯⋯ 잔계산을 할까요?
교수님 1 : 아니, 하지 말고. 그 값을 3×10^8이라고 써놓고 다음 문제를 풀게.
나 : 예⋯⋯. (문제지에 써버렸다)
교수님들 : 아니, 문제지에 쓰면 안 되는데⋯⋯.
나 : 앗, 죄송합니다. (황급히 펜으로 지웠다)
교수님들 : 괜찮아.

그 다음 문제는, 바다 속에 평균적으로 녹아 있는 금의 밀도를 주고, 바다 속에 금이 모두 얼마나 있겠는가 계산하는 것이었습니다. 여기에서 L과 km^3의 단위를 호환하지 못해서 10분을 끌었습니다. 정말 난처했는데, 제가 문제를 빨리 읽어서 시간이 많이 남았는지 교수님들이 계속 시간을 주시더라구요. 우유 $1L$를 생각해 봐라, 하시면서 힌트도 많이 주시고 나중엔 답을 가르쳐 주셨지만 결국 못 구하고, 다음 문제인 금을 세계 인구에게 나눠 주는 문제의 계산도 못하고 넘어갔습니다. 제가 계산하고 있을 때, 지루하신지 제일 나이 지긋하신 교수님 3께서는 뒤쪽 책상에 앉아 이것저것 뒤적이시고 히터도 만지시더군요. - -;;

교수님들 : 자, 그만하고 다음 선택.

나 : 예, 생물을 선택했습니다. 1번 호흡은 어떤 식으로 이루어지는가? 분압 차에 의해 어쩌구…….

교수님 1 : 산소가 운반되는 원리는 뭔가?

나 : 예, 확산입니다.

교수님 1 : 아니, 운반하는 매체와 연관해서…….

나 : 예, 적혈구가 운반합니다(자신 없는 목소리).

교수님 1 : 적혈구가 산소만 운반하나?

나 : 예…….

교수님 1 : 적혈구 안의 어떤 것이?

나 : ……헤모글로빈이요.

교수님 1 : 헤모글로빈이라……. 그럼 이산화탄소는?

나 : ……모르겠습니다.

교수님께서 계속 답을 유도하시려고 질문을 던지셨지만, 생물 선택도 아니고 공통 생물도 안 보고 간 저로서는 꿀먹은 벙어리일 수밖에요.

나 : 2번 우리 몸에서 산소가 어떻게 이용되는가? 산소가 저장되어 호흡에 쓰입니다……. -_-;;

교수님 1 : 어떻게 쓰이나?

나 : 물과 산소가 호흡을 통해 ATP와 물과 포도당……. 아, 포도당과 물과 산소가 호흡을 통해 ATP와 물과 이산화탄소로 배출됩니다…….

교수님 1 : 산소가 호흡에서 하는 역할이 뭔가?

나 : …….

교수님 1 : 아니, !@%!@#%와 ~!@#%!@#를 모르나?

나 : ……생물 선택이 아니어서요.

교수님 1 : 그럼, 왜 이 문제를 선택했나?

나 : 원래 수학을 선택하려고 마음먹고 왔는데, 문제를 보니 너무 어려워서 막판에 생물로 바꿨습니다. -_-;;

교수님들이 크게 웃으시더군요. 지금까지는 한 번도 안 떨고 침착하게 계속 풀어왔는데, 여기에서 표정 관리가 무너졌습니다.

교수님 4 : 자네 선택이 뭔가?

나 : 물리입니다.

교수님 4 : 생물은 학교에서 안 배웠나?

나 : 예, 검정고시를 봤습니다.

교수님 3 : 중학교만 다니고?

교수님들 : 자퇴했나?

나 : 예, 다니다가 자퇴했습니다.

교수님들 : 특목고?

나 : 아니오, 일반고였습니다.

교수님 2 : 왜?

교수님 3 : 친구들이 공부 잘한다고 왕따시켰나?

나 : 아니오, 친구들과 교우 관계는 원만했습니다. 그냥 혼자 공부해 보고 싶었습니다.

교수님 2 : 그럼 계속 혼자 하지? 대학 교재 가지고……

나 : 아닙니다. 고교 과정을 공부하면서 혼자 하는 공부에는 한계가 있다는 걸 느꼈습니다. 대학에 가서 교수님들과 선배님들의 도움을 받으며 열심히 공부해 보고 싶습니다.

교수님들 : (끄덕이시며) 그래, 이제 그만 나가 보게.

나 : 예, 감사합니다.

교수님 1 : 이것(문제지) 다 챙겨가게.

나 : 예…… 감사합니다.

그리고 문을 닫고 밖으로 나와 가방을 챙겨서 집으로 왔습니다.

면접 분위기가 줄곧 화기애애해서 기분은 좋았는데, 이렇게 객관적으로 쓰고 보니 기초적인 내용들도 제대로 대답 못했다는 생각이 듭니다. 그래도 저라는 인간에 대해서 어렴풋이 보여줄 수 있는 기회였다고 생각하니까, 후회는 조금도 없습니다.

최선을 다했기에 후회도 없다

– 서울대 자연과학대 의치수의계열 정시 전형
– 다우미

두근두근 떨리는 맘을 가지고 면접장에 들어갔습니다. 모두 네 명의 교수님들이 앉아 계셨습니다.

나 : 안녕하십니까?

교수님 일동 : 그래, 여기 앉게.

대표 교수님 : 자, 그럼 시작해 볼까. 기초 소양 문제는 어떤 걸로 선택했지?

나 : 예, 한류 열풍을 선택했습니다(기초 소양은 3가지 문제 중에 자신 있는 것으로 하나 선택하는 것입니다. 한류 열풍, 조기 영어 교육 그리고 나머지 하나는⋯⋯ 기억이 안 나는군요. ^^;).

대표 교수님 : 그럼 한류 열풍이 무엇인지 간단히 요약해서 말해 보고, 한류 열풍이 우리 나라의 경제 발전에 영향을 준다는 의견과 일시적인 현상이니 좀 더 냉철해야 한다는 의견이 있는데 어떻게 생각하나?

나 : 아 그건⋯⋯ 우리 나라가 한류를 어떻게 잘 이용하느냐에 따라 다릅니다. 하지만 저는 전자의 의견을 지지합니다. 10년 전에 홍콩 문화가 지금의 한류 열풍처럼 우리 나라에 많은 영향을 미쳤지만 지금은 상당히 쇠퇴한 상태입니다. 그것은 홍콩 사람들이 제대로 활용하지 못했기 때문이라고 생각합니다. 하지만 우리는 13억 중국 인구의 수요를 이용하면 경제 발전을 이룰 수 있을 것이라 생각합니다.

뚱뚱한 교수님 : 자네의 의견대로라면 10년 후에 한류 열풍이 쇠퇴할 수 있는데, 그렇게 되지 않으려면 어떻게 해야 하나?

나 : 그건 우리나라 기업과 연예 매니지먼트 회사가 유기적 관계를 형성해야 한다고 봅니다. 그래야 광고를 통해 우리 나라 기업의 상품을 많이 팔 수 있지요.

뚱뚱한 교수님 : (끄덕끄덕)

노교수님 : 자네가 생각하기에 한국다운 게 뭐라고 생각하나?

나 : (당황) 아, 그게…… 각 나라마다 전통과 풍습이 있는데, 오늘날 유용하게 사용할 수 있는 걸 전통이라…….

젊은 교수님 : 그거 말고…….

노교수님 : 그건 일반론이고, 구체적으로 말해 보게.

나 : (이제야 질문 의도를 알았음) 곡선미와 소박함이라고 생각합니다.

약간의 정적.

대표 교수님 : 이제 전공으로 들어가 볼까? 자네 무엇을 선택했나?

나 : 수학 선택했습니다.

대표 교수님 : 설명해 보게.

나 : 예, 먼저 1번 문제는 극한값 구하기입니다. 답은 0입니다. 왜냐하면…….

젊은 교수님 : 이건 단답형이지 않은가. 됐네, 답만 말하면.

노교수님 : 그래도 설명해 볼 텐가?

나 : (앗, 후회) 분모가 기하급수적으로, 분자가 산술급수적으로…… 늘어나기 때문입니다.

노교수님 : 기하급수는 아닌데……. 어쨌든 다음 문제로 넘어가지.

나 : 2번 문제는 0에서 미분 가능함을 증명하는 것입니다. 미분 가능하다는 것은 연속이므로 먼저 연속임을 증명해야 합니다. 0에서 극한값과 함수값이 같기 때문에 연속입니다. 그리고 (도함수를 미리 구함) X가 음에서 기울기가 0 이므로 +0에 한없이 가까이 갈 때 미분계수가 0임을 증명하면 되니깐 도함수에 0을 대입해 보면…… 0이 나옵니다.

역시 중간에 약간의 실수가 있었다.

대표 교수님 : (끄덕끄덕) 다음 문제로 넘어가지.

나 : 3번 문제는 그래프 개형 그리기입니다. 함수의 도함수를 구해서 증감을 따져 보면 이런 개형이 나옵니다.

대표 교수님 : 그쪽은 맞는데, 이쪽이 약간 틀렸구먼. 이렇게 생각해 보게…….

이때.

뚱뚱한 교수님 : (대표 교수님께) 시간이 많이 지났습니다…….

대표 교수님 : 아. 그래? 그럼 넘어가지. 물리 해보게.

나 : 1번은…….

젊은 교수님 : 답만 말하게.

나 : 예, 가속도는 eE/m입니다.

교수님들 : (끄덕끄덕) 2번은?

나 : 가속도가 일정하면 속도가 증가하게 되는데, 증가하지 않는 이유는 구리 원자와 충돌하기 때문에 저항을 받아서 어느 속도 한계를 넘을 수 없습니다.

대표 교수님 : *(끄덕끄덕)* 3번은?

나 : 전류가 세지면 온도가 올라가게 됩니다.

교수님들 : 뭐라고? 문제는 온도가 올라가면인데…….

나 : *(아차, 이런 실수를. 머리를 재빨리 굴림. 한 10초 후에)* 온도가 올라가면 전류가 감소하게 됩니다.

대표 교수님 : *(끄덕끄덕)* 그런데 왜 그렇지?

나 : 온도가 올라가면 분자들의 운동에너지가 커져서 저항이 커지게 됩니다. 저항이 커지면 옴의 공식에 의해 전류가 작아지게 됩니다.

대표 교수님 : 그렇지. 그럼 화학.

나 : 1번 18족 비활성기체가 왜 안정한지 설명하시오. 원소의 성질은 최외각전자에 의해서 결정되는데, 비활성기체는 최외각전자가 8개이므로 옥텟 규칙을 만족하게 됩니다. 따라서 안정하게 되어서 화합물을 형성하지 않습니다.

교수님들 : *(끄덕끄덕)* 그럼 2번은?

나 : *(말로 설명하기가 좀 그랬다)* 교수님 이건 칠판에 써서 하면 안 되나요?

대표 교수님, 뚱뚱한 교수님 : 그래, 그렇게 하게.

나 : 2번, 이온 결합과 공유 결합을 하는 이유를 비활성기체로 설명하시오. 이온 결합 물질로서 염화나트륨을 예로서 설명하겠습니다. 나트륨이 최외각전자가 한 개이므로, 이 전자가 떨어져서 염소에 준다면 나트륨, 염소 모두 옥텟 규칙을 만족하기 때문에 안정해집니다. 그래서 결합하게 되는 거구요.

뚱뚱한 교수님 : 그럼 공유 결합은?

나 : 공유 결합은 염소 분자를 예로 들겠습니다. 염소가 최외각전자가 7개이므로 전자를 하나씩 공유하게 되면 염소 원자 2개 모두 옥텟 규칙을 만족하기 때문에 안정해지게 됩니다.

교수님들 : *(끄덕끄덕)*

대표 교수님 : 그럼 3번을 설명해 보게.

나 : 3번, 주기율표 밑에서 18족 원소가 전기음성도가 큰 산소와 플루오르가 결합하는데, 왜 그럴까? 주기율표상에서 밑으로 내려가면 원자번호가 증가하게 되고, 그렇게 되면 전자수가 증가해서 반응성이 커집니다.

뚱뚱한 교수님 : 원자번호가 커지면 왜 전자수가 증가하는데?

나 : 원자번호는 양성자수를 표현한 것인데, 원소는 중성이므로 원자번호가 커지면 전자수도 커집니다.

대표 교수님 : (절래절래) 그래도 옥텟 규칙을 만족하는데?

나 : (앗, 또 위기!) 그건…… 원자번호가 커지면 전자껍질이 증가하므로 핵과 최외각전자 사이의 거리가 멀어지므로 인력이 작아져서 전자가 쉽게 떨어져 나가는 것입니다.

대표 교수님 : (끄덕끄덕)

교수님 일동 : 수고했네. 그리고 칠판에 쓴 거 지우고 나가게.

나 : 예.

초 · 중 · 고 12년 + 재수 1년, 13년 동안 대입을 준비해 왔는데, 드디어 끝났다는 생각에 기분이 너무 좋았습니다. 물론 약간의 아쉬움이 남긴 했지만 최선을 다했기에 후회하지 않습니다.

구도도 못 잡고 버벅댄 말솜씨

- 서울대 인문대학 정시 전형
- MISS 헤실헤실

역시 실전과 연습은 달랐습니다. 막상 구술을 한다고 기본 소양 대기실에 있는데 얼마나 떨리던지…….

"학생, 문제 3개 중에서 하나를 골라서 답변하면 돼요. 문제집은 가지고 들어가고요."

"네."

제 펜은 연습장을 달렸습니다. 제시문은 마키아벨리의 《군주론》 부분과 부시 대통령에게 한 기업의 CEO가 책임감 있고 유연성 있는 정부를 요구했다는 내용이었습니다. 그러나 아뿔싸…… 너무 떨어 버린 나머지 내용을 잘못 파악. 군주와 대통령의 차이를 말하는 건데 그만 경영과 정치의 차이로 착각하고 말았습니다. 하지만 어쩌겠습니까. 바로 앞사람이 나오는걸.

"학생, 이제 들어가야 하거든요?"

"(한숨 푹~) 네."

기초 소양실. 세 분의 교수님이 계셨습니다.

"수험번호 700번입니다. 씨익- ^^"

"거기 앉아요."

"네, 문제 먼저 읽어 드리겠습니다."

"그래. 참 착한 학생이네."

"문제는 어쩌고저쩌고…… 이상입니다. 답변 말씀드리겠습니다."

"그래요."

"저는 군주와 대통령은 차이가 있다고 생각합니다. 군주가 모든 권한을 쥐고 카리스마적인 통치를 했다고 본다면, 대통령은 3권 분립 위에 행정권만을 가지고 있다고 생각합니다. 오늘 저는 지하철을 타고 오면서 《마키아벨리 어록》이라는 책을 읽었습니다. 마키아벨리는 흔히 윤리와 정치를 분리해야 한다고 주장한 것으로 오인되는 사람입니다. 하지만 마키아벨리가 '로렌초 디 메디치'가에 보낸 서간에 보면 통치자에게 필요한 것은 두 가지라고 했습니다. 바로 힘과 정의입니다.

힘은 외부로부터 나라를 지키기 위해서, 정의는 내부로부터의 안정을 위해서입니다. 군주가 모든 권한을 쥐고 행사하는 것보다 대통령이 법치를 하는 편이 '정의'를 바로 세우기에 더 적합합니다. 하지만 더욱 중요한 것은 세계화 시대의 대통령은 조금 달라져야 한다는 것입니다. 아까 지문에서 책임감과 유연성이 대통령의 덕목으로 지적되었듯이, 저 역시 두 가지가 달라져야 한다고 생각합니다.

책임감은 이번 '이해찬 1세대'라 불리는 고3 학생들의 문제를 예로 들겠습니다(여기서 교수님 한 분의 표정이 심각해지셨다). 현 정부는 교육 정책을 장기화시키지 못한 채 발등의 불만 끄는 무성의한 태도를 보였습니다. 눈앞의 결과에 급급하지 말고, 자신의 결정에 신중해지고 책임감 있는 태도를 가져야 할 것이라 생각합니다.

두 번째 유연성에 관해서는 현 정부의 외교 문제를 들겠습니다. 얼마 전 우리 국민이 중국에서 마약 밀수 혐의로 사형당하는 어처구니없는 문제가 발생하였습니다. 이 문제에 좀더 유연성 있고 신중하게 대응했더라면 이러한 실수는 없었으리란 생각을 해보았습니다(물론 말할 땐 이렇게 조리 있게 하지 못했습니다. --; 중간 중간 더듬거리기도 했죠. 말하고 나선 스스로의 허접한 대답에 슬

퍼지기도 했습니다)."

"음…… 그렇게 생각했나?"

"네."

"학생은 군주가 카리스마적이라고 대답했지? 대통령은 책임감과 유연성이 있어야 한다, 하지만 3권 분립이 되어 있으니까 행정권뿐이 없다? 그건가?"

"네. 대답은 그렇게 했습니다."

"그래? 군주와 대통령의 차이가 그것뿐인가? 나는 더 있다고 생각하는데."

"(잠시 생각하는 척) 사실대로 말씀 드리자면 너무 떨려서 문제를 제대로 읽지 못했습니다. 경영과 정치의 차이로 착각했습니다. 죄송합니다."

"하하하(교수님들 모두 웃기 시작하셨다) 그랬어? 많이 떨리나?"

"네."

"그래? 구도가 약간 엇나간 감은 있지만, 나름대로……. 그럼 다른 질문을 하나 해볼게. 이제 대선이 얼마 남지 않았는데 우리 나라의 대통령이 갖추어야 할 덕목을 짧게 말해 보겠나?"

"일단은 통일 문제가 시급하다고 생각합니다. 미국의 MD정책을 수용해야 하는 입장에 있고, 미국이 일방적으로 ABM협정을 파기함에 따라 우리의 입장이 굉장히 곤란하다고 생각합니다. 또한 북한에게 위협을 주기도 한다고 생각합니다. 북한을 포용해서 통일을 이룰 수 있는 그런 대통령이 필요하다고 생각합니다. 또한 아까 말씀드린 책임감과 유연성 있는 지도자 그리고 무엇보다도 창의성을 가지고 세계를 조망할 수 있는 능력, 즉 인문학적 교양이 있는 사람이 대통령이 되어야 한다고 생각합니다."

"그래? (교수님 모두 표정이 환하심) 인문학부에서 대통령 하나 나와야겠군. 그래, 수고했어. 나가 보게."

"감사합니다."

문을 닫고 나와서 잠시 멍했습니다. 그런데 갑자기 조교분이 다가오셨습니다.

"자~ 이젠 전공 소양입니다. 다음 문제 중 선택해서 하나를 쓰도록 하세요."

"(어리버리) 네? 아~ 네."

문제는 존 스튜어트 밀의 《자유론》을 인용한 책의 일부분. 그리고 소수의 의견이 존중된 사례와 소수의 의견이 존중되어야 하는 이유를 말해 보라는 것이었습니다.

"에휴~"

반도 쓰지 못했을 때 제 앞 번호의 학생이 나오는 것이었습니다. 허걱!

"저기요, 조교님…… 저 아직 다 못썼는데……."

"아직 5분 남았어요. 천천히 더 써도 돼요."

그래도 갑자기 마음이 급해지는 걸 어이 하겠습니까? 대강대강 쓴 다음 정리를 했죠.

"조교님, 저 언제 들어가요?"

"아직 2분 남았어요."

"아, 네……."

드디어 운명의 순간. 면접실 안에는 세 분의 교수님이 계셨습니다.

"안녕하십니까? 면접번호 700번입니다. 씨익 ^^(역시 웃음으로)."

"음, 앉아."

"선택 문항 2번입니다."

부시럭 부시럭(교수님들 문제 찾으시는 소리)

"저는 소수의 의견이 존중된 예로 JFK 암살 사건을 끝까지 수사한 한 검사의 예를 들겠습니다. 죄송하지만 그분의 성함이 굉장히 길었던 관계로 그만 잊어 버렸습니다. 그래서 이름은 생략하도록 하겠습니다. ^^; (이때 교수님 한 분께서는 피식 웃으셨고, 나머지 두 분은 고개 끄덕끄덕)

수능이 끝나고 이 영화를 정말 감동 깊게 보았습니다. 다수가 대통령이 암살되었다고 믿고 있는 가운데, 이 검사는 끝까지 사건을 수사함으로써 진실을 밝혀 CIA가 연루되었다는 사실을 밝혀낸 사람입니다. 비록 재판에서 패소하긴 했지만, 이 검사는 사실을 밝혀서 국민들에게 많은 신망을 얻었고 끝내는 하원의원에 당선되었습니다.

소수의 의견이 존중되어야 하는 이유는 바로 우리 나라가 다양성을 존중하는 민주주의 사회이기 때문입니다. 현 사회는 정보의 범람으로 어느 것이 진실인지 알기 힘들 뿐만 아니라 진실도 왜곡되는 경향이 있습니다. 그러므로 다양성을 존중하고 소수의 의견을 존중하는 것이 진정한 민주주의 사회라고 생각합니다.

또 하나의 사례로 '왕따 현상'을 들고 싶은데요, 나와 다르면 잘못되었다는 이러한 집단의식이 우리 사고의 다원화를 저해한다고 생각합니다. 그리고 '수지 김 피살사건'과 같이 다수의 의식을 이용하여 진실을 은폐하는 잘못된 일도 있었다는 것을 보면, 다수가 진실이 아닐 수도 있습니다. 다수결이 잘못되었을 경우, 올바른 소수의 의견을 무시하고 중우 정치로 나아갈 수 있듯이, 의식 있는 소수의 의견을 받아들이고 그들의 의견을 비판적으로 받아들일 수 있을 때 사회의 발전이 이룩되고 진실이 은폐되지 않을 것이라 생각합니다."

"흠, 그렇군. 하지만 우리 사회는 아직 흑백 논리에 젖은 사람들이 많아. 그건 어떻게 생각하지?"

"그건 우리 나라 사람들이 집단의식이 강하기 때문이라고 생각합니다. 하지만 이젠 사람들의 의식도 많이 바뀌었다고 생각합니다. 예를 들면 〈이제는 말할 수 있다〉라는 프로그램과 많은 토론 프로그램의 정착 등이 그것입니다. 이제는 우리도 많은 '다양성'을 인정하고 있다고 생각합니다."

"그래? 그럼 〈이제는 말할 수 있다〉 같은 건 뒤집어 생각하면 '그때는 왜 말 못했니?' 인데, 그건 무엇 때문이라고 생각하지?"

"글쎄요, 아직 그 문제에 대해서 깊게 생각해 보지 못했습니다. 하지만 그때도 소위 운동권이라 불리던 소수가 있었고, 그들이 용기가 없어서는 아니라고 생각합니다(이때도 교수님 한 분이 환히 웃으심). 그 문제에 대해선 조금 더 생각해 보겠습니다."

"그래. 학생의 의견은 다양성이 존중되어야 한다는 것인데, 다양성이 너무 존중되면 사회가 혼란스러워질 수도 있네. 그건 어떻게 생각하나?"

"하나의 예를 들겠습니다. 우리 나라의 정치 구조는 양당제인데, 야당과 여당 두 가지로 나뉘어 서로가 서로를 비판하고, 찬성과 반대의 일률적인 의견 표명으로 가는 경향이 있습니다. 다수의 의견으로 만들기 위해 '여소 야대' 니 하는 용어가 나왔다고 생각합니다. 다당제를 실시할 경우 여론 수렴 과정에서 약간의 혼란은 있을 수 있겠지만 시민들의 여론이 좀더 다양하게 반영된다는 점을 생각하면 다양성이 꼭 혼란을 야기한다고 생각하지는 않습니다. 우리 나라 국민들도 이젠 다양성을 인정할 만큼 의식구조가 변화되었다고 생각합니다.

그래도 선행되어야 할 것은 이러한 다양성을 폭넓게 이해하고, 인간과 인간의 관계를 더욱 조망하며, 세계를 넓게 바라보고 창의성을 키워 줄 수 있는 인문학적 교양의 고양이 필수적이라 생각합니다. 지금 많은 사람들이 인문학적 지식에 목말라하고 있습니다. 서점에선 인문학 교양 서적이 불타나게 팔리며 EBS 등에서 하는 인문학 교양 강의에도 많은 관심을 가지고 있습니다. 사회에선 인문학과의 위기를 논하고 있으나 사람들의 의식의 변화와 인문학에 대한 관심이 지속된다면, 사회의 다양성에 대한 혼란은 일시적 과도기 현상일 뿐 다양성의 배양은 우리 사회를 좀더 좋은 방향으로 나아갈 수 있게 하리라 생각합니다."

"그래, 수고했어. 아참! 자네 제시문에 제시된 책 읽어 본 적 있나?"

"존 스튜어트 밀의 《자유론》 말씀이십니까?"

"그래."

"아직 읽어 보지는 못했습니다. 하지만 공부하면서 꼭 읽어 볼 예정입니다."

"그래. 열심히 잘했네. 나가 보게."

"감사합니다."

힘든 하루였습니다. 구도도 제대로 못 잡고 버벅대는 말솜씨에……. 하지만 우리 나라의 최고 지성인들과 40분을 토론할 수 있는 기회를 얻었다는 것에 만족하기로 했습니다.

더 잘할 수 있었을 텐데

- 서울대 인문대학 정시 전형
- 호호 yj

전 시험 전날 너무 긴장한 나머지 3시간 밖에 자지 못했답니다. 시험날도 지하철이 연착될지도 모른다는 생각에 일찍 나갔더니 7시 45분에 도착했습니다. 제가 시험 볼 4층엔 아무도 없더군요. 저 혼자서 복도 불 켜고 그랬습니다.

8시 15분이 되어서야 조교님들이 오셔서 대기실 문을 열어 주셨습니다. 매우 친절한 조교님을 만난 분들도 계시던데, 제 경우엔 다들 무뚝뚝하신 분들이어서 처음엔 아주 무섭더라고요. 저희 조는 수험번호대로 면접 순서를 정해서 전 4번이었습니다.

시험이 9시 시작이었으므로 첫 번째 학생은 8시 50분쯤 문제를 뽑으러 가더군요. 제 바로 앞에 있던 친구가 나간 후부터 약 10분 간 너무 떨려서 냉정해 보이는 조교님에게 말을 걸었습니다. 원래 성격이 무뚝뚝할 뿐 좋으신 분 같았습니다.

"제 친구가 어떤 교수님들은 눈길 한 번 안 주셔서 속상했다고 하던데요."

"아, 그건 아마도 교수님들이 쑥스러우셔서 그런 걸 거예요. 교수님들 중에는 특히 그런 분이 많이 계세요. 어떤 교수님은 학생들과 눈 마주치는 게 쑥스러워서 수업중에 허공을 쳐다보고 수업하시는 분도 있어요. 그러니까 그런 것에 너무 신경 쓰지 마세요. 절대 마음에 안 들어서 그러시는 게 아니라 모든 학생한테 그러시는 거니까요."

정말 예상 밖으로 긴 대답을 해주셨죠. 그러곤 다시 자기 공부를 하시더군요. 귀찮게 하는 것 같아 죄송했지만 계속 질문했습니다.

"녹차 남은 건 어디 버려요?"

"면접 번호표 교수님 드리는 거 맞나요?"

"문제 읽어 드리는 거 맞죠?"

시시한 질문만 해댔지만 긴장이 어느 정도 풀어져 웃을 수 있을 정도였습니다. 나중엔 조교님이 저한테 시험 잘 보라고 말해 주셨습니다. 드디어 제 차례가 되었습니다.

1. 공직자 윤리(정약용. 예부터 공직자에게, 특히 '청렴'이 강조된 이유)

2. 우리 나라 사람들은 왜 인사를 잘 안 하나?

3. 준법 정신…….

전 1, 3번 위주로 준비했는데 이상하게도 2번을 골랐습니다. 준비 시간 10분. 정말 짧더군요. 생각을 제대로 정리하지 못하고 들어갔습니다.

"안녕하세요."

"문제 읽으세요."

문제를 읽은 다음 제 의견을 말하기 시작했습니다.

"제 생각에 우리 나라 사람들이 인사를 잘 안 하는 데는 세 가지 이유가 있다고 생각합니다.

첫째로 전통적인 가족주의 때문입니다. '팔이 안으로 굽는다.'는 속담을 통해서 알 수 있듯이 우리 민족은 예부터 자신과 가까운 사람들에게만 특별히 마음을 주는 경향이 있었습니다. 우리 나라의 대표적인 미덕으로 '정'이 손꼽히

지만, 우리 나라를 처음 방문한 외국인들이 우리 나라 사람들의 첫인상을 '쌀
쌀맞다'고 하는 것도 바로 이 때문입니다.

둘째로는 감정 표현의 절제를 미덕으로 여기는 유교 전통 때문입니다. 실제
로 낯선 사람이 웃는 얼굴로 인사할 때 떨떠름한 표정을 짓는 사람들이 많은
데, 적대감을 느껴서라기보다는 감정 표현을 쑥스러워하기 때문입니다.

셋째로는 서구에서 들어온 개인주의 때문입니다. 현대인들의 특징이기도 한
개인주의로 인해 타인에 대해 무관심해지고, 따라서 낯선 사람과는 인사를 나
누지 않는 것입니다(최대한 그대로 옮기려고 하는데…… 정말 부끄럽습니다. 초
등학생 발표도 아니고 − −;)."

"우리 나라 사람들이 전통적으로 인사를 잘 안 한다고 했고, 또 서구의 영향
으로 인사를 안 한다는 것은 무슨 얘긴가?"

"그것은 과거 우리 나라가 농경 사회였기 때문에 내 가족 우선인 경향이 있
었고, 유교적 전통으로 감정 표현을 제대로 하지 못한 데다가, 개인주의가 들
어와 그것이 더 심해졌다는 말이었습니다."

"개인주의가 어떤 영향을 미쳤기에?"

"서구의 개인주의는 합리성에 바탕을 두고 있지만, 우리 나라에 들어온 개인
주의는 이기주의로 변질되었습니다."

"그럼 우리 나라 사람들이 원래도 인사를 잘 안 했었는데 이기주의로 변질된
개인주의 때문에 그것이 더 심해졌다는 말인가?"

"제 의도는 개인주의로 인해 '나와 가까운 관계'의 범위가 더욱 좁아져서 그
것이 심해졌다는 것입니다. 옛말에 '이웃사촌'이라는 말도 있듯이, 과거 우리
나라는 가족뿐 아니라 이웃간에도 서로 친하게 지냈습니다. 그러나 오늘날의
개인주의는 타인에 대한 무관심을 증가시켜서 옆집에 사는 사람의 얼굴도 모
르고 이웃간에도 인사를 안 하게 된 것입니다."

"자네는 기본적으로 인사를 하는 것이 좋다고 생각하는 거지? 그럼 인사를

하는 것이 왜 좋은가? 인사 안 하면 안 되나?"

"인사는 예절과 관련 있는 것으로 안 한다고 처벌할 수 있는 것도 아니고, 꼭 해야만 한다고 말할 수도 없습니다. 단지 저는 인사를 통해 서로 모르는 사람과도 정서적인 교류를 할 수 있는 등의 긍정적인 점이 많기 때문에 인사를 하는 것이 좋다고 생각합니다. 저는 등산을 하면서 모르는 사람들과 인사를 나눠 봤는데, 서로 정서적으로 친밀감을 느낄 수 있었고 웃는 얼굴을 보니 기분도 좋았습니다."

"서구인들은 낯선 사람에게는 친근하게 대하는 반면, 가까운 사람끼리는 우리보다 못하지. (솔직히 그런 말 처음 들어 봤지만 무조건 끄덕끄덕 했습니다) 서구인들의 방식이 더 좋은가?"

"우리 나라 사람들이 친한 사람들간에 서구인들보다 깊은 관계를 맺고 있는 것은 분명 바람직한 일입니다. 다만 서구인들이 낯선 사람에게도 열려 있는 점은 우리가 본받아야 할 것이라고 생각합니다."

대충 이 정도 하니 10분쯤 지났던 것 같습니다. 역시나 공손하게 "감사합니다." 인사를 하고 얌전히 나왔지요.

참! 교수님들은 조교님 말씀과는 달리 모두! 똑바로! 부담스러울 만큼 뚫어져라 쳐다보시더군요. 제 번호가 앞 번호라 그때까지는 의욕이 넘치셨는지도 모르죠.

아무튼 전 전공이 훨씬 어려웠습니다. 긴장이 약간 풀어져서 집중력도 좀 떨어졌던 것 같고. 전공 문제는 두 개가 있었는데, 나머지 하나는 생각이 잘 안 나는군요. 제가 선택한 것은 《예기》에 나온 글로 음란 서적 규제가 바람직하냐는 것이었습니다. 역시 노크하고 들어갔더니 이번에는 문제를 읽지 말고 시작하라더군요.

"저는 기본적으로 문학 작품을 포함한 모든 예술 작품에 대한 규제에 반대합니다. 그 이유는 첫째, 개인의 표현의 자유가 침해될 수 있기 때문입니다. 과거 역사를 돌이켜봐도 알 수 있듯이, 권력층에 의해 개인의 표현의 자유가 침해될 때 엄청난 부작용을 일으킬 수도 있습니다. 둘째로는 규제가 필요하다고 할지라도 규제 여부를 결정하는 것은 결국 사람인데, 그 객관적인 기준을 세울 수 없기 때문입니다. 그러므로 규제가 허용되어서는 안 된다고 생각합니다.

그러나 작가가 문학 작품을 쓴다고 할 때, 단순히 개인의 표현의 자유를 충족시키고 개인적인 만족에서 끝나는 것이 아니라, 그 작품이 출판되어 사회적으로 끼칠 영향 또한 고려해 봐야 하는 것이 현실입니다. 규제는 아니지만 읽을 대상을 19세 이상으로 한정해서 판매하는 등의 조치가 필요하다고 생각합니다."

"19세로 제한한다는 규정은 누가 정하지?"

"누구나가 인정할 수 있는 사회적인 위치나 혹은 그 기준이 충족된 사람들입니다."

"아까는 누구나가 인정할 수 있는 기준이란 존재할 수 없다고 하지 않았나?"

"맞습니다. 제가 '누구나' 라고 한 것은 조금 잘못된 표현인 것 같습니다. 최대한 많은 사람들의 인정을 받는 사람이어야 할 것이라는 의도였습니다."

"그렇다 할지라도 처음 자네가 얘기했듯이, 사람이 객관적으로 기준을 세우는 것이 불가능하지 않은가?"

점점 제 무덤을 파는 구도로 흘러가고 있었습니다.

"제가 그렇게 얘기한 의도는 다음과 같습니다. 표현의 자유가 최대한 보장되어야 하기 때문에 규제를 허용해서는 안 되지만, 청소년같이 확실한 자아가 형성되지 않은 대상에게 부작용을 일으킬 수도 있다고 생각된다면 판매 대상 한정이라는 제도를 만드는 것엔 대부분의 사람들이 동의할 것이라고 생각합니다."

(아이고~ 횡설수설)

"자네가 알고 있는 문제 작품은 무엇인가?"

"《즐거운 사라》라는 작품이 외설 시비가 있었던 걸로 알고 있습니다."

"그건 법적으로 유죄 판결을 받지는 않았지. 다른 건 없나?"

"예.《즐거운 사라》가 유죄 판결을 받지는 않았지만 사회적으로 큰 논란을 빚었던 것으로 알고 있습니다. 그 외에 영화 〈거짓말〉의 원작 소설이 법정까지 갔던 것으로 알고 있습니다."

"그럼 요즘 작품 말고 역사적으론 어떤 것이 있었나?"

"《채털리 부인의 사랑(?)》이 있습니다."

여기서 긴장한 나머지 머리에 손을 대는 등 자신감 없는 모습을 노출하고 말았습니다.

"학생은 공부 잘하니까 그런 것에는 별 경험이 없겠지만, 음란물이 학생들에게 많은 영향을 미치지?"

"예. 제가 친구에게 듣기론 남학교에서 불법 음란 일본 만화가 큰 인기를 누리고 있다고 들었습니다(사실은 초등학교 때 학원 차에서 중학교 오빠들이 '엔젤(?)' 인가 하는 만화책을 자기들끼리 낄낄거리면서 보는 걸 기억해냈다. 그게 좀 야하다고 들었었다). 저희 어머니 친구분의 아들 역시 순진하고 공부 잘하는 학생인데, 이런 학생일수록 음란물의 충격이 큰 것 같습니다. 그 학생은 한동안 방황을 많이 했다고 들었습니다(엄마들의 수다란……. 우연히 들은 얘긴데, 미안하다 아무개야 ^^;)."

"불법으로 유통이 되어서 더 그렇단 말이지. 그렇지만 19세 미만은 못 보게 해놓으면 그게 지켜질까? 오히려 '앗! 저거 꼭 봐야 되는구나.' 라고 생각해서 더 보지 않을까?"

"물론 100퍼센트 지켜지리라고는 생각하지 않습니다. 다만 악영향을 최소한으로 줄이려는 노력은 해야 할 것입니다. 예를 들어 저희 동네 비디오 대여점에서 미성년자에게 비디오를 잘못 빌려줬다가 적발되어 '영업 정지'를 당한 일이 있습니다. 청소년들이 즐겨 찾는 만화방의 경우에도 이런 규제들이 엄격하게 지켜져야 할 것입니다. 또한 우리 모두가 '사회적인 책임 의식'을 가져야 합니다."

그래도 시간이 남았던 듯합니다.

"혹시 《예기》 읽어 봤나?"

이때 안 읽어 봤다고 말할걸, 조금이라도 얘기하는 게 낫다 싶었습니다. T.T

"다는 안 읽어 봤고 면접과 논술 준비하면서 배경 지식으로 조금 읽었던 것 같습니다."
"그래, 무슨 내용이었지?"

그냥 '예에 관한 것이요…….' 라고 하면 성의 없어 보일 것 같고, 기억 안 난다고 하기도 뭣하고 해서 한참 고민을 했습니다.

"생각 안 나나 보지?"
"됐어요. 나가 보세요."

아! 지금 생각해 보니 이 글을 쓰는 것도 참 낯뜨거운 일이라 생각됩니다. 다시 한다면 더 잘할 수 있을 것 같지만……. 구술 면접을 준비하는 후배들을 위해 부족하나마 이 글을 남깁니다.

면접관 앞에서 주눅 들지 말자

- 서울대 공대 수시 전형
- 김상범

어떻게 된 일인지는 모르겠지만 내가 속했던 학년을 기준으로 세상이(?) 많이 변했다. 내가 '국민학교'를 졸업하고 나니 '초등학교'가 되어 버렸고, '연합고사'를 보고 고등학교에 입학하니 그 다음부터는 내신과 연합고사를 동시에 보았고, 이듬해에는 100% 내신을 이용해서 선발했다. 그리고 내가 대학에 들어갈 때부터(작년입니다 ^^) '수시 모집'이라는 입시 제도가 생겨났다.

아버지께서는 항상 강조하셨다. 실력이 있는 사람은 주위의 영향을 받지 않는다고. 그렇다고 해서 내가 남보다 뛰어나다는 것은 아니다. 제도가 어떻게 변한다는 이야기를 듣고도 별다른 준비를 한 것 같지는 않다. 단지 수시 모집을 하면 그냥 문제를 물어 보는 것이 아니라, 그 풀이 과정을 물어 본다고 하기에 마음이 끌려서 응시해 보았던 것이다. 그리고 주위에서 얻어 들은 약간의 정보와 선생님의 조언, 친구들의 도움 그리고 '우만구만'과 함께 수시 모집에 조금씩 대비해 나갔다.

수시 모집에 응시한 뒤에야 그와 관련된 정보에 주의를 기울이기 시작했다. 그런데 주위에서 들려오는 소식들이란 불안하기 짝이 없었다. 서울 지역과 수도권 지역 친구들은 면접 학원에 다니면서 내용뿐만 아니라 자세 교정도 하고 발음 교정도 한다는 것이 아닌가. 나는 정말 주눅이 들었다.

하지만 그렇게 기죽을 필요는 없었다는 사실을 나중에야 알게 되었다. 대학에 와서 친구들에게 물어 보니, 약간 과장된 부분도 없지 않았던 것이다.

나는 면접관 앞에서도 주눅 들거나 당황하지 않을 자신이 있었다. 고등학교 2학년 때 담임 선생님은 우리들의 마음속에 남을 만한 말씀을 많이 해주셨는데, 그 중의 하나가 《나의 문화유산 답사기》에 나온다는, '사람은 아는 만큼 보고 본 만큼 느낀다.'는 말이었다. 수시 모집에 응시한 다음에 가장 먼저 생각난 것이, 무언가를 알아야 말할 거리가 생긴다는 단순한 진리였다.

나는 교과서나 내 공책 혹은 관련 서적(?)을 한 번 더 읽는 쪽을 택했다. 어떻게 보면 수시 모집이라는 것이 기본을 중시하는 내 공부 스타일과 비슷했기 때문에 나한테 유리하게 작용했는지도 모를 일이다.

그리고 자연계열에서 물어 볼 것들(수학과 물리)을 대비해서 교과서 읽는 쪽을 택했다. 당시에 이슈가 되었던 인간 복제나 환경 문제와 같은 것들도 신문에서 스크랩을 하곤 했다.

어머니께서는 아버지가 보신 신문을 저녁마다 챙겨서 내 책상 위에 놓아 주셨는데, 신문은 시사 흐름을 이해하는 데 많은 도움이 되었다. 또한 격주로 발행되는 얇은 이슈 잡지를 하나 구독하기도 했는데, 이 잡지는 정리가 잘 되어 있고 저렴해서 좋았다. 어떻게 보면 정말 허접하기 짝이 없는 준비였다.

2학기 때 수시 모집 원서를 세 군데에 넣었는데, 첫 번째 결과는 낙제였다. '내가 이것밖에 안 되는가……'라는 자괴감에 빠지기도 했지만, 다음에 잘 치면 되고, 안 되면 정시 모집으로 승부를 걸 수도 있다는 생각이 들어 큰 난관 없이 넘어갔다.

비록 떨어지긴 했지만, 첫 번째 시험에도 면접관 앞에서 긴장하지는 않았던 것으로 기억한다.

그때의 문제는 '○○대학교 본부까지 갈 일이 생겨서 ○○대학교 정문을 들어서는 순간 비가 내리기 시작했다. 이때 본부까지 뛰는 것이 비를 덜 맞는가, 걸어가는 것이 비를 덜 맞는가?'였다.

348

문제를 내어 준 다음에 10분의 생각할 시간을 주었다. 그 동안 나는 말할 거리를 대충 머리에 그렸다. 사람을 하나의 빳빳한 종이라 보고, 이 종이가 쓸고 지나간 물기둥의 부피를 계산하면 뛰어가나 걸어가나 비를 맞는 양은 비슷하다, 라는 내용을 이리저리 제스처를 써가면서 이야기했다.

면접관 앞에서는 별로 떨지 않고 말했다고 생각했는데 실제로는 매우 긴장을 했던 모양이다. 면접이 끝나고 밖으로 나오니 조교가 "말이 빠르시네요."라고 하는 것이 아닌가.

두 번째 학교에 면접을 보러 갈 때에도 그렇게 떨지는 않았다. 학교의 특성상 과학고등학교 출신들이 몰려 왔었는데, 고급 참고서나 일반 물리 책을 꺼내서 보곤 했다.

나는 제대로 눈에 들어올 것 같지도 않아 프린트 같은 것들만 살짝 훑어보았다. 내 순서는 제일 마지막이었다. 그때까지 다섯 시간 정도를 대기실에 앉아 있어야 했다. --;;

인성 평가 문제는 별로 신경 쓰이지도 않았다. 딱히 이슈를 물어 본 것도 아니고, 그냥 교수님이랑 편하게 대화하다가 나왔다. 문제는 수학과 물리 문제였는데, 대단히 어려웠다. 교수님 두 분과 나 하나, 이렇게 세 명이 같은 방에 있었다. 나는 아는 대로 대답하고 모르는 건 모른다고 이야기했더니 교수님께서 힌트를 조금씩 주셨다. 그래도 여전히 알쏭달쏭했다.

어쨌든 능력이 닿는 데까지 최선을 다했다. 이번에도 떨어지면 그만이고 붙으면 다행이라는 생각이었기에 마음을 비우고 다음날부터 세 번째 면접을 준비했다.

그런데 놀랍게도 합격 통지가 날아왔다. 어떻게 된 일인지 나는 합격 통지서를 받고도 덤덤했다. 그냥 '세 번째 면접은 정말 편하게 볼 수 있겠구나.' 라는 생각만 들었다.

그리고 세 번째 면접날, 합격 통지서가 하나 있어서 마음이 더욱 편했다. 인성 면접, 수학, 물리의 순서로 면접을 보게 되었는데, 각 코너마다 방에 들어가기 전 약 10분 정도 시간을 주었고 방 안에서 대략 5분 간 면접을 보았다. 수학은 구분구적법을 이용해서 어떤 물체의 부피를 구하는 문제가 나왔고, 물리는 포물선 운동 문제가 나왔다.

세 번째 면접은 결과에 크게 신경 쓰지 않아도 된다는 사실 때문인지 마음이 편했다. 그래서였을까. 세 번째 면접에도 합격했다. 덕택에 수학능력시험에 대한 부담감도 없어져 별 무리 없이 시험을 칠 수 있었다. 이번에는 너무 부담 없이 임했는지 성적이 그다지 좋지는 않았다.

수시 모집 성적이 좋았기 때문인지 주위에서 가끔 어떤 식으로 면접에 대비했느냐고 묻는 경우가 있다. 돌이켜보면 무언가 체계적으로, 제대로 준비한 것은 하나도 없다. 그래도 가장 중점을 두었던 부분을 말하자면, 크게 두 가지를 들 수 있다.

첫째는 면접관 앞에서 주눅 들지 말라는 것이다. 이것은 내가 가장 자신있어 했던 (실력과는 무관함 ^^;) 부분이다. 면접관을 교수로 보지 말고, 그냥 지나가는 동네 아저씨 정도로 생각하면 된다. 그러면 거부감도 없어지고 주눅도 들지 않는다.

면접관이 질문하면 동네 아저씨가 어디 길을 묻는다 정도로 생각하고 편하게 답변을 하면 된다. 틀릴 수도 있다. 하지만 나한테 물어 봤으니 내 생각을 말해 주면 되는 것이다. 긴장을 하면 평소 실력의 반도 나오지 않는다.

면접관 앞에서 긴장하지 않는 방법, 그것은 곧 자신감을 갖는 것이다. 면접관과 나의 관계는 다소 상하 관계지만, 길을 묻는 동네 아저씨와 나의 경우는 동급이다. 부담 없이 말을 하는 것이 중요하다.

둘째는 아는 것이 있어야 말을 할 수 있다는 점이다. 특히 자연계열의 경우가 더 심하다. 모르면 답할 수 없다. 그러므로 알아야 된다. 그 소스를 굳이 멀리서 구할 필요는 없다. 신문, 뉴스, 잡지, 인터넷 등 다양한 방법을 통해 시사나 기타 여러 정보를 얻을 수 있다.

　겪어 보니 면접도 기본적인 것이 제일 중요하다. 많은 친구들이 기본에 충실하지 못하고 주위의 분위기에 따라 이리저리 휩쓸리는 것 같다. 자신에게 꼭 필요한 것을 찾아서 최소한의 시간으로 최대한의 효과를 뽑아내는 것이 무엇보다 가장 중요하다는 사실을 잊지 말아야겠다.